今夜だけ生きのびたい

おにぎり1000米

Onigiri Senbei

イラスト　星名あんじ
ブックデザイン　omochi design

第1部　馬とピザと

第1章

夕暮れなのに熱暑がひかない。首すじからローブの袖の内側に汗がしたたりおちる。ありがたいことに、門扉が立つ地面は俺の背後にそびえるアカシアの影ですこしは冷えている。それでも門からは土埃《つちぼこり》と熱風が吹きこみ、突っ立っている荷馬車の主《あるじ》も俺も、たぶん馬も、うんざりしている。暑さにも、積まれた荷物にも。

「たしかにここに配達って注文でしたよ」

「だから違うって何度もいってる。頼んでないし、ここに住んでいるのは俺だけだ」

「でも伝票の場所、ここだろ？　他に何があるってんだ。代金も半分もらってるんだ、置いてくから残りを払ってくれ」

「だから俺は頼んでないし前金を払ってもいないよ。だいたい、ひとりでどうやってこれを食えと？」

ちょっと声が大きかったらしい。荷馬車の主、つまりパン屋がキレた。

「失礼なことをいうな、うちは騎士団の厨房《ちゅうぼう》に卸したことだってあるんだ。うちのピザは絶品なんだからな。容器まで指定したくせに」

突っ立って喋《しゃべ》るだけでも背中に汗が流れる。こんな季節だというのに、荷台に積まれているのはピザの箱だ。王都の庶民はこの目新しい料理に夢中なのだ。

大陸にもピザはあったが、薄い小麦粉のパンに軽くチーズをふって焼いただけのしろもので、王都のピザとは別物である。ここではピザというと、肉やズッキーニ、トマトなどがふかふかの生地に埋めこまれ、惜しげなくチーズを盛られたものが焼き立てで供される。庶民なら宴会や祭りのときにだけ作るそれなりのごちそうだし、しかもこの暑さなので、荷台のピザはすべて専用容器で守られている。器は回路魔術の仕掛けがあり、保温しつつ腐敗を防ぐのだ。

辛抱強く待っている荷馬の背がかすかに揺れた。馬も辛《つら》いだろう。パン屋の配達はアカシアの木とピザの箱の影に入っている。たかがピザのくせに影なんか落とすな、と俺は思う。残念ながら二十枚もあれば影ができるのだ。一枚で約二人前、大食いがそろっても三十人分はゆうにある。ここにいるのは俺ひとりだというのに。

斜め上から降ってくる強い日差しをフードで避《よ》ける。王都の夏はまぶしすぎる。道もよくみえない。

「頼んでないって、何度いったら――」

「なにを揉めている」

いつのまに近づいたのか、警備隊の馬だった。制服に王立騎士団の紋章が光ったが、顔はよくみえない。警備隊所属の騎士ということは、小隊長だろう。下っ端は騎士ではないのだ。参った。目立ちたくないし、面倒は避けたい。

「配達に来たら、間違いだっていわれたんですよ。でもちゃんと伝票もあるのに――」

騎士はなめらかな動作で馬を下りる。

「証明するものがあるんならみせてやればいいだろう。ほら、出しなさい」

高圧的な物言いではなかった。俺はこわばった肩の力を抜く。

パン屋が眉をよせながら、ふところを探って注文書らしき紙切れを取り出す。汗でよれている。

「一カ月も前から予約してるくせに何をいってるんだ。誰の誕生宴会だか知らんが、とっとと残りを払え」

「だからこれは間違い……え、一カ月？」

右下に日付があった。たしかに二十枚。銀貨十枚を前金で支払ったという署名。見間違えようのない筆跡。

「ああ」

優美な曲線を描く、きれいな文字だ。そのはずだ。俺は一瞬目を閉じて、息を吐く。

「わかった。そうだな、間違いじゃない」

「何度もいっただろうが」

パン屋があごをそびやかした。

「そうだな。悪かった。いま払う。待っててくれ」

工房の方へきびすをかえすと、騎士に呼びとめられた。

「大丈夫なのか」

「何が」

「問題はないのか。さっきまで間違いだといいはってたんだろう」

騎士は射るような目つきで、まっすぐ俺をみていた。馬上になくても背は高く、武人らしい体格だが、偉ぶった威圧感はない。警備隊の小隊長としてはかなり人気が出そうだな、と余計な事を思う。

高い頬骨とひたいの影が日焼けした頬に落ちている。精悍《せいかん》でさわやかな顔立ちだ。

「いや、いいんだ。行きちがいだった。たしかにここから頼んでいる」

「この後、集まりでもあるのか？　ずいぶんな量だが……」

「何もないが、間違いではなかった」俺は口早に告げた。

「支払をするから、証明のためにそこにいてくれないか、騎士さん」

俺は門扉からほど近い工房へ向かう。ここは城下のはずれ、大通りから何本かそれた路地沿いの町屋敷だ。塀沿いの路地は、近隣住民にとっては大通りへ抜ける近道だし、門扉の背後にたつアカシアの木陰はときどき野良猫と子供たちの涼み場になっているが、門の内側はしんとして、ひとけがない。

戻って銀貨を支払うと、パン屋は「じゃあ荷物を入れるよ。どこへ持っていけばいい」とだるそうにいった。暑いのだろう。

「あっちだ。俺も運ぶ」

「厨房じゃないのか」

ぶつぶついいながら荷台へ向かったパン屋と一緒にピザの箱を下ろそうとした、そのときだった。横から手が伸びた。

「手伝おう」

止めるまもなく、騎士がさりげない腕の動きでパン屋を下がらせる。前がみえないくらい箱をかかえ、門扉の内側へどんどん踏み込む。

「あー兄さん、ありがとうよ！　気が利くねー」

次の瞬間、もう用はないとばかりにパン屋が御者台にあがり、同時に馬がいなないた。

「また注文あったらよろしくー」

「あ、ああ」

鞭《むち》を入れられた馬は逃げるように路地を去っていった。おい、そんなにあわてなくてもいいだろう。

俺は思わずつぶやいたが、かさばる箱を軽々ともちあげた騎士が納屋に向かっているのをみて、あわてて後を追った。先に戸口へついた騎士がさっきのパン屋同様、眉をよせている。

「ここでいいのか？」

「ああ、入ったところのテーブル――みたいなやつ――に置いてくれ」

工房――かつて納屋だった小屋――の中は、週末に寝泊まりしている俺のおかげで、およそひどいありさまだ。奥の寝台はぐちゃぐちゃで、壁ぎわの作業机は図面やメモ、落書きのたぐいで乱雑極まりない。ピザを置くよう指示したテーブルには、昨日の夕食の残り兼今日の朝食が置かれたまま。作業中の回路だけはきれいな台にのせてある。

「ほんとうによかったのか？」

騎士の表情がますます疑いを増していく。俺は居心地がわるくなり、作業机に腰をあずけてまっすぐな視線を避ける。体格のよすぎる制服の男に見下ろされるのは落ちつかない。

「ここから頼んだのはたしかだから、いいんだ。ちょっと事情があって……予定が変わっているが、断りを入れてなかった以上、パン屋に損をさせるわけにもいかないからな」

「しかし、こんな量をどうするんだ」

「近所の家にでも、おごりで配るよ。いまはここも静かだが、以前はつきあいも多かったはずだし、世話になっている場所もあるから」

「それならいいが」

きちょうめんなたちなのか、騎士はきっちり角をそろえてピザの箱を積むと、戸口へ戻った。

「俺はクレーレだ。第一小隊、隊長。このあたりの担当だから、何かあったら気軽に声をかけてくれ」

「アーベルだ。手間をとらせてすまない。ありがとう」

「気にするな。こういうときに役に立つのも、警備の仕事の一部だ。町のことがわかるし」

いや、パン屋の荷物を運ぶのは仕事の一部とはいえないだろう。俺はこのあたりでは新参者だから、怪しんでいるのかもしれない。それも勘ぐりすぎだろうか。ちかごろは考えが陰気になってよくない。

その瞬間思いついて、俺は去ろうとする背中へ声をなげる。

「当番の隊員って何人いる？」

「今日か？　六人だが」

「だったらこれ、六つ持っていってくれないか。どうせ多すぎるから、警備隊で消化してくれるとありがたい」

また眉がよせられた。天井からおちる、斜めに切られた明りとりの光で、騎士の眸《ひとみ》は金色がかった明るい茶色に透けてみえた。

「いや、そんなわけにはいかない」

ろよ」

「賄賂じゃないんだ。もらうのが職務がらまずいっていうなら、問題解決のために没収したことにし

「値段が張るものだろう。タダでもらうわけにはいかないし、没収なんて論外だ」

「なんだ、まじめだな。あんた、王城づきの騎士か。これは城下民からの警備隊への差し入れだよ。もらってくれ。さすがにこの量じゃ、近所に配るっていっても、大変だし」

騎士は本気で悩んでいるようで、唇をむすんだ表情はなぜか子供っぽくみえた。俺は可笑《おか》しくなった。おもわず口もとがゆるむ。

へんだな、と思った。俺はしばらく、笑っていなかった。

騎士はまばたきをし、急に落ちつかない様子になって袖でひたいをぬぐったが、ついに考えを変えたようだった。

「たしかに差し入れなら隊員が喜ぶが……」

「人助けだと思えよ。これも仕事の一環だと思って、もらってくれ」

「……わかった」

警備隊と、門扉のまわりでみかける子供たちの家と、子供のひとりに駄賃を渡して施療院《せりょういん》にも箱を届け、陽《ひ》が落ちたころには、残るピザは一箱となった。今日の夕食には十分だ。多すぎるくらいだ。明日は本業の職場に戻らなくてはならない。俺は図面と格闘し、作業途中の回路を調整する。

適当なところでやめて、ワインと、ピザの箱をあけることにした。

チーズのいい匂いがたつ。内部保存の回路魔術はまだ有効だ。

回路魔術は銀と鉛で描いた回路を通すことで、誰もが持っている微小な魔力を増幅し、特定の目的に使えるようにしたものだ。完成済みの基板さえあれば誰でも使える便利な道具である。

回路を組むには専門技術が必要だ。でも回路魔術師の多くは、王立魔術団で予見や戦略に関わったり、医者や治療者として施療院に所属する精霊魔術師ほど強い魔力は持っていない。一般的な認識として、回路魔術師は王立魔術団に見下される使い走りの技術屋だ。しかしいまでは世の中に必要不可欠な存在である。

なんとこれを最初に発明したのは俺のひいじいさんだという。その息子、俺のじいさんは、この方法をさらに発展させただけでなく、回路魔術師団を組織して、隣国との戦いのときには王家を勝利に導いた。騎士の叙勲を打診されたが結局もらわなかったという。とはいえじいさんのおかげで回路魔術師は王家公認となり、王立魔術団のような威容はないにせよ、王城に師団の塔をかまえている。

夜になり、やっと涼しい風が吹いている。

俺は窓と扉をあけはなち、工房の明かりでぼんやりアカシアの木が照らされるのを眺めながら、ワインを傾ける。

とろけるチーズにふかふかのパン、肉と野菜の味も申し分なく、ピザはうまかった。酒の肴《さかな》にもちょうどいい。

そうはいっても、ひとりでは食べきれそうにもない。

周囲は静かだ。あまりにも静かすぎた。

納屋の背後にたつ町屋敷には、誰もいない。十年ぶりの王都は記憶より大きくなりにぎわっていたが、この窓の景色は変わらない。アカシアの背丈だけは大きくなっている。

伯父《おじ》の急死を受けて俺が大陸から戻ったのは十週ほど前のことだ。伯父の生前から、この納屋は俺の聖域、あるいは遊び場で、自分の好きなものを好きなだけ作ることができる工房だった。屋敷の中には昔ここで暮らしていたころの俺の部屋もあるが、いまは中に入れない。

伯母《おば》も伯父もいなくなり、十年離れていた王都に友人はいなかった。週末はこの納屋で、勤務日は王城の宿舎で寝泊まりしているが、どの夜も長い。

ひとつひとつ数えるようにして、俺は長い夜を待つ。

待っていれば、いずれ明けるとわかっている。


ワインがまわり、食べるのに飽きて、俺はすこしぼんやりしていたようだ。だから突然かけられた声に思わずびくりとした。

「すまないが」

「ああ、昼間の」

戸口に背の高い影がおちている。暗がりでも姿勢のよさがわかる、はっとさせられる姿だ。俺はあわてて中腰に立つ。パン屋との仲裁に入ってくれた騎士だった。

「食事中に申し訳ない。礼をいいに来たんだ。隊員がみんな喜んでいた」

「引き取ってもらったんだから、礼をいいたいのはむしろこっちだ。仕事中わざわざ寄ってくれたのか」

「いや、もう勤務は明けているんだ」

たしかに昼間着ていた派手な徽章《きしょう》の上着ではないが、俺は何を話せばいいのかわからなかった。ここでうしろめたいことをしているわけでもないが、仕事でもないのに、騎士がわざわざ礼をいいに寄るなど変だと思ったのだ。

しかし相手の表情に邪気はなかった。俺と同じくらいの年齢だろうか。二十代で小隊長を任されるのなら、この男はきっとかなり高い身分の生まれだろう。つまり庶民にピザをおごってもらうような経験はなく、俺のような人間がめずらしいのかもしれない。

それに、夜は長い。

しげしげと顔をみつめていたせいか、騎士は居心地悪そうにまばたきをした。俺はワインの瓶をあごでさした。

「よかったら、少し飲まないか。食べ飽きていなければピザもある」

騎士はまじまじと俺をみつめ、つぎに破顔した。目じりに皺《しわ》ができ、整っているがやや硬い顔立ちが一気に明るくなる。

ちらちらと胸騒ぎがした。

「いいのか？　じつは、部下にやっただけでほとんど食べてないんだ」

「そうか、大食いだな……」

「六人いればな。みんな、めったに食べられないと喜んでいた」

「入れよ」

「ありがとう」

　そうと決まれば、といった様子で騎士はものおじもせず、かといってずうずうしくもなく、ごく自然に敷居をまたいだ。俺はきれいな器を探す。

「ワインでいいか？」

「ああ」

「ここには週末しかいないんでね。たいしたもてなしはできないが」

「いや、かまわないでくれ。勤務外でも、警備隊が城民にたかったと知られるとたいへんなことになる」

　俺は騎士にグラスを渡し、自分の分も追加した。それまで座っていた椅子《いす》を騎士に押しやり、作業台の足台を引っ張りだして座った。

「気にしなくていいだろう。俺が子供のころはよく見回りが立ち寄って飲み食いしていたぞ。制服で」

「そうなのか？」

　騎士は小さなテーブルに向かい、長い指でひょいとピザをつまみ、うまそうに食べた。食べながら、城下の警備についたのは今期が初めてだ、という話をした。

すでに満腹だった俺はただ騎士の様子を見物していた。ひとりでは食べきれなかった大きな一切れが皿からきれいに消えたのが心地よく、無駄にならずにすむと思うと嬉《うれ》しかった。ちかごろの俺が陥っている深い穴に、涼しい風が吹いてきたような気分だった。

ワインをちびちび飲みながら、俺はしばらく気の向くままに、昔ここに住んでいたこと、屋敷に人がたくさん出入りし、職人や行商でにぎやかだったころの話をした。誰かに向かってこんな風に話したことはしばらくなかった。酒のせいで口が軽くなっていた。

かなり腹が減っていたのか、騎士はよく食べ、ときどき飲み、たまに相槌《あいづち》をいれながら俺の話を聞いていた。

「伯母はもてなし好きだったからな」

「伯母？」

「この屋敷は伯父夫婦のものだったんだ。先日亡くなったが」

「それは……」

「俺が戻ってから、伯母はしばらく施療院にいたんだが、そのあいだにこのピザを注文していたらしい。俺を驚かせたかったんだろう」

「今日は何か予定されていたのか。記念日でも？」

「いや、ただの誕生日だよ。大げさな人だった。いくら生活に余裕があるからって、こんなにたくさん、どれだけ人を呼ぶつもりだったんだか。俺の知り合いなんて今は王都にいないのに」

俺は唇をゆがめてすこし笑ったが、声がかすれた。調子にのって飲みすぎている。

「王都は久しぶりか？」

「十年大陸にいたからな」

「そうか。じゃあ、今日が誕生日なのか」

「いまさら誕生日もないだろう」

「そんなことはない。いくつになっても生まれた日を祝われるのは嬉しいことだし、祝ってくれる人がいるのもすばらしいことだ」

一瞬、喉が詰まった。

「ああ。そうだな。伯母も伯父も、俺にすごくよくしてくれた。とてもいい人だった」

騎士は俺の目をまっすぐにみつめていたが、ふいにグラスをあげた。

「おめでとう、アーベル」

俺は顔をそらし、自分でもよくわからないことをもごもごとつぶやいた。騎士が笑った。軽く明るい声で、楽しそうに。

急に頬《ほお》が熱くなった気がした。名前を覚えていたのか、と思った。


次の週末、アカシアの木に登って伸びすぎた枝を切っていると、蹄《ひづめ》の音が聞こえた。剪定《せんてい》した枝葉を地面に落とし前髪をはらった瞬間、騎士の顔が目の前に現れた。俺は木から転げ落ちそうになった。

「驚かすなよ！」

「すまない」

高い馬の背にまたがったまま、騎士は街路へ傾いたアカシアの幹にのりだし、俺の腰に手を伸ばしてささえた。栗毛《くりげ》の馬はもたもたしている主人に動じず待っている。

「大丈夫だ、離してくれ」

「通りがかったらみえたので、つい」

「タイミングをみはからえよ」

騎士はばつがわるそうだった。

「先日ごちそうになった礼をと思ってな。よかったら…」

「ちょっと待ってくれ。日が暮れる前に終わらせたい」

俺は素早く木から降りるとアカシアの枝を台車に山積みにし、回路に魔力を流す。台車は車輪を軽くきしませながらくるりと工房の脇を回って行った。

枝の山がひとりでに動いていくのを見送りながら、騎士は感心したように目をまるくしている。

「便利なものだな。勝手に曲がるのか。はじめてみた」

「運転制御は俺が組んだ回路だから、ここにはまだないだろう。いずれこっちでも売りたいんだが」

「回路魔術師なのか」

「ん、知らなかったのか？　警備隊だからこのくらい調べたかと思ったよ。週末以外は王城で働いている」

知らなかった、と細められた目が語っていた。王城でも偶然出会うことはまずないだろう。回路魔術師団の塔は広い王城のはずれのはずれ、北東の隅なのだ。

「その袋、何か持ってきたのか？」

「ああ、うまい酒をもらったからと思って……」

「それはいいな。入れよ、騎士さん。散らかってるけど」

「クレーレだ。そう呼んでくれ」

それ以来、週末になるとクレーレは酒とつまみを持って現れるようになった。

第2章

会議でいちばん大切なのは、ただ椅子に座っていることだ――という格言を俺はこれまで信じていなかったが、王都に戻って以来、信じざるをえなくなっている。会議は踊る、なんてものじゃない。会議は座るものだ。そして座ろうが踊ろうが、あまり進まない。

回路魔術師団の全体会議は、やたらと無駄な確認が多く（進捗確認なんて文書を回せばいい）無駄な質問が多く（進捗が遅れる理由を本人に問いただしても意味がない）その結果、無駄に長い。核心にたどりつくのは予定時刻を過ぎるころで、それまでずっと座っていなければならない。そして王城といえども、ここの椅子は硬い。座り心地は悪いのに、なぜか眠くなる。

俺は腰をもぞもぞと動かし、眠気に耐えていた。

長い会議テーブルのいちばん奥に座っているのは、ストークスをはじめ、回路魔術師団の幹部たちだ。唯一の女性幹部であるエミネイターが壁ぎわの端に座り、向かいの一般席筆頭にルベーグがいる。王都ではめずらしい銀色の髪が一般席の隅でちんまり座る俺にもよくみえる。菫《すみれ》色の眸に銀の髪、精霊魔術師のような雰囲気をもつ彼の美貌も、この会議中は無駄に浪費されているようだ。

俺は回路魔術師の中では魔力量が多い方だろう。しかしルベーグは精霊魔術師なみに備えているのではないだろうか。魔力はこの世に生きるものなら誰でも持っている力だが、生まれつき力の強い人間、精霊魔術を使えるほど器に余裕がある人間からは、あわい光のような独特の空気が放散される。

一方、精霊魔術師にくらべると平均して魔力が少ない回路魔術師は、どうもぱっとしないもっさりした連中ということになる。ルベーグは規格外の回路魔術師で、ここではかなり浮いている。

それだけではない。ルベーグは真面目で才覚と意欲にあふれ、師団でいちばん幹部の席に近いと思われている。本人のやる気は会議でもわかりやすい。一般席ならどこに座ってもいいのに、幹部席のすぐ近くに座る、なんてのもそうだ。実際幹部席の近くにいれば、自分の存在が上に印象づけられるのはもちろんだが、会議全体の進行や、他の参加者を把握するのも楽になるし、喋る機会もふえる。

俺も大陸にいたころは、同業者の会合で似たようなことをやっていたかもしれない。でもいまは、王城勤めになって半年もたたない新参者の立場を活用して、隅の方でだらだらしている。王都での実績もなく学校も出ていない俺が大陸から帰ってすぐに就職できたのは、たぶん伯父の名前のおかげだ。しかし縁故関係をうかつに知られて目立つのも嫌だった。

「では、警備装置の保全と新規開発について……」

報告や作業遅延についての小言が終わり、やっと本来の議題に入ったようだ。回路魔術は王宮と王城全体の警備に関わる装置のほとんどに関わっている。最近不備や故障が多発しているため、早急に手をうつ必要がある、ということだった。とはいえ、話はまたも長い現状確認からはじまり、どこまで本気で聞くべきなのかもわからない。

「長いな」

クラインが横からささやいてくる。

「テイラーが話しはじめたら、いつ終わるかわからないぜ」

俺は軽くうなずいた。クラインは業務室が近く、新参者になれなれしい男で、師団に加わった当初は頼んでもないのに俺に近づき、塔の内情や王城のあれこれを教えてくれた。当時はそれなりにありがたかったが、いまは進んで接近しないようにしている。この男にはあまり褒められない癖があり、一度へべれけに酔っぱらった日、俺は引っかかってしまったのだ。その日の状況を思い返すと避けられなかったと自分を慰めても、失敗には変わりなかった。

それなのに今日、こいつは勝手に横に陣取り、思わせぶりに指でつついてくるので、ただでさえうんざりする会議がさらに憂鬱《ゆううつ》だった。俺はクラインをやりすごすため、王城警備の説明を片耳にいれつつ、手持ちの石板に線を引きはじめた。

「何を描いてる」

「ただの落書きさ」

「ふうん……へえ、それは大陸の記法か？」

「ああ」

回路魔術の基本は、手のひらにのるほどの基板に銀と鉛の微細な線で、魔力を制御したり増幅する回路を描いたものだ。回路の記法はいくつかあるが、俺は大陸で標準化された新しい記法が好きだった。ひいじいさんが考えた古い記法もそのまま使われているわけではなく、何度も改良を重ねている。でも大陸式の方が無駄がなく、大規模な回路を組んだり統合するのに向くように思うのだ。しかしこちらの魔術師には旧来の記法しか知らない者も多い。

新参とはいえ、師団で働きはじめてそれなりに時間がたったのに、いまだに俺がすこし浮いているのはそのせいもあった。他人にみせるものは旧来の記法でやるとしても、ちょっとした考えを書きつけるとき、俺は大陸の記法や言語を使うことが多かった。ひとりだけ意味がわからない記法を使っているのが不気味にうつるのかもしれない。

不気味というのは大げさにしても遠巻きにされている感じはあった。クラインも俺の手もとをしばらくみていたが、やがて興味なさげに目をそらした。

「あーあ……終わらねえなあ。ここにいる連中のほとんどには関係ないのに」

俺以外には聞こえないよう小声でつぶやく。

「また週末にでも飲んで、いいことしようぜ」

「いや、週末は忙しい」

「つれないなあ、アーベルは。たしかに週末は宿舎にいないみたいだが、何をやってるんだ？」

「伯父の屋敷を片づけているんだ。亡くなったからな」

「前も同じことをいってなかったか」

「手間がかかって大変なんだ」

「それだけか？　ほんとは城下に相手がいるんじゃないのか」

「関係ないだろ」

俺はそっけなく答えて手もとに集中し、クラインを無視する。とはいえ、今度の休日のことを思うと、ふっと胸のうちが温かくなった。ただの飲み友達なら、相手がいるといえなくもない。

ピザの一件から毎週のように警備隊のクレーレがやってくるようになり、季節も変わった。週末、伯父の屋敷の納屋を改造した工房で俺が作業をしていると、暗くなるころクレーレがやってきて、そのままふたりで飲んでいる。

クレーレは手土産《みやげ》に酒だけでなく簡単な食事を持ってくることもある。そのたびに金を払おうと申し出たが、頑として受けつけない。ピザの件をいまだに借りだとでも思っているのだろうか。

ともあれ、クレーレと過ごす時間は、王城の仕事やその他の事柄から気持ちをそらすことができてありがたかった。もっともそれぞれの私的な事情についてはたがいにほとんど知らないといっていい。最近クレーレは城下から王城の警備隊へ所属が変わったらしく、その程度なら会話から知れるものの、俺は彼の身分や住まいなどをたずねなかった。

俺は俺で、回路魔術師団の話題は極力避けているし、王城での仕事中にクレーレと鉢合わせたことはない。しかしよく考えてみると、騎士団に所属するだけでなく、あの若さで小隊長となっているクレーレはすくなくとも下級貴族にはちがいない。毎週のように俺のところへ手土産をかかえてやってくるのもおかしな話ではある。未婚のようだから、それこそ週末ともなれば、決まった相手のもとに通う方がずっと自然だ。

ふたりでいるとき、そんな話は一度も出なかった。俺の好みについて話したこともない。大陸でも王都でも俺は少数派だったが、相手になる人間はどこにでもいる。おかげでクラインにはめられたのだとしても、クレーレといる時間は別のもので、かつ貴重だった。

そこまで考えが至り、俺はふと、自分がクレーレを親しい友人とみなしているのだと自覚して、いまさらのように驚いた。

友人ができたと思うなんて、王都に帰ってはじめてのことだ。

物思いにふけりながらも、俺の手は石板の上を勝手に動く。クラインが予言した通りテイラーの話は長く、片耳で聞きながらの落書きは自然と王城の理想的な警備網をなぞっていた。

テイラーの現状報告によれば、必要に応じて王城や王宮に増設され続けた回路魔術装置の相当数は、外側も中の回路も時代遅れの古めかしいものになっている。仮に修理や交換がうまくいったとしても、後で追加された装置と連携がとれないといった面倒事がおきる可能性が高いという。もっと根本的な解決策が求められる。

俺はさまざまな施設や王家の直属ギルド、ここで働く者たちの宿舎まで含む王城の広さや、その中心にそびえる王宮の規模を想像し、ぞっとした。これは絶対に担当したくない仕事だ。もちろん大規模な改修にならざるをえないから、ある程度進行すればここにいる魔術師全員が巻き込まれるだろうが。

「……そういうわけなので、この機会に全体を一括で更新するべきかと思われます。さいわい、王宮は十分な予算を用意するそうですし、ちょうど大規模回路に適した大陸記法を熟知した魔術師も塔に入りました。彼を加えて、また実際の使用者である王城の騎士団とも連携した聞き取り調査も進め、開発にかかるべきかと」

「大陸記法を熟知した魔術師？　そんな新人がいたか？」

「新人といっても、何カ月かたっていますが」

「アーベル。そうでしょう、ルベーグ」

「はい。あちらの端にいます。アーベル」

いきなり名指しされ、俺はびっくりして顔をあげた。

「俺ですか？」

「ええ、あなたです」ルベーグは平然と続ける。「今日まで私とテイラーで現状調査を進めていましたが、これにアーベルを加えたい。おいおい人員はもっと必要になりますが、それについては……」

「ちょっと待て、何の話です？」

「ルベーグの提案でね、王城警備更新の案件にきみも加わってもらいたいと思っている」

エミネイターが妙に楽しそうな口調で俺に視線を向けていった。唇の端をあげた雰囲気は猫が笑ったようにみえる。もし猫が笑うのであれば。

エミネイターはつねに何か企《たくら》んでいるような顔つきをして、おまけにふつうの人間なら口にしにくいことまで平然と上に物申す。俺は面接のときからこの上司を苦手に思っていたが、やがてルベーグ以外の全員が同じく彼女を苦手としているのがわかった。これもあってルベーグはいちばん幹部席に近いと思われている。無駄に美形で、仕事ができ、近寄りがたい上司の覚えもめでたいとあれば当然だろう。

しかしそんなルベーグと、さらにエミネイターにまで俺が目をつけられているのは想定外だ。そしてこんな恐ろしい案件に加わるのも想定外だ。

正直、王城での仕事に俺は熱意がなかった。決まりきっているのに消耗が多く、おもしろくないのだ。他の回路魔術師よりも俺の魔力量はすこし多く、そのせいか俺は負荷試験ばかりまかされていた。

この作業はつまるところ他人の組んだ回路の最終確認だが、魔力と気力を両方消耗するのでうんざりさせられる。これ以上の面倒事はごめんだ。

しかしエミネイターとルベーグとそれ以外の全員にしげしげとみつめられて、俺の口から出たのは「いま担当してる案件はどうしましょうか？」という気弱な一言だった。まるでヘビに睨《にら》まれたカエルである。

エミネイターは俺のそんな様子にも素知らぬ顔だ。

「何件ある？　……ああ、五件ね。全部負荷試験か。こちらの方が緊急だから、別の人に任せましょう。ほう、ちょうどクラインが隣にいる。彼に全部回します」

「え！」クラインが目をむく。

「アーベルの担当案件、けっこう厄介なんですけど！」

「あなたくらいのベテランで、魔力量もあれば問題ないでしょう。アーベルはルベーグとテイラーと一緒に私の直属編成に入ります」

「はあ」

「さっそく打ち合わせをするから、クラインにいまの案件引き継いだら集まるように。場所はルベーグの部屋。ではこの件は終わり」

椅子に座っているだけの会議は予想外の結末を迎え、俺はよろよろと立ち上がった。

いつまでもぶつぶつ不満をいうクラインに引き継ぎを終え、やっと向かった打ち合わせは、さっきの会議からは想像もつかないほどすばやく終了した。面子《めんつ》は四人、エミネイターとルベーグ、テイラー、そして俺。ルベーグはすでに全体の見通しと予定を立てており、俺の当初の担当も決まっていたからだ。しかし俺は啞然《あぜん》とした。

「まずは騎士団への聞き取り調査だ。行き当たりばったりでやってきたことがテイラーのおかげで明らかになったから、新規の設計の前に騎士団の協力を強化し、使用者側の問題を洗い出す。アーベル、あなたにこれをやってほしい」

「俺が？」

ルベーグの説明にエミネイターが続けた。

「警備部隊のレムニスケート、若い方と懇意だと聞いている。若い方のレムニスケートは頭も柔らかいから、協力してもらえるだろう。古参の連中は新しいものに慣れないからな。馬鹿もいるし」

俺はぽかんとした。

「レムニスケート？　王城の警備部隊に知り合いなんていませんよ」

「第一小隊隊長のクレーレ・レムニスケートだ。休日に城下のきみの家にたびたび行ってるらしいじゃないか」

「クレーレがレムニスケート？」

俺はまたびっくりした。今日はびっくりすることばかりだ。

「レムニスケート家は始祖の昔から王城の設計に関与してきた家柄だ。古い記録も持っているし、クレーレは騎士団でも実力が認められているから、あなたが伝手《つて》を持っているのはありがたい。こういう調査は地道に聞き出そうとしてもうまくいかないんだ。使い方を覚える頭も持っていないくせに、回路魔術を馬鹿にしてまともに話そうとしない騎士も多い。もちろん、我々はそんな馬鹿にも使えるものを用意しなければならないわけだが」

ルベーグはエミネイターを補ったが、落ちついた外見や冷静な口調とうらはらに言葉は過激だった。エミネイターも騎士団を馬鹿馬鹿と毒づいており、このふたりは他にもいろいろとためこんでいるものがありそうだ。

穏やかにふたりを見守っていたテイラーが片方の眉をあげ俺にめくばせする。さっきの会議では嚙《か》んでふくめるような長い説明で出席者を退屈させていた男だが、この様子から察するに、あれは周到に考えられた戦略なのだろう。自分たちに都合のいい方向へ会議を運ぶために、わざと周囲をうんざりさせていたのだ。

「もちろんそれだけできみを引き抜いたわけじゃない。ただまずはレムニスケートを通して、騎士団の要求を聞き出し、まとめてほしい。使うのは連中だってことをこちらも長年無視してきたところもある。上の方で感情的にもめてる人もいたりしてね」

「テイラー、私はいつも冷静だし、感情的にもめたことなぞ一度もない」

「はいはい」

まるで掛け合い漫才だ。俺はようやく緊張を解きはじめた。仕事は大変だが、この面子は悪くなさそうだ。ひょっとすると王城の仕事はもっと楽しくなるのかもしれない。

「わかりました。それならクレーレにまず聞いてみます」

「いつからはじめる？」

「休日はよくふたりで飲んでますが、早い方がいいので、これから小隊まで探しに行ってきます」

一日の打ち合わせとしてはもう十分だ。

さっさと出ていこうとした俺をエミネイターがまて、と呼びとめた。まだ何かあるのか。

「レムニスケートときみはどういう関係なんだ？　恋人同士か？」

「ええ？」

いったい、今日は何度驚くはめになるのだろう。

「ただの飲み友達ですよ」

「ふうん」エミネイターはみるからにがっかりしていた。なぜだ。

「つまらないな、ルベーグ、私の負けだ」

ルベーグが鼻をならす。

「だからいったでしょう」

「てっきりそうだと思ったんだがなあ……若い方のレムニスケートは群がる女子をばったばったと振ってるというのに、遠くから来た男子のもとへ通っていると聞けば……」

俺はいたたまれず、あわてて部屋を出た。クレーレがレムニスケート――王政に疎い俺ですら名前を知っている有力貴族だ――というのはもちろん驚きだったが、俺とクレーレの接点や関係についてのうがった見方は想像を超えていた。エミネイターはどうやらほんとうに変人のようだし、彼女と賭けをするルベーグもただの真面目な人間ではなさそうだ。というか全員曲者《くせもの》なのだろう。

それにしても、俺とクレーレが恋人同士？　理由もなく俺は赤面し、鼓動が速くなるのを感じて、誰かと目を合わせないようローブのフードで目もとを隠した。

クレーレは騎士団の警備詰所であっさりみつかった。早足で歩いたせいで俺は汗をかき、やけに疲れていた。おなじ王城にあるといっても、回路魔術師の塔は隅の方で、中心にちかい騎士団の詰所はかなり遠い。それに俺は王都へ来て以来、閉じこもって仕事をするばかりで体力がおちている。

「……アーベル！」

詰所の入口でフードを上げると、誰何《すいか》するクレーレの表情が一度固まり、ついで破顔した。俺は単刀直入に告げた。

「回路魔術師団から要請があってきた」

「驚いた……王城で会うとは、思ってなかった」

「回路魔術師だと知ってたのに？」

「まあ、そうなんだが……」

クレーレは勤務中で、当然のことながら王城警備隊の制服を格好よく着こなしている。遠目にはすらりとしているが、近寄ると胸板は広く厚く、がっちりした筋肉に覆われているとわかる。制服を着ているせいか、俺に向けたまなざしは週末に城下で会うときよりも凛々《りり》しく思えた。

またもエミネイターの発言が思い出され、前置きなしに心臓がどくどく鳴りはじめた。とにかく要件を伝えなければならない。

「おまえ、レムニスケートなんだな」

「ああ……まあな。どうして」

「おまえがレムニスケートなのを見込んで頼みがある。回路魔術師団の王城警備更新に協力してほしい」

クレーレは鳩《はと》が豆鉄砲を食らったような顔になった。

「ああ？　それはかまわないが……何をするんだ？」

「回路魔術の使用者にとっての問題点を洗い出すために騎士団に聞き取り調査をしたい。人選や内容を詰めるから、よければ一度打ち合わせをしたいんだが」

「そういえば父が少し前にエミネイター師と話したといっていた」

きっとそれが「若くない方のレムニスケート」なのだろうと俺は思った。エミネイターが馬鹿呼ばわりしていた方だ。

俺は知らん顔をきめこみ「いつならいい？　俺は早い方がいい」とたずねる。

クレーレは少し考え込み「夕食を食べながらでいいだろうか」と続けた。

「打ち合わせということなら、任務の一環だし、騎士団の食堂がいいと思うんだが――アーベルが問題なければ」

「そっちに問題がなければどこでもいい」

休日でもないのにクレーレと食事をするのはおかしな感じがしたが、すでに俺の胸の内側では温かい期待が羽ばたいていた。それは友人と食事ができるという喜びにほかならなかったが、体の奥底でべつの何かがちろちろとうごめいてもいて、予告なく俺を赤面させそうだった。俺はクレーレと落ちあう時間をきめ、顔を隠すようにフードをかぶった。

「じゃ、あとでな」

「ああ」

これで用件は終わりだ。それなのに俺は立ち去りがたかった。詰所を出て数歩進んだところでふりむくと、クレーレはまだ入口に立っていた。俺はあわてて目をそらし、急ぎ足で師団の塔に帰った。

第3章

騎士団の宿舎は回路魔術師団の素朴な宿舎とはかけ離れていて——つまり見かけも中身もかなり豪華だった。きっとここなら椅子も硬くない。

王城は小高い中心に王宮を抱き、中心に近ければ近いほど、古くから権勢を誇る組織が占めている。騎士団と王立魔術団は王宮とほぼ隣り合わせで、騎士団の宿舎も中心部にある。巻貝、あるいはほころび始めた薔薇《ばら》の花のように護《まも》られるものが中心へあつまる。

国が栄えるにしたがって王都は膨張し、それにともなって王城も面積をふやしていったのだ。だから周辺の城下に近いあたりは、歴史の浅いギルドや王宮内の雑役を請け負う商家がならび、そして我らが回路魔術師団も鎮座している。薔薇でいえばもはや花びらではなく、ガクの部分か。

クレーレのあとをついて騎士団の食堂に入ると、こちらをみてひそひそとささやく声が聞こえた。体格のいい騎士のなかで魔術師のローブは目立ちすぎる。顔にささる視線を感じて俺はフードを下げたくなったが、不審者に思われるのも嫌なので耐えた。

クレーレは衝立《ついたて》で区切られた椅子を指さし、俺が座ると、目でうなずいて厨房の戸口へ向かう。俺はローブの下から持参した書類の束をテーブルに広げた。テイラーとルベーグが周到に用意していた調査票を自分の石版の覚え書きと照らしあわせるうち、物珍しげな周囲の目など忘れていた。ふと我に返ると、テーブルに湯気をたてる皿が並んでいた。

「ふだんの食事だから特にいいものじゃないが、食べてくれ」

向かいの椅子をひきながらクレーレがいう。

「うちの師団よりはずいぶん上等にみえるが」

「悪くはないはずだ」

クレーレが手をつけたので俺も相伴にあずかることにした。シチューはこってりと濃厚で、パンはまだ温かかった。いつものようにあまり食べられなかったし、おまけに俺はクレーレがおおぶりのスプーンでシチューをすくうのにひそかにみとれていた。

あまり認めたくなかったが、俺はクレーレがものを食べる様子が好きだった。とくに豪快な食べ方をするわけでもない。でも、まるで贈り物をもらった子供のような顔をして食べるので、こちらの食欲まで満たされる気がする。

「独身者は全員宿舎にいるのか？」

「たいていは。王都の外の領地に妻子がいる場合もある。上級幹部は城内に住まいをもっているが」

「やっぱり椅子は硬くないな」

「なんだ？」

「なんでもない」

衝立があるせいか、クレーレが目の前にいるせいか、皿の横に書類があるせいか、緊張がほぐれてくる。俺はおもむろに書類と石版をひきよせ、要件に入った。

この国は豊かで、しかも俺のじいさんが回路魔術の実績をつくった戦争を最後に大きな衝突も起こしていない。これは内政と交易の安定と、周到な外交の根回し、完璧主義の防衛がつりあった結果だ。他国に先んじて発展した回路魔術の成果は大きく、ながいあいだ他の追随をゆるさなかった――これまでは。

だがこのごろ、状況が多少変わりつつあるらしい。エミネイターによると、王立魔術団の一部が正体のわからない不穏を予知したという。今回の計画に予算がついたのもそのためらしい。

俺は警備の補助に使われている装置の図面を示しながら、計画の概要と、騎士団の協力が必要な作業を説明した。この中には回路魔術が使われていると騎士が自覚していないものもある。クレーレはあごに手をあて、眉をよせて話に集中している。予想通り飲みこみは早かった。あらましを聞き終えると、ついと立って衝立の向こうをみやり、食堂のだれかを手まねきした。

「デサルグ、ちょっといいか?」

あいーっとまのびした声をあげて、急にやたらと高い位置にいかつい顔が出現した。

「彼はデサルグ、俺の副官だ。この調査に関する具体的な手配は彼に頼むことになる。デサルグ、彼はアーベル。回路魔術師団からきた」

クレーレよりさらに一回り大きい男だ。日焼けした四角い顔に、細い目はまるで線で描いたようだ。それが俺の方を向いてさらにくしゃっと細められる。

「デサルグです。よろしく。で、何をすればいいんで?」

差し出された手はこれまた大きかった。デサルグもまじえて明日からの手順について説明し終えるころ、食堂にはほとんど人の姿がなかった。

席を立つ俺にクレーレが「送ろう」という。

「師団の宿舎に戻るだけだ。ここでいい」と俺は返す。

「いいから、隊長に送らせてやってくださいよ」

デサルグはようやく解放されたとばかりに伸びをしていた。

「今日は知り合えてよかったですよ。隊長が休日に通っているのがどんな人か、みたかったし」

「なんで知ってるんだ？」

「副官なんでね。上司の私生活はなんでも知ってる」

クレーレが唸《うな》る。

「嘘《うそ》をつけ」

「馬ですよ、馬」デサルグはからかうようにクレーレに指をふった。

「隊長の馬は本人よりも有名なんでね。馬丁の噂《うわさ》話は場所を選ばない」

なるほど。エミネイターの情報源もこれか。

「悪いな、飲んでるだけなのに、毎週隊長さんを借りて」

「いや、いいんだよ。この隊長、堅いことにかけては馬よりも有名でね。休日も判で押したように訓練、訓練、訓練が大好きだったのに、町場の警備から復帰したら毎週でかけるから、俺たちは賭けをしていたくらいで――おっと、これはないしょ」

「デサルグ、黙ってくれ」

クレーレが焦ったように割って入る。デサルグはからからと笑い、俺もつられて微笑《ほほえ》んだ。

師団の塔がある北東の隅まで歩きながら、クレーレも俺も静かだった。居並ぶギルドはすべて暗いのに、王城の端にある師団の塔からはまだ明かりが漏れている。位置からしてルベーグの部屋だ。

「宿舎は？」

「塔に戻るからここでいい。まだ作業がある」

塔に向かった俺に、クレーレは眉をあげて、かるく睨むようにした。

「アーベル――ちゃんと休息をとってるのか？」

俺は苦笑した。塔の窓をみあげ、テイラーのやつも残業しているのだろうか、とぼんやり思う。

「休みのたびに俺のところへ飲みにくるやつが、よくいうよ」

「そうはいっても、俺が行くまであまり休んでいるようにみえないんだが」

たしかに王城が休みの日、俺は工房で一日働いていることが多いが、少なくとも王城の仕事はしていない。

「アーベルと知り合ってからしばらくたつだろう。――夏より痩せている気がする」

「もともと小食なんだ」

「こんなに細いのはよくない」

そっとつぶやいて、クレーレは俺の手首をつかんだ。

不意打ちだった。

ごく軽い、他意のない触れ方だ。なのに体の芯に熱がはしる。

今日は長い日だったから、と俺は困惑しながら思う。長い会議や打ち合わせ、エミネイターの余計な一言のせいで、過敏になっているのだ。

ほんとうはそうでないとしても、俺は認めたくなかった。

不自然にとられないように肩をまわし、そっとクレーレの手を外す。

「気にするな」

暗くてクレーレの表情はよくわからなかった。とまどうような、それとも、さぐるような。

俺は目をそらし、軽く手をあげ、塔の入口へ歩いていった。

振り返らなかった。

「おい、ふつうにやってくれふつうに。緊張するなよ！」

「はいっはいいっ……すみません」

少年めいた幼い顔の騎士はおそらく十八にもなっていない。デサルグの横でしゃちこばって、落とし戸の把手《とって》を引いている。力が入りすぎだ。少年騎士の後ろには中くらいの——デサルグと少年のあいだにいるからそうみえるだけで、実際は立派な背丈の——騎士が所在なげにたたずんでいる。

どうしてこんなに連中は居心地悪そうなんだ。俺のせいか。それとも。

「……これってやっぱりあんたの顔のせいかな」

わざと聞こえるようにつぶやくと、ずっと上の方で「人のせいにしないでくださいよ」とデサルグがぼやいた。

「おまえら、楽にやるんだ。いつもの通りだ。魔術師殿は自然にしろといわれている」

「はいっ、副官っ」

「……元気がよくてけっこうだ」

俺は困惑を顔にだすまいとがんばった。

「ちょっとかせよ」

計画通り副官のデサルグの助けを借り、俺は城内で調査をはじめていた。回路魔術のほとんどは、騎士が日常的な警備で扱う道具や物体に施されている。デサルグは俺の要請にこたえて、体格が極端にちがう部下を二人連れてきていた。デサルグも加えた三人が縦にならぶと階段のようでおもしろい。だが、俺に対してあまりにもびくつかれるのは、おもしろいとはいえない。

問題の落とし戸の把手には複雑な模様が象嵌《ぞうがん》されていた。かるく握るとちょうど、親指の下から手首の内側の脈にかけて触れる位置だ。

俺は少年騎士の横に膝《ひざ》をつき、彼のこわばった指をひらかせる。軽くもんでからやわらかく把手を握らせる。なんてことはない、ふだん彼らがやっているのと同じことだ。少年の手の甲の上に自分の両手をそえると「じゃあそのまま」といって、把手を軽く押した。

落とし戸は素直に動いた。もう一度把手をひくと、なめらかにあがる。簡単だ。たとえこの落とし戸が鋳鉄でできていて、デサルグ五人分の重さがあるとしても。象嵌された模様は銀と鉛の回路で、騎士の手首から流れる微量な魔力を増幅し、生身の人間の上に落ちれば骨ごと砕けるほどの重さも、軽々と動かす。

「いつもこんな感じになってるか？」

手を握ったまま少年騎士にたずねると、なぜか唇を噛んでうつむいている。

「シャノン、返事は」

デサルグがせっつくと、はじかれたように「はいっ……そうでありますっ」と答えが返ってきた。

「動くときにおかしな音がすることは？」

「いいえっ、ございませんっ」

「どこかに引っかかるようなことは？」

「いいえっ、ございませんっ」

俺は上目でデサルグをみた。

「ええと……俺は何かまずいことやってるか？」

「それなら魔術師殿、手を放してやってください」

「すまん。忘れてた」

手をほどくと少年騎士はバネじかけのように俺のうしろへ飛びのき、俺は彼に押し出されたもうひとりの騎士に前に出るようめくばせした。少年の様子をみて学習したのか、彼はひとりでやってのけた。もちろんこれが当たり前である。

「あんたら、そんなに回路魔術師に慣れてないのか？」

ためいきまじりにつぶやくと、デサルグが斜め上から淡々といった。

「たしかに回路魔術師には慣れていないし、あなたにも慣れていません」

「それって同じことだろ」

「いや、ちがいますよ」

「俺があんたらの隊長と飲み友達で、何かあったら隊長に告げ口するから？」

「そんなのじゃないですよ。なんていうか、あなたは場違いなんだ」

「場違い？　そりゃそうだろうけど」

「ほら、はきだめになんとかっていうじゃないですか」

なんでもなさそうにデサルグはつぶやき、じゃあ次に行きましょうか、と歩き出した。

「それにしても、どうして我々がいちいちこれをやらなくちゃいけないんですか？　魔術師殿が試すのではなくて？」

落とし戸や城壁の狭間に埋め込まれた回路を巡るうち、さすがの騎士たちも回路魔術師の存在に慣れてきたらしく、きちんと質問にこたえてくれるようになる。

俺が知りたいのは、騎士が自分で気がつかないような事柄だった。ささいな、気にもとまらないような不便。各自が当番につくたびに、無意識に、あるいは創意工夫で修正している、微細なずれ。

「どうして俺がやらないかって？　――じゃあちょっと試してみるかな」

王城の東南の隅までできていた。暗渠《あんきょ》が切ってあり、水が城外へつながっている。俺は水路に通じる格子を見下ろす。ローブの下からトーチを取り出し、回路に魔力を流して明かりをともす。

「ダヴィド、格子をあげてくれ。ふつうにやれよ」

中くらいの（あくまでもシャノンとデサルグのあいだに立てば、だが）騎士に声をかけ、格子の中央に指をかけるのを見守った。埋め込まれているのは解錠の回路だ。ダヴィドはなんなく鍵をあけ、さらに把手を持ちあげる。ここにも指があたる部分に回路が刻まれている。ついでシャノンに格子をもとに戻させると、俺は膝をつき、触れないように気をつけながら解錠の回路を指さした。

「ひとつの回路にはふたつの円――力を循環させる仕組みがある。ひとつは回路に触れた人間から流れる魔力を正しい速さと強さにし、もうひとつは調整された魔力で狙い通りに装置を動かす。だから多すぎる魔力はせきとめられ、少なければ増幅される。だが回路は使ううちに自然に摩耗するんだ。

摩耗が激しくなって回路が損傷してくると、想定外の魔力を調整できなくなる場合がある。そうするとたとえば――」

俺は解錠の回路に触れ、軽く魔力を流した。

バチッと火花が散る。

「こんな風に回路がショートする」

シャノン、ダヴィド、デサルグの三人とも、あっけにとられたように俺をみた。

「どうして？　俺たちのときは、何事もなく……」

「俺の魔力量はちょっと多いんだ。ただ、摩耗していなければふつうこの程度は耐える。そして過剰な魔力で回路がショートすると補助が効かなくなるから、ここは安全に――」

俺は格子に手を触れ、顔をしかめた。

「――デサルグ、トーチを持っていてくれないか」

ローブの下から片眼鏡をひっぱりだすと右目にかけ、格子にかがみこむ。広がった視野を増幅し、摩耗した銀線の奥にうっすらとべつの模様が浮かぶのをみる。模様以外にも何かがついている。小さな糸くずのような、動物の毛のような、種を運ぶ綿毛のようなもの。

指先につまもうとしたが、こぼれてみえなくなってしまった。明らかにおかしな現象だった。単なる摩耗現象ではない。

俺は何食わぬ顔でまたローブの下をさぐり、応急修理用の汎用回路を取り出した。手のひらで調整し、金属箔《はく》をかぶせた解錠回路の上にのせる。金属箔に人差し指をあてる。火花が散った。つぎにナイフのような形をした青い炎が一瞬伸びて、消える。

「これでいい」

「うわぁ、すごい……」

「いずれ交換するから、今は多少摩耗していても、それまではだましだまし使えるだろう」

シャノンの顔が好奇心で輝いている。ずいぶん感心してくれたようだ。俺はひたいに浮かんだ汗をさりげなくぬぐった。

「回路魔術のいいところは、ふつうの人間であれば原理を知らなくても使えるってことだ。たいていの人間は、使い慣れた道具をどんな風に扱っているかなんて意識しない。自分がどうやって歩いているかなんて、歩く前に考えないだろう。それと同じことだ」

ローブの内側に道具をしまうと立ち上がる。

「じゃあ、つぎにいこうか」


予定をすべてこなして解散したのは陽が落ちるころだった。デサルグは隊長に報告へ行くといい、どのみち俺と方向は同じなので、騎士団の詰所まで歩いたところでクレーレに出くわした。その場でデサルグが簡潔な報告をする。

俺は空腹と疲労感でぼんやりしていた。肩に手がかけられ、顔をあげると、クレーレが眉をよせてこちらをみている。

「食事はこれからだな？」

「ああ」

「行こう」

俺に同行するのが当然であるかのように、クレーレはさっさと歩きだす。おかしなことだとは感じなかった。むしろとても自然なことのように思ったのは、疲労のせいだろうか。

クレーレは騎士団の宿舎ではなく出入りの商人が使う城壁近くの食堂へ向かい、俺たちはごくふつうに夕食をとった。俺はデサルグやシャノン、ダヴィドのことを話し、クレーレは商人から聞いたという、最近城下で流れている噂話を教えてくれた。

レムニスケートという有力貴族の子息にしては、クレーレは驚くほど町場の商人と気さくにつきあっているのだった。城下の警備にあたっていた時期もずいぶん周囲に慕われていたらしく、王城警備に戻ってからも以前の部下とつながりがあるらしい。彼のような立場の人間にはめずらしいことだろう。たぶんクレーレは俺よりずっと人間の出来がいいのだ。

食事を終えると、クレーレは師団の塔へ戻る俺にこれまた有無をいわさぬ様子でついてきて、俺たちは塔の下で別れた。

「また明日、アーベル」

「で、諸君。結論をひとことでいえば？」

エミネイターが部屋の奥に陣取り、手の中の報告書を指さした。

「偶然とは思えない回路の損傷が七カ所もあるんですよ。何を意味していると思います？　しかもただの損傷じゃない」

こたえたのはテイラーだ。エミネイターは報告書をめくりながら眉をひそめている。師団の塔のルベーグの部屋で、俺とテイラーは図面をはさんで向かいあい、エミネイターの斜向《はすむ》かいではルベーグが石板のへりを神経質になぞっている。いつも完全無欠で、何があっても冷静な印象がある彼にこんな癖があるのは意外だった。

「みつけしだい処置をしたから当面は大丈夫だが、人為的なものだと思う」

俺の言葉にかぶせるように、テイラーが図面に鼻先をつっこんだままつぶやく。

「問題はそれなりの魔力量の持ち主でないと、不可能な細工だってことだ」

ルベーグは憮然《ぶぜん》とした表情だった。

「この塔の人間じゃあるまい。だったら回路の〈署名〉でわかる」

回路には独特の「筆跡」があり、個性があるので、師団の魔術師なら特定できるのだ。

「王立魔術団でもない――と思いたいがね」

テイラーがつぶやき、俺たちは顔を見合わせた。王立魔術団の精霊魔術師たちと、この師団の関係は「敬して遠ざける」「利用できるものは利用する」だ。純粋に友好的なものではないから、彼らがからむとめんどうなことになる。だがエミネイターは明解にこたえた。

「たとえ精霊魔術師が関係していても、組織的なものではないだろう。もともと王立魔術団の連中が予知したから、今回の仕事ができたんだ」

「で、その予知は何といってます」とルベーグ。

「不穏、だそうだ。明瞭な危険ではない。『敏捷《びんしょう》に動くもの』がこれまでなかった何かをもたらすらしい」

「それってなんですか、ねずみとか？」

テイラーがぼやいたが、俺は記憶のどこかにひっかかるものを感じた。


騎士団の協力で調査をはじめてから十日経《た》つ。今日は本来なら休日のはずだ。

初日の調査で俺があえてショートさせた回路にみられた異常は、その場にいた騎士団の連中には知らせなかった。あのときは俺の「修復実演」にみせかけて修理してしまったせいだが、しかしその後も他の場所で同じような異常と細工の痕跡が発見されるに及んで、うかつに取り扱えない事柄になってしまった。

問題は過剰な魔力をかけると回路がショートすることではなく、本来ショートした回路で閉じるはずの扉が開いてしまうことだった。この細工が実際に使われたのかどうかまではわからなかった。発見された七カ所――水路の格子から送風孔の弁まで――は人間が進入できるような大きさではなく、警備上の重要性はないとされた。しかし王城の回路魔術師も知らない改変が加えられているのは重大な問題で、おまけに改変の意図がわからないなど、不気味としかいいようがない。

「憶測には意味がない」

書類を机に投げ出し、エミネイターが宣言する。

「どこが何を企んでいるにせよ、更新が終われば問題はなくなる。秘密厳守で作業してくれ。アーベル、騎士団への聞き取りは完了でいいね？」

俺はうなずく。クレーレとデサルグのおかげで進捗は早かった。

「王宮や上の方には私から根回しする。必要な人員はどんどん使えるように計らっておく。明後日からかかれ。明日は休めよ」

エミネイターが出ていくあいだもルベーグは眉をひそめて石板をなぞっている。この部屋では上司と部下のわけへだてもあいまいで気楽なものだ。俺とテイラーは同時にあくびをする。

「僕は帰るよ」

テイラーが立ち上がった。

俺も伯父の屋敷へ戻るつもりだった。明後日からの師団の仕事を考えると、明日は一日工房へこもっているくらいがちょうどよさそうだ。扉を閉めながら振り返ると、ルベーグは目を閉じて片手で石板をこつこつ叩《たた》いている。もう片手の指先は、小さな糸くずをもてあそんでいた。どこかで似たものをみたと思ったが、思い出せなかった。

納屋を改造した工房には正面以外の窓がないから、背後にうずくまる伯父の屋敷もみえない。真っ暗で、ひとけがない伯父の家。俺はいまだにこの屋敷を「伯父の家」だと思っている。伯父と伯母が亡くなり、書類上は俺のものになっているが、実感はない。

工房の狭い寝台に横になり、無気力にまかせてじっとしていた。疲れているせいか、今日はひどく気分が沈む。今夜は月も細く、回路をいじるにも暗すぎた。何も食べたくないとひとりごち、そのときはじめて、最近ひとりで食事をしていなかったことに気がついた。騎士団と調査をしているあいだは毎日クレーレと夕食を食べていた。

アカシアの葉が風に鳴るのを聞きながら、ゆっくりと暗鬱《あんうつ》な気分が自分を覆っていくのに、ただ耐える。

あの木は俺が伯父の元へ来たとき、すでに大きかった。伯父と伯母は両親を亡くした俺をひきとり、それぞれのやり方で愛情をそそいでくれた。伯母は実の母親のように、伯父は年長の友人のように。回路魔術の研究で俺が大陸へ渡るときも援助まで与えてくれたのだ。だが俺は当地で知り合った仲間と商売をはじめ、そのまま夢中になって帰らなかった。手紙のやりとりはまめにしたつもりだったが、大陸での俺は旅ばかりしていたし、この国は遠かった。

伯父の訃報を知ってすぐ、俺は大陸での商売をやめて、伯母の元へ戻ることにした。伯母は下半身が麻痺《まひ》していたから、ひとりにするわけにはいかなかったのだ。だが諸事を片づけ、船旅をかさねて王都にもどってくるあいだにもう季節が変わっていた。そしてわかったのだ――俺がさまざまな事柄に、間に合わなかったのだと。

俺は遅すぎた。

そのまま居眠りしたらしい。軽い馬のいななきに意識が戻る。影が俺をみおろしている。

「エヴァリスト？」

自分の口からもれた音に、そんなわけはないと気がつく。

「眠るなら扉くらい締めてくれ。不用心だ」

クレーレが腕を組んで俺をみおろしていた。

「明かりがついているし、あいてるから入ったが……」

「ここに物盗りなんて入れないぜ」

伯父の回路魔術がちんけな泥棒から屋敷を守っていることを、俺はいつクレーレに話しただろうか。そのおかげで俺すらこの屋敷を恐れているということを。

「そうはいっても無防備にみえるんだ」

「ローブの下に何があるか知っている人間はそんなことはいわないさ」

俺は襟を合わせながら寝台から離れた。騎士服のままのクレーレに「なんだ、めずらしく手ぶらだな」とぼやいてみる。

「これから両親のところへ顔を出すんだが、その前に寄ってみた」

「残念だな。城の夕飯じゃ飲めないし、ふたりで飲むのを楽しみにしていたのに」

深く考えもせず冗談めかした軽口をたたいたが、言葉が口から出たとたん、それが事実だと悟って静かな衝撃を受けた。たしかに騎士団に協力してもらっているあいだ、俺は毎日クレーレと食事を共にしていたが、王城はどこでも人目があった。いままで意識していなかったが、ふたりだけでクレーレと食事をするのを俺はひそかに楽しみにしていたらしい。

クレーレと俺は、騎士と回路魔術師というおかしな取り合わせだとしても、いまは王城警備に関する共同の仕事についている。夕食どきは仕事の話だけでなく、城下に流れる噂話でもおおいに盛りあがり、会話の種はつきなかった。それにレムニスケートという有力貴族の一員であるせいか、クレーレは日常の立ち居振る舞いも他の騎士より格段に洗練されていて、その精妙さが心地《ここち》よかった。

そのせいか、自分でも知らないうちに俺はクレーレをみつめていることがある。一方、視線を感じて振り向くと、今度はクレーレが俺から目をそらしたりする。

奥の方で気配をころす自分の感情に俺は蓋《ふた》をする。クレーレは王都に戻ってはじめてできた友人で、共に時間をすごしているだけでも、これまでになく居心地がいい。

それでいい。

「すまない、一緒に食事できなくて」

俺の落胆に気づいたのか、クレーレが謝ってくる。

「何を気にしているんだ」と俺は笑った。

なぜか今夜のクレーレは落ち着きがなく、妙にそわそわしているようだった。これから両親のところへ、つまりレムニスケート家に行くせいだろうか。

クレーレは軽く腕を組んで俺をみおろした。

「調査は終わったとデサルグから報告がきたが、騎士団が協力する方は一段落したと考えていいのか？」

「ああ、何日も副官を借りて悪かった。全部終了だ」

俺はテーブルに肘《ひじ》をついて騎士をみあげる。乱雑な小屋のなかに突っ立っていても、この男はいつもさわやかなたたずまいだ。それにくらべると我ながらだらしない姿勢だが、クレーレがそばにいると俺は不思議とリラックスしてしまう。背中に力が入らないのだ。

「いろいろ重要なことがわかったよ。たぶん上の方からも礼をいってくると思う。現場は明後日からつぎの作業だ」

いちばん重要なこと、何者かによる七カ所の故意の損傷についてはエミネイター預かりになったので、俺からはクレーレに知らせなかった。エミネイターから公式な報告として騎士団へ情報はいくだろうが、どんな形になるかわからない以上、うかつな話はできない。

「これから忙しくなるのか」

「かなりおおごとになりそうだ。でもまあ、これまで城で任されていた仕事にくらべるとおもしろいよ」

これは本心だった。裏で何が起きているとしても、他人が組んだ回路の負荷試験に消耗するより自分で作る方が楽しいに決まっている。

「アーベル、明後日からということは、明日は休みか？」

「ああ」

「だったら……遠乗りに行かないか」

「遠乗り？」

予想外の誘いに俺は微笑み、上目でクレーレをみつめた。

「大陸から戻ってきて、一度も町から出ていないんだろう。すこし体を動かした方がいい」

「俺は馬を持ってない」

「予備の馬を貸せるさ」

「ひきこもって机に向かってばかりの回路魔術師がうまく馬に乗れるなんて思ってるのか？」

「アーベルは机に向かってばかりの回路魔術師じゃないんだろう。大陸では馬なしで商売できないと、前に聞いたぞ」

「たしかにそういったが……」

俺は不満げに唸ってみせたが、心の奥ではもう、誘いにのることに決めていた。

「いいよ。行こう。久しぶりでなまってるから、最初は手加減しろよ」

クレーレはほっとしたように破顔した。心からの、子供のような笑顔だった。

居眠りしていたあいだに夜がふけたのだろう、月はかなり西に動いている。

クレーレの馬はいつものように門脇につないであった。いつみても見事な馬で、デサルグがいつか話したようにこれだけで十分人目をひく。俺は門をあけ、静かな路地に出るクレーレを見送った。

「アーベル、寝不足で落馬したくないなら、今日はしっかり食べて休んでくれ」

馬上のクレーレはからかうようなまなざしを向ける。俺はにやりと笑ってみせた。

「は、誘ったのはおまえだろ。レムニスケートの子息のくせに、休日に俺なんかと油を売ってるのが不思議だよな」

他意はなかった。このあと両親の家に行くと聞いていたから、思わず口をついて出たにすぎない。軽口を返してくると思ったのに、クレーレはふと息をのんだようにみえた。ひと呼吸おいて、つぶやくような低い声が聞こえた。

「女性とは恋愛関係になれない」

不意をうたれて硬直した俺をよそに、クレーレは手綱をひき、馬の腹にブーツをあてた。蹄が快い音を立てた。

「アーベル、また明日」


その夜は長く、ひとりでワインを飲んでみたものの眠気がおとずれなかった。遠乗りに行くことを承知したのに、さびしさで息がつまりそうだった。俺は寝台に横になったまま天井の羽目板を眺める。目をつぶってもみえるまぶたのうらの模様にうんざりして、頭から毛布をかぶる。

闇が俺を覆う。

明日は楽しいはずだ。だから今夜がすぎてしまえばいい。

今夜だけ生きのびればいい。

疲れているだけだといいきかせるが、ずっと下の方へ、気分が落ちていく。まるでふかい淵《ふち》のきわに立っているようだ。かつて大陸でみた風景がいくつも脳裏に浮かぶ。ひろい原野のかなたにひろがる暗い森の影。冷たい朝の空気に白くなる息。俺のつまさきから伸びる大きな亀裂。

俺は垂直に切り立った裂け目をみおろし、おそれながら、震えている。

この淵は時間の切れ目、孤独のきわなのだと俺は思う。淵の向こうに見知った顔がある。俺がここにいるのも知らないように、笑いあっている顔がある。もうちがう時間にいってしまったひとの姿がみえる。

いつのまに俺は彼らとこんなにも離れてしまったのだろう。そして永遠に会えなくなってから、俺は彼らと十分に俺の時間を交差させなかったことを悔いている。

ふと、寝台の脇に立ったクレーレの影をエヴァリストだと錯覚したことを思い出した。体形も声もまったくちがうのに、どうしてそんな錯覚がありうるのか。

エヴァリストのことを考えるのは久しぶりだった。大陸にいたころ、俺のなかでとても大きな位置を占めていた存在だったというのに、もうずっと考えもしなかった。とっくに終わった話だとはいえ、自分がずいぶん薄情な人間に思えた。

いや、俺はきっと薄情な人間なのだ。

耳もとにささやかれるエヴァリストの声を思い起こす。胸から腰をつたい、じらすように触れる彼の長い指の感触。俺の下肢をひらき、中心に触れ、包みこみ、たぐりよせた快感をゆっくり押しあげていく。

俺は着衣の下に手をいれ、そっと右手を動かす。追いあげてくる熱にまかせ、目を閉じる。耳のうしろから首筋を這《は》う、熱い舌の愛撫《あいぶ》。たまらず声をもらす俺をみる、エヴァリストの自信ありげな顔……その眸はいつのまにかちがうものにいれかわり、精悍な日焼けした顔に浮かぶからかうような微笑みが俺の肌に羽根のように触れる。気づくと俺はクレーレのまなざしの下で快楽をむさぼっている。クレーレの大きな手が俺をつかみ、激しくしごきながら解放へ導く。

むなしく白濁が飛ぶ。

俺はひとりの寝台で荒い息をついていた。

のろのろと汚れた下着をぬぎ、床に落とす。胎児のように丸くなって眠気がおとずれるのを待った。

夢もみずに眠った。

第6章

翌日はきれいな秋晴れだった。気温はやや高く、風はさわやかで、俺たちはそれぞれ馬に乗って城下を抜けた。

いくら小隊長が一緒とはいえ、騎士団の予備馬を俺が使っていいものかとも思ったが、馬丁の少年はごく当然のように俺に手綱を渡した。厩《うまや》も馬もよく手入れされている。俺はひさしぶりの乗馬に緊張したが、すぐに自分が乗っているのは大陸でよく遭遇した荒っぽい馬とは別種にひとしい、優雅な生き物だとわかった。郊外から王都の外へ、そしてひろめの田舎《いなか》道に出ると俺たちは軽く馬を駈《か》けさせ、クレーレが先導して丘の方へ向かった。

王都をかこむ丘陵地帯は秋の穏やかな日差しをあび、澄んだ空気のおかげで、遠くに山のなだらかな稜線《りょうせん》がくっきりみえている。大きく枝をひろげる巨木の丘でクレーレは馬をとめ、昼食にしよう、といった。さすがに疲れていた俺はよろこんで馬から下りると、引き綱を長くとってつなぎ、背中を擦ってやった。

昼食は騎士団の食堂が用意してくれたサンドイッチだった。満腹になって満足した俺は芝に寝ころび、刺すようなまぶしい木漏れ日を肘でさえぎる。風は涼しく、ながれる薄雲がときおり心地よいくらいに日差しを弱めていた。横目でクレーレが同じように芝の上でくつろいでいるのをぼんやりと眺める。

くつろいでいるといっても、彼の動作はつねになめらかで、無駄がない。簡素だが確実に機能する美しい回路の銀を思い起こさせる。俺は喉元できちんととめた襟の下で、たしかに動く筋肉を想像し、落ち着かなくなった。

「眠いのか？」

はっとして目をあけると、クレーレの顔がすぐ近くにあった。ほとんど俺にのしかかるように芝に肘をつき、影になった眸はうまく読みとれない奇妙な色を浮かべていた。うっかり真正面からその眸をみつめて、俺は一瞬、とても驚いた――何に驚いたのかも、よくわからなかった。ただ長い針が刺しこまれたように胸に熱い衝撃が走ったのだ。

鼓動が速くなり、それを悟られまいとさりげなく顔をそらした。

「運動したからな。ひさしぶりに馬に乗った。あれはいい子だな」

「大陸ではどんな馬に乗っていた？」

「もっと荒っぽいやつらさ」

俺は大陸を縦横無尽に走る野生馬の話をした。乗合馬車につながれたりなどしない、荒々しくて美しい馬たちだ。大陸の先住民はそんな野生馬を捕まえて飼いならし、交配した血統を作って馬市で売っていた。先住民の馬は特別だった。いったん人間に信頼をよせると、友のような存在になる生きもの。

喋りながら俺の手はあてもなく動き、無意識にローブの前をゆるめる。クレーレは俺の指へ視線を落としている。胸の内側で落ちつきのない羽ばたきが聞こえる。

「大陸でも、やはり魔術師はこんなローブを着ているのか？」

「そうだな。回路魔術師にとっては合理的なんだ。埃《ほこり》を防ぐし、中に道具を隠せるし」

「ええ？」クレーレはにやりとする。

「そんな理由で魔術師はローブを着ているのか？」

「精霊魔術師は知らん。でも回路魔術師はたいてい、ローブの中になんでも持ってるぜ。これだけで店が開ける」

「そういえばデサルグが感心していた。トーチから魔術の道具まで、なんでも出てくると話していたな」

「そうさ。だから回路魔術師はいつでもローブを着ている。秘密も隠せるしな」

俺はふざけたつもりだった。次の瞬間、失敗したとわかった。

顔をそらしているのに、すぐ近くからクレーレの視線を感じた。首筋から襟元、腕から手首へつながる熱を感じとれるようだ。呼応するように俺の体にも熱がこもり、それを逃そうと、俺は首元にまとわりつく髪をはらった。

クレーレは肘をついたまま片手を伸ばし、俺のローブの合わせに触れた。

だめだ、と内心が叫んだ。

やめろ。

それなのにいうことを聞かないのは俺の手の方だった。驚くほどすばやく俺はクレーレの手首をとっていた。騎士の長い指が右手に絡んで、あっと思うまもなくクレーレは俺に覆いかぶさってきた。

熱い息が首筋にかかる。俺の鼓動はさらに速くなる。

耳もとでささやいたクレーレの声は直接俺の肌に響いた。

「秘密はなんだ」

「俺は……」

「アーベルの秘密を知りたい」

俺のためらいはクレーレの唇に覆われ、飲みこまれた。

息をもとめてひらいた隙間から熱い舌が俺の歯をさぐり、裏側をなぞりながら奥まで絡む。背中から腰にかけて甘いうずきが走り、力が抜けた。どうしようもなかった。俺は吐息をもらし、クレーレを迎え入れた。

縦横無尽に俺の口を犯しながら、ローブの下に入り込んだクレーレの大きな手のひらが全身を探る。体がどうしようもなく熱いのを知られてしまう。いつのまにかローブの前がひらかれ、気が遠くなりそうなキスを続けながら俺を抱くクレーレの硬くなった半身が、布越しに俺を圧迫する。たまらなかった。俺は無意識に腰をゆすり、のしかかるクレーレと足を絡ませた。いつのまにかキスが解かれ、ゆるんだボタンからシャツの内側へ侵入する指と舌に、上ずった声がもれる。布越しに触れるクレーレの半身は俺のと同様硬く熱く、俺は伸ばした手でクレーレのシャツをつよく握りしめた。

「アーベル……」

下肢に触った手のひらの衝撃であふれた声が、ふたたび熱いキスにふさがれる。

俺はやみくもにクレーレの服に手を伸ばしてじかに肌をもとめた。もたつく服とローブのはざまで俺とクレーレの半身が触れ合うと、期待と快楽に体が震えた。

だめだ。あまりにも早すぎる。

喘《あえ》ぎをこらえながらクレーレの腕をつかみ、我知らずつよく握る。

首をそらせて耐えようとしたところに耳たぶを噛まれ、俺は思わず声をあげていた。恥ずかしさに息をのむ。

「いいから、アーベル」

クレーレの声が耳孔に響き、それも快楽の一部になる。まずい。気持ちよすぎる——昨夜よりずっと。

俺はいまやのしかかるクレーレのリズムにあわせて腰を振っていた。俺の半身と触れ合うクレーレの欲望は太く熱く、急速にのぼりつめる自分自身をとめられない。吐息と羞恥で顔が熱かった。

「ああ……あっ…クレーレ……いく……」

「俺もだ」

クレーレが腰を擦りあわせたまま俺を抱きしめたとき、すでに俺は達していた。次の一瞬、胸に顔をおしつけられ、クレーレが何度も激しく腰を打ちつける。熱く濡《ぬ》れたものが腹を伝い、つよい腕が俺の腰を抱きしめる。

俺は久しく感じたことのない安堵《あんど》と平安に、茫然《ぼうぜん》としていた。ここずっと——大陸にいたときにもなかった、甘くあたたかい感触だった。

喉の奥から何かがこみあげてくる。俺は固く目を閉じた。

「アーベル」

クレーレの声には焦ったような響きがあった。

俺たちは芝の上に横になり、抱きあったままで、空は晴れて、薄雲がかかっている。少し離れたところで、馬たちが草を食《は》んでいる。

「どうして泣いている？」

「——ちがう」

「泣くな。もしかして、嫌だったか…？」

「ちがう！」

どう説明したらいいのかわからなかった。伯父の急死、帰郷、伯母の死、王城での仕事。そしてクレーレ。ここ数カ月の出来事が俺のなかでうずまき、それらの底にあった暗いものが、いまだけは温かく軽やかな、明るい光に取って代わったのがわかった。俺は笑おうとしたが、泣き笑いのようになった。

クレーレは両手で俺の頬をはさみ、目じりをそっとぬぐった。寄せられた唇が耳もとでひそやかにささやきを落とす。

「好きだ、アーベル」

体から何かがこぼれだしてしまうくらい、心が揺れ、傾くのがわかった。

このまま認めてしまえばいい。おまえが好きだ、といえばいい。光の下でこのまま、おまえと抱きあっていればいい。

クレーレの胸に顔をうずめたまま、どのくらいそうしていたのかわからない。深く息をつき、呼吸をととのえる。俺は背中に回る手をそっとはずすと、組み敷かれてぐちゃぐちゃになったローブの内側から布を取り出し、体をぬぐった。

「アーベル」

「そろそろ帰ろうか」

「アーベル」

立ちあがろうとして、また騎士の腕に抱きこまれた。今度のキスは熱く、長く、また下肢にうずきを感じてしまうほど甘かった。

「嫌いじゃない」

やっとそれだけ声に出す。クレーレの微笑みはまぶしかった。彼は光のなかにいるのだった。


「そういえば、前から不思議に思っていたんだが」

王城まであと一息のところで、クレーレが思い出したようにいう。

「どうして、城下では工房で寝泊まりしているんだ。その、屋敷ではなく」

「ああ……」

どう説明したものだろうか。何しろあの屋敷については、回路魔術師の俺ですら、半分も事態を理解していないのだ。問題は――

「問題は、入れないってことだ」

「入れない？」

「危険すぎるんだ」

「いったい何がある」

「あの屋敷は回路魔術師の伯父が伯母のために調整していた。伯母は五年前、事故で両足が麻痺して……座ったままでも伯母が不自由なく暮らせるように、伯父は屋敷にさまざまな回路魔術を仕掛けたんだ。俺が住んでいたころにも同じような仕掛けはあったが、伯母が事故に遭ったあと、伯父は徹底的に屋敷を改造したらしい。伯父が生きているあいだは何の問題もなかった。しかし彼は死んだ」

「それで？」

「それから屋敷に何かが起きた」

クレーレは怪訝《けげん》そうに眉をよせた。

「どういうことだ？」

「実は俺にもよくわからない。たしかに何かの問題は起きたんだが、大陸から戻るのに時間がかかりすぎたせいで、俺が戻ったときは……屋敷はたしかに伯父の回路魔術で守られていたんだが、伯母は病気で……錯乱していた。屋敷の回路にも謎が多すぎて……俺は伯母の面倒をみることができなかったんだ。それで一時的に施療院で療養することをすすめた。実際、施療院の治療者もそういう見解だった」

このことを他人に話すのははじめてだった。俺は冷静に話せる自分に少し驚いていた。ずっとこれについて考えていたが、いまのいままで、誰にも話せていなかった。

「手配をすませて、伯母は施療院に入った。ところがそのとたん、文字通り屋敷に俺は入れなくなってしまった。俺だけじゃなく、誰も」

「それはその、扉があかないとか？」

「それだけじゃない。無理やり中に入ろうとすると、もっとおかしなことが起きて……施療院は王城から精霊魔術師も呼んでくれたが、原因がわからない。そうこうするうち、伯母が施療院から失踪した」

「伯母さんは足が麻痺していたんじゃなかったか？」

「まったくその通りなんだが、消えたんだ」

俺は弱々しくつぶやく。自分がどんな表情でいるのか、自信がなかった。伯母に関して、俺はたしかにどこかでまちがえたのだった。俺は遅すぎ、しかもあまりにも心にかけていなかった。俺にとって数少ない肉親のことを。大丈夫なのだと思いこんでいた。いつものとおり俺を迎えてくれるものだと、ずっとそうなのだと思いこんでいたのだ。

俺は何かを致命的にまちがえていた――そう考えるだけで胸がはやがねを打ち、顔が熱くなってくる。

「伯母は最後に、屋敷でみつかった」

「帰ってきたのか？」

「誰にも知られず、いつのまにか屋敷に入っていた。俺がどうにかして屋敷をこじ開けたとき、息をひきとって三日経っていた。病死ということになった。ひとつだけいえるのは、あの屋敷は俺にはわからない回路魔術の仕掛けがあって、その制御方法を知っていたのは伯父と伯母だけだったということだ」

「それで工房にいるのか……」

「あそこはもともと納屋だった。俺が研究したり作業をするようになってからは、伯父夫婦は俺のものとして尊重してくれていた。屋敷の回路を探知する装置は設置したから、きちんと調べて片付ければ、またあそこで暮らせるはずなんだが」

そのはずだ。俺があのなかに入る勇気を持っていれば。

「アーベル」

「伯父と伯母はとても仲がよかったんだ。理想的な夫婦だった。子供はいなかったが」

「アーベル」

クレーレは俺の名を呼んだまま、黙っていた。馬は人間の感情など素知らぬていで楽しげに歩みを進めている。もうすぐ帰れるのが嬉しいのだ。俺は揺れる馬のたてがみだけをみつめ、吐き捨てた。

「そして両親が死んだあと、子供同然に面倒をみてもらったのに、俺は彼らのことが本当はちっともわかっていなくて、いまや俺のものとなった屋敷に入れもしないわけだ。怖くて」

騎士団の厩は南門から遠くない場所にある。受け取ったときと同じ馬丁の少年が飛び出してきて手綱を奪いとる。クレーレに背を向けたまま俺は馬を撫《な》で、どちらともなく礼をいった。

「アーベル」

クレーレの手は温かかった。肩にかけられた心地よい重みに俺は目をとじる。

「アーベル、俺の部屋にこい」

「だめだ」

「なぜ」

「工房に帰らないと……明日からはしばらく戻れないかもしれないし」

「それでもせめて今日は俺の部屋に来るべきだ」

「どうして」

「あの場所で、ひとりで夜を過ごさせたくない」

肩におかれた手を外すと、クレーレは逆に俺の腕をとり、自分の方へ向かせようとする。唇がほとんど触れあわんばかり、俺に顔を近づけてささやく。

「アーベルに責任はない。そうじゃないのか」

胸の内側で心臓がどくどく鳴り、その音があまりにも大きくて、俺は強引に顔をそむけた。

だめだ、と今度は心の中でつぶやく。この後もクレーレと一緒にいたら、俺は二度とあそこへ戻れなくなってしまうだろう。いつも、いつでも、今夜だけ、ただ今夜だけ生きのびればいい。そんな夜をずっと続け、重ねていく毎日と、その結果どうにか、俺の人生というものがつながっていくことに、俺は耐えられないだろう。こんな明るい光を一度でも手にしてしまったら、いつか——生きのびることを断念する夜が来てしまうだろう。

「だめだ」

まぶたの奥が熱く、目をあけられない。

「だめだ。俺は行けない」

そしてクレーレの手を振りはらい、走り去った。

第7章

王宮の尖塔《せんとう》に旗があがっている。ラッパが鳴り響く。先日訪れた隣国の使節団が帰国するので見送り式が行われているのだ。城壁の上からは正装した騎士団の列にちかちかと光がきらめくのがみえた。大げさな徽章に初冬の日差しが反射する。

使節団の訪問は両国にとって成功に終わったらしい。隣国とは来る年に貿易と和平の条約を結びなおすことに決まり、さらに王族同士の結婚も検討されているという。先週から吹きはじめたつめたい北風で下がった気温と対照的に、王都は明るい雰囲気にあふれている。

俺は使節団一行が無事王城を出るのを、つまり城門の回路魔術が正常に作動しているのを確認する。帯剣した騎馬の一隊が使節団についていく。王都のはずれまで護衛するのだろう。沿道で人々が見物している。ほとんど祭り状態で、実際庶民にとっては間近にせまった冬祭りの前日祭のように感じられているのかもしれない。パン屋が繁盛するだろうなと俺は思う。あちこちでピザが供されるだろう。テイラーによると兎《うさぎ》の煮込みをのせたものが流行《はや》りらしい。

ピザと聞くとクレーレの顔が浮かぶ。ここからみえる騎馬の列のどこかにいるにちがいない。

クレーレとはしばらく会っていなかった。彼のことを考えると、胸の奥が細い針で刺されるような痛みをおぼえる。

俺は城壁を下りると、フードを下ろしたまま警備兵に会釈して、師団の塔へ向かった。

師団の塔は外も中も灰色だ。いつもにもましてつめたい北風がよく似合う。つまり王都の雰囲気とは真逆だ。使節団訪問案件と王城警備の案件が同時進行で、全員が疲れきっているのだった。

使節団が帰ってしまえば少なくともひとつは終わるわけだが、その後は遅れをとった警備案件が担当者、つまりエミネイター配下の俺たちを待ちかまえている。俺はルベーグの部屋へ行った。情報管理のため王城警備案件は師団内部でも慎重に隔離されることになり、会議室の使用権をめぐって幹部連中がすったもんだしたあげく、結局ルベーグの部屋が作戦本部として占領されている。

「どうだった？」

テイラーがパンを片手に俺の方を向く。左右に大量の紙が積まれて壁ができている。壁の内側は昼食中なのか仕事中なのか判然としない。

「問題なし。護衛つきで出発」

「とりあえずは一件終了かあ……」

「町もにぎやかだったよ」

「そうだろうなあ」

テイラーはたいして関心もなさそうだった。町のにぎわいより、早く帰って寝たいのだろう。

「使節団が来るタイミングで何か起きたらと恐れていたが、それはなかったね」とルベーグがいう。

彼の机の上はきれいに片付いている。ルベーグは整理魔なのだ。重ねた書類がずれているのも我慢ならないようだし、パンくずをこぼしたりするのも嫌う。ルベーグ以外の三人が部屋を汚しに汚しているること（何しろ上司のエミネイターもここで平然とものを食べ、床に散らかしていくのだ）に彼がどうやって耐えているのかはよくわからないが、俺たちの方だって過激な整理魔のルベーグにあわせるのは不可能だ。そもそもルベーグだって俺たちにあわせていない。この国でも大陸でも、回路魔術師は独立独歩のマイペース派ばかりだ。

「しかし例の回路の細工主はわからないままだ」とテイラーがいう。

「あれはつまるところ、何かの逃走路だろう。しかし回路の細工には内部からの手引きも必要だ」

俺の声に他のふたりがうなずく。この点は全員が一致していた。騎士団にはすでにエミネイターから報告が行き、見回りも強化されている。

「気づかれたと知ってほとぼりがさめるのを待っているのかもしれない」

喋りながらルベーグは石板のふちをこすっている。考え事をしているときの癖だと最近わかった。

「でも細工は新しくはなかったし、王城で侵入や窃盗の重大事件などずっと起きていない」

さわやかな声が響いた。エミネイターが大股でさっそうと登場し、話に割りこんだのだ。この女性上司はいつも格好よくローブをまとい、ルベーグとは違う意味で基準を外れている。ローブの下は好んで今日のように男装もするが、ときに女装――ドレスを着ていることもあって、外見で判断してかかるうかつな輩《やから》は痛い目をみる。これはテイラーの弁だが、騒動の多い人として貴族の一部でも有名らしい。

「いっそ無害なものならいいんだがなあ」

上司の口調はどこかのんびりしていたが、表情は真逆だった。

「無害ってどういう」

パンをちぎりながらテイラーが返事をした。パンくずがボロボロと床におち、ルベーグがねずみを狙う猫のようにそれをじっとみつめている。

エミネイターは目をぱちくりさせた。

「ほら、あいびきのためとか」

「なんであいびきでわざわざ警備用の回路魔術に細工しないといけないんですか。もっと方法があるでしょう」

「やんごとない相手と会うのに、のっぴきならない事情でさ」

「ええっと、じゃあ相手が王家の方だとか？」

「うーん、どちらもずいぶん度胸があるなあ。何しろ細工のあったところ、仮に通るとしたって、服もドロドロになるだろうし」

「あなたならどうです？」

「……さすがにないか。着替えとか、用意するの大変じゃない？　だいたいあいびきだの忍び込みだのって、魔術で鍵かけてある通路をわざわざ使う必要はないんだよ。変装するとか商人の馬車にまぎれこむとか、方法はいろいろあるからね」

「さすが経験者ですね」

「馬鹿をいうな」

エミネイターとテイラーのかけあいを横目に俺は自分の机に戻った。状況はテイラーの机と大差なく、左右は紙の壁で囲まれている。なにしろ膨大な量なのだ。ルベーグがいつ自分の書類を整理しているのか、俺にとっては永遠の謎だ。

しかしほんのすこし前までは、俺はルベーグをもっと完全無欠な、回路魔術師には似つかわしくない人間だと思っていた。だが今の俺の目にはルベーグもただの人の子にみえる。その身にまとう魔力の光輝は相変わらずだというのに。

俺はテイラーやエミネイターにも同様の親しみを感じるようになっていた。

以前はよそよそしく感じていた塔の空気もすっかり肌になじんだようだ。それにこの部屋に来てから、仕事自体が俺にとって格段におもしろくなっている。エミネイターを筆頭にルベーグ、テイラーと一緒に進める作業には、ただのルーティンワークから解放されたというだけでないやりがいがあった。俺は王都にやってきてはじめて、ほんとうに何かに熱中していた。

それに、そうでもなければ間に合わないくらい解決すべき問題も多かった。毎日食事のために外へ出るのもそこそこに、遅くまで塔で働き、宿舎で眠る。休日も宿舎でごろごろし、ひっかかっていた問題の答えがひらめくと塔に戻る。他の同僚も似たようなもので、とくにルベーグとはよく休日に塔で鉢合わせた。忙しさのあまり王城から出ることもなく、伯父の屋敷にも戻っていない。師団以外の人間と会話する機会もなかった。

王立魔術団の精霊魔術師連中や騎士団は、使節団の来訪や、その他宮廷の華やかな行事で忙しそうで、裏方の役割であるうちの師団とはあまり接点もない。

さらにみえない力にせきとめられているかのように、俺はクレーレを避けていた。あの日たしかに「好きだ」といわれたのに、まともに答えも返せなかった自分がいやだった。

体を重ねたことを後悔しているわけではない。でもつぎにクレーレに会ったとき自分がどうなるか、俺はまったく自信がなかった。あのときの接触とキス――そう、俺たちは最後までやってすらいないのだ――を思い出すだけで、ひそやかな興奮に俺は熱くなる。そしてそんな自分に赤面し、情けなくなり、いたたまれず顔をおとす。

大陸で何年間も仲間であり、親友であり、恋人でもあったはずのエヴァリストは、俺が王都に戻る直前、手酷《てひど》いやり方で離れていった。心の奥底には、もう家族もいないのだからせめてクレーレとは友人同士としてうまくつきあえるようになりたい、とささやく自分がいる。

友人以上の関係になったときの別れは――端的に怖かった。

最近また伯母が夢に現れる。

伯母が亡くなった後しばらく、俺はくりかえし同じ夢をみていた。それは伯父夫婦がまだ生きているような夢で、悪い夢ではなかった。むしろ幸福な夢と呼んでもよかったが、目覚めたときの落胆はひどく、眠ることそのものが怖くなった俺は薬とワインでどうにかやりすごすようになった。

これはクレーレと知り合ったころの話だ。一方、最近みる夢には伯母とピザとクレーレが毎回混乱した形で登場した。夢はいつも混乱した筋書きをたどり、ほとんど喜劇的な場合すらあったが、どのみち最後はひどい動悸《どうき》と恐怖で目覚める。

夢の中で自分が何を恐れているのかもわからなかった。また薬を手に入れた方がいいのかもしれない。限界まで働いて眠れば、夜を通り抜けていける。

昼間であれば、いずれすべては時間が解決すると考えることができた。伯父の屋敷のことも、俺の後悔も。しばらく時間をおけばクレーレとも、あの接触がちょっとしたじゃれあいだったというふうに、友人としての関係をつくれるかもしれない。それまでどうにかやっていけばいい。

どのみちいまは忙しい。俺は私的なことにかまっている暇などないはずだ。

そんなことをぼんやり考えていると、エミネイターがぎょっとする発言をした。

「さて諸君。ものは相談なんだが、使節団も帰ったし、案じていた事態もなかったし、もうすぐ冬祭りだ。師団の他の連中も、幹部のじいさんも、これから全員休みにするらしい。というわけで、働くのが大好きな我々も祭り明けまでここを閉めて休暇にしようと思う」

冗談じゃない。それは困る。

「ええっと」俺は抗議の声をあげた。

「俺としてはそのあいだにもっと作業を稼いでおきたいんですがね」

「よせよ、アーベル。僕はさすがに冬祭りくらいは休みたいね。きみはしばらく王城を離れてもいないようだし」

すかさず眉をよせたテイラーが反対した。

エミネイターはわが意を得たりとばかりにニヤリとする。

「それにアーベル、どのみち冬祭りの前後は王城の宿舎も閉まるんだ。管理人も厨房も休暇をとるからな。もちろんそんな環境でも塔にこもる変人はいるが、あまりおすすめしないね。厨房の火を落とした塔の寒さといったら、鼻息が凍るくらいだ」

「あなたがその変人だったわけですよね」

「テイラー、余計なことをいうな。そんなわけで、これから休みにする。ルベーグもいいな」

「ああ……そうですね」

石板のへりをなぞりつつ、ルベーグはどうみても上の空だった。

「聞いているか？」

「聞いてますよ。休みにするんでしょう。ただその前にやっておきたいことがあります。例の回路の細工に関して」

「罠をかけるのか？」

「餌を仕掛けるだけですが、アーベルに手伝ってもらっていいですか？」

「かまわんよ。ただ早くすませろ。居残りするな。いつまでも私の前に悪役面さらすと、眉毛が燃える回路を戸口にこっそり仕掛けるからな」

「悪役面ってなんですか。それに眉毛が燃えたらもっと悪い顔になるじゃないですか……」

「ルベーグはもとがよすぎる。そのくらいでちょうどいい！」

めちゃくちゃだ、とぼやきながらルベーグは立ちあがり、きちんと整理された棚の奥から何かを取り出した。

「アーベル、来てくれ」

ルベーグに頼まれた「ちょっとした仕掛け」を取り付けてしまうと、ついに俺たちは師団の塔から追い出された。仕方がない。俺はのろのろと王城の外へ向かおうとする。

「アーベル」ルベーグが呼びとめた。

「最近レムニスケートとはどうなってる？」

予想外の質問に、俺は不自然な間をあけてしまった。

「……忙しかったからな。何もない」

「つまり何かあった？」

「何もないっていったろう」

神経がいらだつのを感じながら、俺は性急にいう。

「でも、毎晩レムニスケートと会っていただろう。それが急になくなるなんて、何かあったと思うのが人情だろう」

ルベーグから人情なんて言葉を聞くとは。人形めいたきれいな顔にはまったく似合わない。

「単に騎士団と直接の折衝が終わったから、自然になくなっただけだ」

こたえながら知らず知らずのうちにためいきが出ていた。

「そうか」ルベーグはこれといった表情もみせなかった。

「それならいいんだが、あの騎士――レムニスケートが来ていたものだから」

そんな話ははじめて聞いた。

「どこに？　いつ？」

「ここに。夜、何度か。下から塔の窓をみていた。すぐいなくなってしまうものだから、どうしたらいいのかわからなくてな。何かあったのかと思った。もちろん、自分が関わるようなことじゃないんだが」

俺は言葉をなくした。

「……すまない。気にかけてもらって」

「同僚だからな。じゃあ、よい休暇を」

誰もいなくなった塔の周囲に北風が吹きつけていた。広い王城のなかでここだけがひどくさびしい場所に思える。

俺はローブをかきあわせ、フードをかぶった。寒さで自然と速足になった。

第8章

冬祭りを明日にひかえた城下はたいへんなにぎわいだ。広場では人夫が組みかけの屋台に釘《くぎ》を打ち、路面に面した店は飾りつけに余念がない。王都の冬はほとんど雪が降らないかわりに乾燥したつめたい風が吹きつけるが、空は高く晴れ、人々の気分も高揚するようだ。

祭りは三日続き、そのあいだ城下の人々は無礼講で羽目をはずす。一方王城では、初日に王宮で儀式が行われるが、その後は多くの使用人に暇が出される。冬祭りは庶民の祭りなのだ。

俺は祭り気分とは到底いえなかったが、エミネイターから強制的に休みを出された翌日は、さすがに工房の扉をあけはなち、朝から掃除をした。すると親切な隣近所が冬祭りの伝統的な飾り、常緑樹の枝を大量にくれたので、おとなしく受け取って門柱に飾った。切り立ての枝のきつい香りが鼻を刺し、ずっと昔の冬祭りの記憶を呼び覚ます。工房には夏にピザを配った家の子供がつぎつぎに現れては家の人に持たされたという菓子の包みや食べ物を俺に押しつけた。

「アーベルがいる！　あそんでよ」

「お祭りの夜はうちにおいでって、お母さんが。夏に配ってくれたほど豪華なもんじゃないけど、ごちそうするからって」

「アーベル、なんか手品みせて！　まじゅつしなんでしょ？」

「おもちゃが壊れた」

「ローブの下みせてぇぇ……何がはいってるのー」

俺は玩具《おもちゃ》の馬の摩耗した回路を修理し、プリズムを空中で全方向に回転させて石畳に虹を飛ばし、穴が空いた人形の背中を縫ってやり、ついでにと大人が持ち込んでくる日用品を直し、まとわりつく子供たちともらった菓子を食べた。そうしながら、いつのまに自分がこの辺りの人々に「気にかけられる」ようになったのか、不思議に思った。

たしかに夏が終わるころから、工房にいるとき、隣近所の住人が動かない回路をもって相談にくれば、直してやったりはした。でも俺は背後にある伯父の屋敷のことだけが気がかりで、いつも上の空だった。近所の住人にどう思われているのかなど、まったく気にしたことがなかった。

子供たちがせがんでくるので、俺は大陸での見聞を法螺《ほら》まじりに語り、いい加減疲れたと思ったころ、灰色のベールをまとった人がアカシアの下に立っているのに気づいた。

「人気者ね」

「エイダ師。お久しぶりです」

エイダは精霊魔術師で、施療院の治療師でもある。伯父夫婦と古い知り合いで、伯母の親友でもあった。小柄で――俺より頭一つ半は背が低い――精霊魔術師にはよくあることだが、年齢不詳の美しい女性だ。ベールごしにもかかわらず美しさは一目瞭然で、さらに魔力の透明な気配が周囲にたちこめている。子供たちのなかでもとくに敏感な者が目を丸くしてみつめていた。

伯母が亡くなる前の一連の騒動で俺を助けてくれたのはエイダだった。伯父の急死後、病気で急激に変わってしまった伯母にずっと付き添ってくれたのはエイダで、施療院へ伯母を預けることに同意してくれたのもエイダだった。俺が何ひとつ口にするまえに、俺の限界を悟ってくれたのもエイダだった。

「すみません、ずっとご挨拶《あいさつ》にも行かず」

なんとなくみじめな気分で俺はいった。

「いいのよ。師団で活躍しているのでしょう。元気でやっているかしらと思って、よってみたの」

お祭りでお城から帰っていてよかった、とエイダは微笑み、帰らないつもりでいた俺はハイ、と口ごもる。

夏に施療院へ届けたピザの礼をいわれ、王城の仕事についての他愛《たわい》もない質問に答えているうちに、門の前に精霊魔術師が来たと知った見物がたかりはじめた。虫が光に吸いよせられるようなもので、精霊魔術師は目立つのだ。

エイダは人々の視線を気にしたふりもなく、マントの裾をひく子供たちの頭を撫で、俺に向かって「おいでおいで」をした。ベールをあげ、内緒話をするように口もとに丸めた手をあてる。聞きもらすまいとかがんだ俺にそっとささやいた。

「ねえ、アーベル。扉を開けなさい。あなたはもう大丈夫だから」

エイダの目線は暗いままの屋敷をさしている。玄関への上り段に、正面扉にも飾るかどうか迷った常緑樹の枝が置きっぱなしになっていた。

「ミレヴァはどんなときでもあなたを大事に思っていたわ」

ひさしぶりに聞いた伯母の名前に、腹の底が絞めつけられるような気がした。間違いをみつけられた子供のころのように。

「そうはいっても、俺は、怖いんです」

なんとか俺は言葉をひねりだした。

「俺には自信がない」

「アーベル、あなたは自分にどのくらいのことができるか、わかってないだけよ」

エイダは花が咲くように笑った。

「あなたもわたしも魔術師よ。最初に教わったでしょう。恐怖は心を殺すもの」


冬祭りの最初の日、城下の人々はいっせいに広場へくりだす。屋敷の周囲は昨日とうってかわって静かだった。一方俺は午後の日差しが傾くまで、工房の寝台でうずくまっていた。

朝からずっとためらい、迷い続けていた。屋敷を閉じて以来何百回目になるだろうかと思いながら作業台の図面をくりかえし眺め、ようやく意を決して必要な道具をあつめた。羽織ったローブがひどく重く感じられた。

屋敷の閉じた扉の前に立つ。

腹の底からひりひりするような緊張がわきあがる。

俺は鍵に魔力を流し、慎重に解錠した。パチッと火花が散るが、ショートしたわけではない。もともとこの回路は、ある意味で完全に「壊れている」のだ。

扉がひらく。冬の日差しが明るい外に比して、内側はまるで靄《もや》がかかっているようにぼんやりと、くすんでいるようにみえる。不自然に静かだった。ローブの内側につるした道具がぶつかりあうかすかな音と、衣《きぬ》ずれしか聞こえない。

記憶にある屋敷はこんなに静かではなかった。いつも音がしていた。伯母の椅子がきしみ、上階で伯父が歩き回る靴音。窓から聞こえる小鳥のさえずり。書物のページをめくる音。暖炉の焔《ほのお》から火花がはじけ、重ねられた皿がカチャカチャ鳴る平和な日常の音楽。さらに屋敷のいたるところで伯父のつくった回路魔術の気配が唸っていた。子供のころ、誰もいない部屋をみつけると、俺はこっそりあちこちの羽目板に手をあてて、自分の魔力に感応する回路をさがす遊びをしたものだった。

だが、伯父も伯母もいなくなってからは屋敷それ自体が死に、いまも死んだままでいるようだ。静けさのあまり耳鳴りがはじまり、だんだん大きくなる。俺は玄関の広間から右手の寝室の敷居を抜ける。

ふいに頭上で澄んだ鐘のような音が鳴った。敷居をまたぐ者から魔力を引き出し、同時に始動するタイプの回路が組み込まれている。そしてつぎの一瞬で、驚くほど急激に屋敷は生気を取り戻した。

俺は自分で組み立てた探知器を敷居や壁にかざし、屋敷の内側に回路を使ってはりめぐらされた微細な〈力のみち〉を探した。

突然家のはるか上の方で、もっと大きな音がくりかえし鳴った。

やはり鐘のような音だが、もっとひび割れて、不安な気分にさせる音だ。さらに大きな音をたててどこかの部屋の扉が閉まる。呼応するように厨房のあたりで物がひきずられるような破壊音が響いた。

ついで壁に何かが投げつけられるような音。

俺は手のひらにつめたい汗を感じながら、一番近い〈力のみち〉をたどろうとする。以前の死んだ静けさが嘘だったかのようにあちこちで音が鳴りひびく。壊れた回路から妙な魔力がもれ出ていて、頭が痛くなってくる。

大きな物音を立てて、寝台の脇にあった椅子が突然倒れ、俺はびくっとして立ち止まった。

上階には誰にも触ることが許されなかった伯父の研究室がある。伯父は王城の師団に所属しなかったが、研究室には塔顔負けの設備がある。寝室につながる居間のすぐ横に、上階へ通じる階段室の扉がみえる。

それがゆっくりと動き――閉じた。

何者かがどこかで待っているかのように。

恐怖は心を殺すもの。

俺は瞼《まぶた》をかたく閉じ、口の中で唱えた。

第9章

この国の魔術師は呪いや死霊を信じない。呪いも死霊もひとの心が生み出す物語にすぎないからだ。生まれつき魔力の多い精霊魔術師は、自分の声と体だけで〈力のみち〉をつくることができる。その力はふつうの人間にはみえない遠くを知ったり、先行きが不明な未来を読んだり、体の内側で血をせきとめるものを壊したりできる。

一方で回路魔術師は、回路を使って〈力のみち〉をつくり、増幅する。回路を使えば、物を動かしたり、腐るのを防いだりできるし、決して壊せない錠前や、動かない落とし戸をつくることができる。

精霊魔術師も回路魔術師も呪いとは関係がない。人間に悪さをする呪いや死霊はおとぎ話に属するもので、その根は個人的な恐怖にあるのだと、魔術師をめざすものは教えられる。恐怖は人間の心を殺すものだと俺たちは教えられる。それは本来あるべき〈力のみち〉に対して人間を盲目にすると、俺たちは教えられる。

恐怖は心を殺すもの。

それがいま足もとから俺の背中を這いのぼる。

ここ数カ月というもの、すっかりなじみぶかくなった震えがうなじの毛を逆立たせた。金臭い匂いが鼻をつく。深く呼吸しようとするが、背中が硬直してうまくいかない。伯父が張りめぐらした回路の魔術が壁や床で抑えられないまま混沌《こんとん》と渦巻いている。回路は俺の魔力を勝手に使っているのだ。

たいした量ではない。魔力が少ない者はめまいを感じるかもしれないが、俺は耐えられる。しかし俺の心はちがう。おかしな具合に曲がりくねった〈力のみち〉が、俺の魔力と心を同時に別の場所へつれていく。

気がつくと俺はローブを着ていない。俺を守る魔術師のローブ、魔術師の道具が入ったローブを。はだしの足が踏むのは寄木細工の床だ。昔はよく磨かれて鏡のように光っていて、あちこちにちらばる節穴は星形の木片で埋められ、魔術によって空の星のように屋敷中で輝いていた。その星の輪郭がぼやけ、みるつもりのなかった像が目の前に結ばれた。

一瞬にして俺はたくさんの出来事を体験する。

それは過去の最悪の日々だ。俺の膝をつかせ、二度と先に進めないと首を垂れたときのこと、エヴァリストの裏切りを知ったときのこと。伯父の訃報を受け取った日のこと。この屋敷での最悪の日々、俺のことがまったくわからなくなっていた伯母に再会した日のこと、最後に伯母をみつけた日のこと。

雨の音が聞こえた。あの日は雨が降っていた。

かたく閉じたままの扉に業をにやし、ありったけの力で鍵を壊してこの家に入ると、天井から壊れた羽目板が俺の上へいっせいに降りそそいだ。鳴りひびく割れた鐘の音と強烈な死の匂いに息をつめながら、施療院から消えた伯母が寝台に横たわっているのを、俺はみたのだった。伯母のドレスはぼろぼろで、変色した爪のあいだは土で汚れていた。そこにいたのは伯母であって、伯母ではなかった。もう遠くに行ってしまっていたのだった。

俺が生きている時間のなかに、体を失った魂は残らない。彼らは淵の向こう側にいる。

俺は目をつぶりたかったが、動くことができなかった。ただ屋敷の記憶をみつめ続けた。〈力のみち〉が俺の内部を通りすぎ、押し流す。

ふと、ピザの匂いがした。

香ばしく焼けたパン、溶けたチーズとハム、そして花の匂いのするワイン。

きつい死の匂いではなく、生きているものの香り。

あれは俺の誕生日だった。


光がゆっくりと戻ってくる。星形の埋木に焦点が合う。自分がまだ息をしているのがわかった。部屋は空虚で、誰もいない。ミレヴァ、と伯母の名を呼ぶ。あなたは俺がわからなかったのに、俺の生まれた日を覚えていた。俺の生まれた日は、祝うべき日なのだと、あなたは思っていたのだ。俺ひとりでは到底食べきれないごちそうまで用意して――

――そしてクレーレが、ここへ現れたのだった。

俺は空っぽの寝台をみつめたまま、声を出さずに少しだけ、泣いた。

遠くでゆがんだ鐘の音が響き、我に返った。

伯父のつくった回路をめぐる〈力のみち〉は、俺の魔力を盗んで壁の中をいきいきと動きまわっているかのようだ。しかし、いったいどうしてそんなことが起きるのだろう?

俺は大きく息を吸う。ここで何が起きているにせよ、その正体は呪いでも死霊でもない。伯父がここに回路魔術を仕掛けたとしたら、それは麻痺を患った伯母を完璧に助けるものだったはずだ。たとえ自分がいなくなっても伯母を幸福にできるように。

だがその回路はなんらかの原因で壊れてしまった。その結果、伯母はこの屋敷でまともに暮らせなくなり、病んでしまった。そしていままでは、まるで野生のような〈力のみち〉が屋敷を縦横無尽に荒らしている。

まるで野生のような――？

背後で床がきしんだが、魔力に集中していた俺は気づかなかった。ふと〈力のみち〉が静まった。手のなかで、俺が何カ月もかけて設計し組み立てた探知機が強烈に震える。ある一点を示している。あの羽目板の下に何かが「いる」。俺はそっと足を踏み出し――

「アーベル」

――背後からかけられた声に飛びあがった。

「うわっ」

「大丈夫か。驚くじゃないか」

「驚いたのはこっちだ！」

つんのめり倒れそうになった俺の腰をうしろからクレーレがつかまえていた。バランスを崩した俺にひきずられ、そのままふたりもろとも床へ倒れこむ。止まっていた時間が動き出したように〈力のみち〉がめぐりだし、あたりいちめん、床でも壁でも魔術の渦が鳴った。

俺の魔力もまた一緒に流れ出そうとするが、つながれた馬のように俺をとどめているものがある。

つよい腕がしっかりと俺を抱きしめている。俺はどうにか自分を魔術の渦から切り離す。羽目板の向こうで〈力のみち〉が不満そうにうごめく。俺はおぼれる人のようにやみくもにクレーレの首に手をまわす。会わなかった時間などなかったかのように、まっすぐにみつめる眸が俺を射すくめ、胸の奥に突き刺さる。俺は抗《あらが》いようもなくクレーレにつながれている。

だから俺はクレーレの頬に手を伸ばし——

そして、俺たちはキスをした。

第10章

クレーレは革と手綱と切りたての針葉樹の匂いがした。噛みつくような性急な口づけにはじまって、俺たちはたがいに舌をさしだし、からめあい、吐息を交換しあっている。触れあう肌と粘膜の熱さに背中がふるえ、俺はかたく目をとじて、クレーレの錨《いかり》のように堅固なたしかさの中に溶けた。クレーレは口づけを続けたまま俺の背中を支えて抱き起こし、耳もとでささやく。

「アーベル、大丈夫か」

「ああ。どうしてここへ？」

「塔にいないと聞いたから会いに来た」

何のためらいもない答えに俺は思わず小さく笑いをもらした。

「どうやって屋敷に入った？」

「物音がするので正面扉へ行ったが、どうやっても開かないのでしばらくそこにいたんだ。そうしたら突然内側から開いたが」

俺はクレーレのひたいをなぞった。薄赤いコブができている。

「もしかして、何かぶつかってきたか」

「入ったとたん、天井から硬いものが落ちてきた」

「悪い」

「アーベルのせいじゃない」

「まあ、そうなんだが……」

「それにしても、ここはいったいどうなっているんだ？」

あきれた声に聞こえたが無理もない。外見よりずっと屋敷の中は荒れている。魔術が勝手にあばれだし、通る人間を威嚇したり攻撃したりするせいだ。

そしてやっと、いまになって俺はその原因に思い至っていた。大陸にいたときと同様に、観察した物事をそのまま素直に受け取っていれば、もっと早くわかったかもしれない。自分はいまこの国にいるという常識にとらわれて気づかなかったのだ。

俺は苦笑し、それをみたクレーレは何を思ったか、俺をもう一度引きよせて抱きしめた。

埃だらけの床の上で、腰にまわるクレーレの腕が心地よい。どんな言葉を返せばいいのかわからないまま、俺はその温かさにひたっていた。屋敷の静けさはいまでは生きた静けさだった。

クレーレの脈と鼓動のひびきに聞き入っていたのは一分かそこらだったはずだ。でもとても穏やかで、とても長く感じられた。

ふとクレーレの肩が緊張する。

「アーベル……うしろをみろ。何か光っている」

俺はそっとクレーレの腕を逃《のが》れ、床のローブをつかんだ。急激な動きをさけ、ゆっくり体の向きを変え、そろりと立つ。

羽目板の奥に猫のような金色の眸があった。

それが大きくなり、細くなる。

やっと出てきたな。俺はつぶやく。クレーレが小声でたずねた。

「あれは……なんだ？」

「精霊動物だ。この国にいるとは知らなかった」

あちらにはよくいるんだが、と内心でつぶやきつつ、俺はローブの内側から金属の糸と銀箔をとりだした。いま思えばあらゆるしるしが精霊動物をさしていたのに、準備はないときていた。これで間に合うかどうかは怪しいが、やってみるしかない。あれが驚いているあいだに仕掛けてしまわなければならない。

指がからまりそうな速さで糸を両手にくぐらせ、ひろげた銀箔の上に模様を編む。手持ちの糸を全部使って編み上げると、鉛で留めた終端をローブの内側につないだ。できあがった回路の前に膝立ちになり、人差し指を中心に向ける。

空気を媒介に、じかに魔力を流す。

「こいこいこい……さあ」

祈るような時間が過ぎたあと、ふいに羽目板の中の眸が動いた。つぎの瞬間、ほとんどみえないほどの速度で部屋をつっきり、糸の模様めがけてまっすぐに飛び込んでくる。思ったよりも大きい。イタチのように細長い胴体に三角の顔がついている。それは俺が飛び退《しさ》るのとほぼ同時に模様の中央へ入り込み、くるくると回転したあと、とぐろを巻くように丸くなって、落ちた。その隙を逃さず、俺はローブにたくしこんだ糸を引く。

一瞬で銀箔の回路は精霊動物を内にとじこめた丸い金属糸の毬《まり》になった——が、みるからに不安定な毬だ。中身が狂ったように暴れているから、いったいどのくらい保《も》つものか。

ふつうなら精霊動物がいるところには使い手がいるはずだ。こいつの飼い主がどこにいるにせよ、さがすのはあとまわし、まずは屋敷から出さなければならない。せめて精霊魔術師がいればと願う。動物は回路魔術と相性がよくない。

「クレーレ、どいてろ！」

俺は毬から伸びた糸をしっかり握りしめ、いちばん近い開口部、つまり庭に面した両開き窓へ駆けよった。毬はものすごい力で俺の腕をひっぱり、やみくもに逃げようと暴れまわる。俺は窓を蹴破って外へ飛び出し、庭に着地した。門脇につながれたクレーレの馬がいななきを発し、そのとたん毬がはじけた。

金属糸と銀箔がはらはらと空中に飛び散った。なめらかな毛皮に覆われたイタチのような生き物が、空中でくるくるとサーカス芸人顔負けの回転を披露し、地面に飛び降りる。俺は手のひらに残された糸の球を威嚇するように振りまわした。生き物はびくっとあとずさると一呼吸する間もおかず、稲妻のように敷地から飛び出した。門の外へ出たと思ったときにはもう消え失せてしまっている。

やはり逃げられた。俺はちぎれた糸をひろいあげる。

精霊動物は魔力に寄ってくる。あれは伯父の魔術装置や、研究室に残存する魔力を喰《く》っていたのかもしれない。いや、そもそも屋敷の回路魔術が壊れた原因はあれかもしれない。管理されていない精霊動物は大陸では害獣あつかいされている。しかしそもそもこの国に精霊動物が棲《す》んでいるなど、俺は聞いたことがない。

「血が出ている」

いつのまにかクレーレが隣に立ち、俺の頬に指をあてる。触られるとひりひりした。窓を破ったときのガラスでかすったらしい。

「たいしたことはない」

俺はローブの内側から清潔な布を取り出したが、ぬぐうまえにクレーレの手が取りあげ、俺の頬にあてる。なぜか恥ずかしさに顔が火照《ほて》った。

「あれは何だったんだ」とクレーレがいう。

「精霊動物だ。正体は俺もよく知らない。動物が精霊化した生き物……かな。本来、大陸の先住民の守り神でね。あっちでは金持ちのペットだったりもするが、連中、動く水がだめなんだ。船も嫌う。だからこっちにいるとは思わなかったが、もし持ち込まれているなら厄介なことになる。誰も精霊動物のことなんか知らないだろうし……もっとも、ここみたいに回路魔術だけでびっしり守られている屋敷はそうそうないだろうが……」

話しながら俺は手早く金属糸を編むと、屋敷の外をぐるりと回りはじめた。手ごろな場所に糸の網をまいておくのだ。すでに糸の罠に一度かかっているので、今後はたとえ近くに来ても匂いで寄りつかなくなるだろう。とはいえ精霊動物が棲みついていたなら、伯父の屋敷はみため以上に傷んでいるにちがいない。

「結局、内側から全部、やりなおさなくてはならないな。住めるようになるのは当分さきだ」

屋敷をみあげて俺はため息をついたが、気分はこれまでになく晴れていた。少なくとも最初の一歩にはなったという気がした。

もう俺はここを恐れなくていいだろう。

「冬祭りのあいだに片づけて、屋敷で眠れるようにするつもりだったが。どうみても無理だな。まあいいか」

「アーベル、よかったら――」

クレーレが何かいいかけたとき、突然俺のローブの下で鋭い音が鳴り響いた。

耳障りな金属音が長く三回、短く四回。

「なんだ？」

「警報だ。城の――」

その瞬間俺はこの音が意味することを理解し、すべてがつながったのを知った。警報はルベーグのちょっとした仕掛けが作動すれば鳴る。鳴った理由はもう明らかだ。明らかでないのは……。

「頼む、急いで城に行きたい。馬を貸してくれ」

だがクレーレはもう手綱を取っていた。

「俺も一緒に行く。前に乗れ」

第11章

鞍《くら》に座っているのに、背後に他人の体温を感じるのはひどく奇妙だった。クレーレは俺を前に乗せて馬を駆った。祭りでごった返した城下を騎馬で行くのは人騒がせだという理由で、彼は王城に直結する早馬用の道を選んだ。

そもそもクレーレでなければその道は通れなかっただろう。王城の騎士でレムニスケート家の人間だから、緊急の名目で許可なく馬を駆れる。警備兵はクレーレの顔を一瞥《いちべつ》しただけで、ひとことも発さずに道をあけた。

あらためて思い出すまでもなく、俺とクレーレはずいぶん立場が違うのだった。俺の両脇を抱くように伸ばされた腕の温度を感じながら、理由のわからない安堵とかすかな落胆が胸の底を刺す。きっと、いつまでもこの温度を感じていられるわけではないのだ。

俺は埃よけに下ろしたフードの影で馬の首がリズミカルに動くのをみていた。

「どこへ回ればいい」

「東南だ。水路の出口へつけてくれ」

王城の東南は内堀から分岐した水路がのび、その上は暗渠になって城壁の中へ引きこまれている。水路といっても流れるのはきれいな水ではなく、城内で下処理された下水と雨水だ。だが水は下水弁が開いたときしか流れないので、雨が降らないとき、水路は溜《た》まりになっている。つまりこの水は

「動く水」ではないのだ。

馬を下りると俺はローブの足もとだけをトーチで照らし、暗渠に入った。水路の横に切られた敷石の細い通路を小走りで進む。数歩遅れで、暗がりにクレーレのブーツの踵《かかと》が反響する。暗渠にはところどころに明かり取りが切られているが、もれる光はほとんどない。もう日が落ちるのだ。

俺は迷わなかった。場所はわかっている。

突然強い魔力の気配がたちこめた。暗渠の奥であわい光がちかちかとまたたく。

俺はローブに手をいれ、金属糸を握りしめながらほとんど全力疾走する。暗渠の天井近くに銀色に光る網がひっかかっていた。網の中で、金色の目をした獣が、もがきながら天井に何度も何度も、死にものぐるいで体当たりしている。暗渠の天井にはあの格子――デサルグや他の騎士と最初に城内を回った日に異常が発見された格子があった。俺の屋敷を逃げ出した精霊動物が罠にかかったのだ。

獣は爪をたて補強された魔術を引っかいているが、ありがたいことに歯が立たないらしい。仕掛けた警報が鳴ったのだから、格子の向こう側、王城の内部にも応援がいるはずだが、激しい音を立てて抵抗する獣と網にさえぎられて俺にはみえない。

「ルベーグ、そこにいるのか？」

叫んだとたん、ほとんど目の前が真っ白にみえるくらい強烈な魔力――精霊魔術師の魔力が炸裂した。何もみえないまま、俺はローブの内側で握りしめていた糸を暗渠の地面に放りなげる。天井の格子が外れて転がりおちるのと同時だった。

その瞬間、金属糸と光の網は反発しあい、獣は網ごと持ち上げられ、上へ吸い込まれていく。

何やら大きな音がし、それから静かになった。

すすり泣く声が聞こえる。子供の声で、泣きべそをかいている。

「おい、ルベーグ？　どうした？」

俺は格子が外れた跡から上を見上げた。いつのまにか背後にクレーレがいて、やはり上をみている。その目がふと信じられないとでもいいたげに細められた。

「シャノン？　なぜおまえがここにいる？」

すると泣き声が遠のき、上からルベーグの銀色の頭がのぞいた。

「アーベル、すべて終わった。上がってきてくれないか」


「つまり、警備回路の一連の異常と、アーベルの家がお化け屋敷になっていた原因は、最年少騎士のシャノンが――知らないうちに――持ち主になっていた精霊動物だった。この路線でいくから」

暖房もなく冷えきった塔で、エミネイターがテイラーに調書を書かせている。

「知らないうちにって通りますかね」

「精霊動物のことなんてこの国じゃ誰もろくに知らないんだ。うちのルベーグとアーベルが第一人者なんだから、とりあえずごまかせ」

「でもあの子、認めちゃってますよ……逃がしちゃったって……例の七カ所の位置も全部わかってたし、知らないうちにってのはねえ」

「上官に報告していないのは問題だが、それはうちの師団には関係ない。騎士団の問題だ。うちは原因がわかればいいんだ。だいたい、この国じゃ唯一の貴重な〈使い手〉なんだぞ。王立魔術団だってきついことはいわんだろう」

いけしゃあしゃあとのたまうエミネイターに思わず俺は突っこむ。

「訓練されてない使い手なんて、使い手とはいえませんよ」

「これから訓練するんだからいいじゃないか。あのぼんやりした予知だって、これなら合点がいく。精霊魔術師連中は予知の責任をとってなんとかするさ。何が〈敏捷なもの〉だよ、まったく」

「わかりましたけど……何かあったらちゃんと責任とってくださいよ？　埋め合わせもね？」

ぶつぶついいながらテイラーは書類を埋めた。俺とルベーグ、クレーレは部屋の中で唯一温かい、お茶のコップで手を温めている。ローブをまとった魔術師と散乱した紙類のあいだで、背筋をまっすぐに伸ばした騎士服のクレーレはいかにもそぐわないが、本人に臆した様子はない。

「シャノンの一家は大陸の出なのか？」

俺は誰にともなくたずねた。ルベーグが答えた。

「いや、祖父の代に大陸へ移住し、父親の代で戻ってきたらしい。シャノンは戻る直前に大陸で生まれている。そのとき例の動物を連れて帰ったようだ」

「連れて帰ったというより、あれがシャノンについてきたんだろう」

俺はためいきをつく。あれは本来苦手な「動く水」つまり大洋を越えるまでしたのだ。

「あいつの潜在魔力、みんなあれが喰ってたんじゃないか」

「馬を扱うのが得意だとは思っていたが……」

ここしばらく、師団で大問題になっていた案件に部下が関わっていたと知って、クレーレは当初かなりの衝撃を受けたようだが、立ち直りも早かった。大変なことをしでかしたと泣きじゃくるシャノンの今後の処遇は冬祭りのあいだ棚上げである。しかし、精霊動物を隔離したとたんにシャノンからもれた魔力量は異常に多かった。こうなれば少年は動物と一緒に王立魔術団行きだろう。だがシャノンにとっても精霊動物にとっても、王立魔術団預かりになるのが幸福なのかどうかはわからない。

シャノンによれば、騎士団に入ってからも手放せなかった精霊動物をこっそり王城の「中」で飼っていたという。しかし正確には、動物の方でシャノンの魔力を手放してくれなかったというべきではないだろうか。

もっとも使い手の訓練を受けていないシャノンはつねに動物をそばに留《とど》めていられたわけではなく、頻繁にいなくなっては戻る、ということを繰り返していたという。いろいろな家をめぐっては餌をもらう猫のように魔力を喰い歩いていたのだろう。

たとえば俺の伯父の屋敷で。

「では、これで本当に休暇ということになるな」

エミネイターが作法もなくあくびをする。

「みんなよくやった。では、さっさと帰ってくれ。私は早く帰りたいんだ。休暇があけたらこき使うからな。それからレムニスケートは今後もよろしく頼むよ。これは貸しだからな」

高飛車なものいいに、その場にいた師団の者――俺もふくめ――は全員ぎょっとしたが、クレーレ

は表情も変えなかった。

「ああ、了解した」

「私はじゅうぶん恩を売ったと思うが？」

「重々承知してる」

俺にはエミネイターとクレーレの会話の裏にあるものがわからなかった。テイラーが眉をあげ、いったい何の話をしているんだ、とでもいいたげな顔をしたが、話はそれで終わった。

塔の外はもう暗かった。冬祭りのあいだ、王族や貴族の一部が王都を離れて領地に戻っているせいもあり、王城にはいつもほど人手もないし、周辺のギルドも閉まっている。

「アーベルは城下へ戻るのか？」

ルベーグにたずねられたが、俺はあいまいに言葉をにごした。とりあえずそこらで食事をさがす、と答えたとたん、クレーレに腕をとられた。

「騎士団の食堂に何かある」

「あ、ああ……」

「行こう」

俺は流されるようにクレーレへついていった。視界のすみで、ルベーグがおもしろそうに微笑んでいたような気がした。

第12章

騎士団宿舎の食堂はからっぽだった。厨房と奥の方にだけ小さな明かりが灯《とも》っている。城下が冬祭りの灯火《ともしび》で照らされている様子と対をなしているようだった。今夜から明日にかけて、今年の収穫を祝い、冬ごもりの前に人々は歌いさわぐ。

俺は眠かった。とても長い一日だった。ローブが肩にずっしりと重く感じられる。厨房へ足を向けるクレーレを横目に俺は明かりがついた奥のベンチに座った。そのままテーブルの木目を眺めていたが、知らぬまにうとうとしていたらしい。かすかな音に目をみひらくと、花の香りがするグラスが目の前にあった。

「料理人が、祭りでたいしたものがないからせめて飲んでくれ、だそうだ」

「ああ……ありがとう」

クレーレがパンとチーズを盛った皿を置いた。前の椅子に腰かけるとばかり思っていたら、当然のようにベンチの横に並んでつめてくる。俺はあわてて座りなおし、クレーレの長い足がローブ越しに触れるのを強烈に意識した。

ほんのすこしのうたた寝でも眠気はさめるものらしい。

「シャノンはどうなるんだ」

俺はつとめて平静にパンを食べようとした。

「できるだけ本人の希望にそってやりたいが、わからないな。精霊動物とシャノン、両方とも訓練しなければならないんだろう？」

「精霊魔術師の中には動物の扱い方がわかる者もいるはずだ。王立魔術団がどうしても嫌だったら、施療院に相談するという手もある」

「そうだな。考えよう」

思ったより空腹で、パンとチーズだけでもうまかった。黙々と食べてワインを飲む。腕にクレーレの重みがかかり、ふいに腰を抱かれると、首のうしろを温かい手でさすられる。予期しない気持ちよさに吐息がもれた。

「つめたい」

クレーレがささやき、肩口に顔をうずめた。

「アーベル、俺の部屋に来てくれ」

懇願するような声を聞いて、俺自身がもろくなったかのようだった。今夜だけでも、という思いが頭をかすめた。どうなってもいいから、今夜だけでも。

クレーレの背中に腕をまわし、首筋に唇を落とす。腕の中でたくましい体がぶるりと震えた。俺たちはもつれるようにして立ち上がり、食堂を出た。クレーレは俺の腕をひいて先導し、知らない廊下と階段をたどり、どこかの部屋の扉をあける。入ったとたん俺は扉の内側へ押しつけられ、熱いキスが降ってきた。慌ただしい手がローブの前をあけ、シャツの上を撫でる。俺はキスを返しながら肩をゆすり、ローブを床に落とした。重そうな音が響いた。

「まるで鎧《よろい》だな」

唇を耳もとから首筋に触れさせながらクレーレがつぶやく。

「魔術師にとっては同じようなものだ」

「ずっとこれを脱がせたかった」

シャツのボタンを指がまさぐり、さらけだされた胸にクレーレの唇が吸いついた。俺は鋭く息をのみ、震える足を背後の扉で支えた。胸から臍《へそ》へ舌がさがり、舐《な》めていく。熱い手のひらが背中から腰を撫で、揉みしだく。

「抱いていいか」

「ああっ、わかっ……」

涙目になりながら立ったままは嫌だと訴える。もつれる足ですがるように寝台にたどりつくと、あっというまに裸にむかれ、うつ伏せに押さえつけられた。腰を軽くもちあげられ、胸のとがりをつねられる。耳の裏から首筋、背中へながく愛撫が続く。立ち上がりかけた俺の中心には触れないまま尻が抱かれ、指でそっと割り広げられた。

鋭い痛みに息をのんだ俺の耳たぶをクレーレは甘噛みする。「待っててくれ」とささやく。

俺はなすすべなく、うつ伏せで両腕を枕に投げ、火をつけられた快楽に荒く息を吐く。まもなく背中に重みがかかり、長い指がゆるくすべりながら奥に侵入してくる。ぬるりとした液体が腰を垂れ、すでに濡れている前の方まで流れた。

クレーレは時間をかけて俺の中をほぐしていった。圧迫にたえるうち、苦痛とはちがう感覚が俺を覆っていく。いつのまにか二本になった指が正確に快楽の中心をさがしあて、えぐった。

俺は鋭く声をあげ、反射的に腰をひこうとしたが、クレーレは許さなかった。指の圧迫が抜けてゆるんだところへもっと太く熱いものが押し当てられる。最初の苦痛は大きかった。なだめるように俺の髪や耳、肩口をねぶり、根元まで俺の中へ入ってくると、一度動きをとめた。

「大丈夫か？」

俺はうつむいたままうなずくだけで精いっぱいだ。クレーレはゆっくりと動きはじめる。揺さぶられるにつれて強烈な快楽が俺の中でうまれ、さらに大きくなっていく。クレーレは俺の前に手を伸ばし、ゆるく握って擦りあげた。もう自分がどんな声を出しているのかわからない。俺は腰を振ってより深く、激しくと求めた。クレーレと俺の律動が重なり、頭の芯が真っ白になっていく。

ひときわ大きな声をあげて俺は果て、衝撃で陶然となっているところへクレーレがさらに突き上げてきた。俺の腰をつかまえ大きく打ちつける。

全身にクレーレの鼓動と重みを感じながら、そのままじっとしていた。息がおさまったクレーレが俺から自身を抜き、気配が遠くなる。敷布の上に丸くなり、片腕を枕に目を閉じる。

指と布の感触に目をあけると、クレーレが「きれいにしていいか？」とささやいて、うしろに指をはわせてきた。背中を抱かれながら、指と、かきだされる感触に震える。そのまま抱きこまれ、クレーレがひっぱりあげた毛布にくるまって、寝台で抱きあった。やわらかい疲労が俺をつつむ。とても眠かった。恐れはなかった。幸福な眠りが約束されていた。

薄明りが窓から落ちている。あまりにもぐっすり眠ったので一瞬どこにいるのかわからなかった。俺はそっと体を起こした。クレーレはまだ眠っているようだ。夜明けの光にぼんやり照らされて、部屋はまだ薄暗かった。

クレーレを起こさないようにそっと寝台を出て服を身につける。久しぶりの情交で体のあちこちが痛む。ローブをさがし、扉のすぐそばに落ちているのをひろい、靴をさがす。

「もう行くのか？」

早朝に聞くクレーレの声はいつもよりくぐもっていた。俺は返事をしようとしたが、喉がかすれて満足に声が出ない。

「ああ」

なんとか発声した。クレーレは寝台に起き上がり、俺の袖をつかんだ。

「アーベル、昼まで一緒にいたい」

俺は思案した。

「今日は休みなのか？」

「午前中は。午後、王都に戻る王族を出迎える」

「準備とか――」

「いいから」

俺は抵抗できず、クレーレの腕に抱かれて寝台に座る。そのまま顎をとらえられてキスされる。かるく噛むようにしながら、クレーレは何度も俺の唇をついばんだ。

「アーベル、好きだ」

ささやかれた言葉に胸が痛む。俺もおまえが好きだ、と胸のうちで思うが、喉につかえるものがあり、声にならない。喜びとそれ以上のさびしさが入り交じり、俺はクレーレの胸に顔をうずめる。

ふたりでしばらく、そのままでいた。

第2部

ローブと剣

第1章

騎士の生活は、血沸き肉躍る冒険に満ちたものではない。

馬をつらねたきらびやかな護衛行列や公開試合をきっかけに騎士にあこがれた若者とちがって、クレーレは子供のころからそんな現実をよく知っていた。生家のレムニスケートは王家と親族関係があるだけでなく、砦《とりで》や王城建設を請け負ってきた歴史がある。代々の当主はごく幼いころから子息に「防備」とはなんたるかを教えていて、クレーレの父親も例外ではなかった。レムニスケートが子息を騎士団に入れるのは、宮廷での出世が目的ではなく、王都の守りを理解させるためだった。

その騎士団の毎日がどんなものかといえば、ほとんどの日々が見回り、訓練、そして待機に終わる。

「毎日毎日同じことのくりかえしでうんざりだ」

「審判部の書記、頭にこねえ？」

年明けに配属された城下出身の若者が詰所の前にならび愚痴を吐いている。鍛錬からもどったクレーレが通りかかかると、あわてて背筋を伸ばし、敬礼する。

「暇そうだな」

「小隊長っ」

「何事もないか」

「さきほど書記ギルドから通報があり、ダナンが向かいました！　コーシー副官が城門からまもなく戻ります！　以上です！」

小さな事件は城下でも王城でも毎日起きる。こそ泥、喧嘩《けんか》、暴行。騎士に仲裁はできても審判はできないから、おさまらなかったいさかいはすべて王城の審判部へ持っていくことになる。そこでの騎士の仕事はというと書記に口述して書類をつくることだ。

じつのところ剣よりも紙や石板の方が出番が多いし、そんな日常が続く方が王都は平和なのだと、クレーレは知っている。レムニスケートの家では生まれたときからそう教えられる。

それでも剣を錆《さ》びさせてはならない、という矛盾も気にならなかった。ほんとうに重要なのは、変わり映えのしない見回りと待機の日々が続くあいだも自分の剣を磨いておくことだ。いつか必要とされるときのために。

レムニスケート家の者に共通するこの態度は、結果的にこの家を他の貴族と比べて堅固で特別な地位へ押し上げることになったが、クレーレはそれにも慣れていた。生家が特別なのはあたりまえのことだった。そこには義務が伴ってもいるから、特別扱いを不当とも思わない。これは一族全員の晴れやかな自負だった。

ちょうど正午になり、デサルグの巨体がぬっと現れる。朝番から昼番へ、交代の時間だ。クレーレの小隊は城壁沿いの担当で、王城の一日を三分割して騎士を交代させるが、小隊長と副官二名は持ち回りでそれぞれの時間帯を監督しなければならない。今は副官のデサルグが昼番を担当し、もうひとりの副官であるコーシーが朝番、クレーレは夜番だった。夜番の勤務は日没から未明までとなっている。

「新入りを訓練場でいじめてきたでしょう」とデサルグがにやにや笑う。

「普通に稽古しただけだ」

「かなりへばってましたよ」

そうだったか、とクレーレは思う。すこし注意が足りなかったかもしれない。シャノンが精霊動物の一件から王立魔術団預かりになったあと、騎士団には宮廷で顔を会わせたこともある貴族の子息が入った。しかしシャノンと違っていまひとつ手ごたえがなかった。

「まだ慣れてないだけだろう」

「そうです？　夜番になって例の魔術師となかなか会えないからって、発散されるのも気の毒ですねえ」

「そんなことはない」

表情を変えずにいったつもりだが、デサルグはもっとにやついて、肘《ひじ》でクレーレをこづきまわす。副官として言葉遣いこそ体裁を保っているが、十年来の友人同士だ。武骨な外見やからかうような言葉尻と裏腹に、こまやかな内面の男なのも知っている。

「もうすぐ昼番担当になりますから、新入りをしごくのもほどほどに」

いいすててデサルグは詰所に向き直るなり、「だらしなく立つな！」と当番兵を一喝した。

真冬にしては風がおだやかだったが、北西の城壁の最上部までのぼると、さすがに上空から吹く風が肌を刺した。迷路構造に組まれた通路の行き止まりには台木が据えられ、その上に四方を鎧戸《よろいど》で組み立てた白い箱が載っている。

正面の鎧戸をあけ、中をのぞきこんでいるローブの背中をみつけると、クレーレの足は嬉《うれ》しさと安《あん》堵《ど》で踊りそうになる。

「アーベル」

ふりむいた相手はクレーレを認めるとまた箱へ向き直り、手にした小さな石板に何か書きつけたが、その前に一瞬微笑《ほほえ》んだのをクレーレは見逃さなかった。

「雪がふりそうだぞ」

アーベルは手もとをみつめたままひとりごとのようにつぶやき、石板に息を吹きかける。もう一度確認するように凝視して、それから蓋《ふた》をかぶせてローブの内側に入れた。箱の鎧戸をしめ、継ぎ目に指をあてて魔力で封印する。クレーレはローブごしに魔術師の背中を抱き、冷たい手を囲うようにして、両手で握った。

「寒いだろう」

腕の中でアーベルは軽く震えたようだった。

「寒くない。でもおまえは無駄に熱いな」

「ああ」

クレーレはアーベルの首筋に鼻先をよせ、うなじまでそっと肌をなぞる。アーベルの手から力が抜けるのを感じながら、胸に腕をまわして抱きしめる。見かけに反してぶあついローブがあいだをへだているのがわずらわしい。

「シャノンの後釜をしごいてるんだって？」とアーベルがいう。

「何で知ってる」

「おまえの副官に聞いた。シャノンを精霊魔術師にとられたからって腹いせにいじめるなよ」

「そんなことはない。宮廷貴族の子息だから体ができてないんだ」

「かわいそうに。そんなこと、宮廷貴族の筆頭格にいわれたんじゃ、衝撃も大きいだろうに」

くっくっと笑うアーベルの、肩に回した手でこちらを向かせ、髪をなで、ひたいに口づける。ローブの背中から腰まで手のひらを撫《な》でおろし、ひたいから鼻先へ唇をずらしていく。かすかに薄荷のような香りがした。唇を唇でなぞり、すきまから舌を侵入させて、深いキスに変える。ローブの向こうでアーベルの体がみじろぐのがわかり、彼の背を壁におしつけて襟の合わせをひらく。もっとじかにアーベルを感じたいという欲望がつのる。鎧のように重いローブの中にはしなやかな体があるのに、今はぶあつい布の上から抱きしめることしかできない。

ひたすら深くキスをむさぼる。

やっと離れると、アーベルは荒い息をついていた。

「俺は仕事中だぞ」と吐息まじりにつぶやく。

「アーベル、週末は……」

「屋敷にいるよ。塔は一段落したからな」

「行っていいか」

「……いいよ」

アーベルの眸《ひとみ》も欲望で濡《ぬ》れているのをみて、クレーレは安堵する。この思いは自分のひとり相撲《ずもう》ではない――そう確信していたが、それでもアーベルはとらえがたかった。ときおり、彼は鳥か猫のように謎めいていると感じる。知らないうちに脱け出して、遠くへ行ってしまうのではないかと思うのだ。だから夜番のあいだも、クレーレは毎日アーベルの姿を探してしまう。この場所――師団の塔が設置した気象観測機械がある――へ決まった時間にアーベルが記録を取りに来ることがわかってから、クレーレはここへ通うようになった。

だしぬけにアーベルは体を離し、ローブを閉じて裾をととのえる。足音が聞こえ、べつのローブ姿が通路を歩いてくる。めずらしい銀色の髪が冬の日差しにきらめく。

「申し訳ない、邪魔したか？」

やってきたのは回路魔術師らしくない気配をもったルベーグだ。アーベルとは単なる同僚というだけでなく、息のあった友人同士でもあるようだ。城内で彼らが連れだっているのをたまにみかけることがある。クレーレには内容が理解できない専門的な議論をしていることもあって、そんなときアーベルはとても楽しそうだった。

理不尽な感情だとわかっているのに、クレーレはときおり嫉妬のような気持ちをルベーグに抱くことがある。

「なんでもない」

髪をうしろになでつけ、フードをかぶりながらアーベルが答える。

「計算結果が出たのか？」

「ああ。検算したい。手伝ってほしい」

そういうなり、銀髪の魔術師はクレーレに軽く会釈をしただけで足早に通路を戻っていった。

「今夜は雪になるぞ。気をつけろよ」

アーベルはクレーレの腕に手をかけ、一度強く握ると、離れて行った。


その夜はいつもにもまして冷えこみ、空は厚い雲で覆われた。クレーレは暖炉の火を絶やさないよう指示し、詰所の奥で書類を片付け、自分の番になると見回りに城壁へ出る。

回路魔術師団の塔は城壁の近くで、真夜中ちかいのにまだ明かりがみえた。この塔はいつも遅くまで明かりがついている。太陽とともに寝起きするような精霊魔術師とはずいぶん違う。クレーレは城壁を歩きながら、アーベルが塔を出るのをつかまえられないだろうかと思う。そんなことがあれば、今夜の義務も望外の幸運に見舞われた、ということになるだろう。

俺はいつのまにアーベルに思いを寄せるようになったのだろう、とクレーレは思い返す。夏の暑い日、最初にあの大きな木の下にいる彼をみた、あの一瞬からだろうか？　あの日もアーベルはローブを着ていて、その影が濃く道に落ちていた。それともその夜、工房へ立ち寄って、ぼんやりした灯《とも し》火《び》の下に座る彼と話したときだろうか？　大陸での思い出や逸話を語るアーベルの声が心地よく、それをまた聞きたいと思い、毎週あの場所を訪ねるようになったころだろうか？

アーベルが教えてくれた大陸の話はどれも新鮮だった。クレーレはレムニスケートとしての義務を重荷と思ったことは一度もなかったが、アーベルから放たれる異国の空気や解放感にはたしかに魅せられていた。

でもそれと欲望はまたべつの話だった。ごくはじめのころからクレーレはアーベルが欲しかった。アーベルが女性しか愛さない人間でなくて幸運だった。もしそうだったらクレーレはいまごろひどく苦しい思いをしていただろう。

もっともクレーレはレムニスケートの一員で、それはどんな形であれ希望を失わないということでもある。王族や一部の貴族にいわせると、腹立たしいくらい前向きでへこたれないのがレムニスケートなのだ。

見守るあいだも塔の明かりは消えない。ふと、腕に、空からおちた白い欠片《かけら》があたる。

「……雪だ」

クレーレは外套《がいとう》の襟を立てると、城壁を北に回った。

アーベルの工房の庇《ひさし》にうすく残った雪が冬空をいつも以上に青く輝かせている。日差しは暖かく、軒からぽたぽたとしずくが垂れる。工房の扉は開いていて、クレーレが門を通りぬけるとき、ちょうど隣近所の住人らしいふくらんだスカートの女性が出てきた。子供たちが三人ばかり庭のすみの雪の小山で遊んでいる。

工房と同様に軒先を白く化粧された屋敷の大きな正面扉も開いていた。腰に道具をさげた職人らしい男たちが内と外で声をかけあっている。工房を覗くと、アーベルと、やはり職人らしいまだ若い男が作業台の図面を前に、ひたいをつきあわせるようにして話しあいの最中だった。

「この壁は外さないとほんとにダメか？」

「土台が腐ってたからねえ。ネズミだかイタチだかの巣になってたらしいじゃないの。いまはなんとか立ってるけど、悪いことはいわない、いずれマズくなるよ」

「飾りの羽目板だけ剝がして補強を入れるのは無理か？　内側に回路があるんだよ」

「うーん、回路なんて俺にはわかんないけど、この内壁は木なんだよ。煉瓦《れんが》じゃない。腐ったらマズイって、そりゃ常識でしょ」

「それなら、外す前に回路だけそのまま剝がすのは？」

「あんたが自分でやるならいいよ。俺はただの職人だから怖くて触れない」

「魔術師だって職人みたいなもんだぜ」

「あんたみたいな職人がいるわけないだろ。とにかくこの壁は外す。内側の模様とかなんとかはその前にあんたがやる。これでどうよ」

「……親方がそういうなら仕方ないな」

アーベルはため息をつきながら顔をあげ、そしてクレーレに気づいた。

軽く片手をあげて「早いな」という。職人もふりむき、クレーレをみるなりぎょっとした表情になった。

「ネイピア・ロジだ。屋敷の修理工事を頼んでる。これは元城下の警備隊のクレーレ。いまは王城警備」

アーベルの紹介にクレーレは会釈し、ネイピアはモゴモゴと「これはどうもすんません……レムニスケートの旦那ですね」と挨拶《あいさつ》ともいえないような応答をかえした。

クレーレにとっては初対面だったが、レムニスケート家は建築ギルドとつながりが深い。自分のことも知っていたにちがいないが、今日は不意打ちだったのだろう。急に緊張した面持ちになって、慌てた様子でさらに二言三言、アーベルと確認をかわすと工房を出ていった。

「伯父《おじ》が長年、ネイピアの先代に世話になっててな。最近あとを継いだらしい」

アーベルは作業台の図面を重ねて隅におしやり、座れよ、と手招きする。腰に職人が身につけるような道具入れを巻いて、ローブは隅の丸椅子《いす》に雑にかけられていた。工房は削った木材の香りがした。明かり取りからさす光の中で金色の埃《ほこり》が舞う。

クレーレは誘われるままに座ろうとして、ふと、髪が伸びたな、と思う。夏にはじめてアーベルに会ったとき、彼の髪はもっと短く、いまのように首筋に垂れかかるほどの長さではなかった。ほとんど無意識に腕を伸ばし、アーベルのうなじにかかる毛を触る。

「クレーレ」と小さな声でアーベルがつぶやく。

そのまま髪を撫でていたい誘惑にかられるが、外から子供たちの騒ぐ声が近づいた。

「アーベルぅ雪玉でなんかやってー」

「雪降らせて降らせて〜」

アーベルはおだやかにクレーレの指をはずし、工房に駆けこんでくる子供たちに笑顔を向ける。

「魔術でそんなことできるかよ」

「じゃあいっしょに遊んでぇ」

「俺は忙しいの！」

いいながらクレーレの肩をぐいっと押し「この兄さんが一緒に遊んでくれるから」と子供たちに引き渡した。


子供たちが散り、職人たちが仕事を終えても屋敷の周囲はなかなか人が途絶えなかった。魔術を使うちょっとした頼みごとを持ってくる老人、お礼にと食べ物を持ってくるおかみさん。

アーベルは口調のぞんざいさとは裏腹に丁寧に人々の相手をしていた。彼がかもしだす空気の柔らかさにクレーレは打たれた。思い返すとその空気は、彼に出会ったその日にもたしかにあった。怒気をはらんでパン屋とやりとりしていたのに、差し出された紙片をみた瞬間、すっとアーベルの周囲の空気が切りかわったことに、クレーレはとても驚いたのだった。こんなにもすばやく感情をおさめられる人間に出会ったのは初めてだった。

「おまえ、今日は災難だったな。雪玉をぶつけられて」

やっとふたりだけになって、誰もいない屋敷の扉をあけながらアーベルがいう。精霊動物のおかげで荒れていた屋敷は内装の大工事がはじまっていた。要所に明かりがついているが、職人が仕切り壁の一部を取り外したので、がらんどうな印象になっている。

アーベルは上階へ続く階段をのぼった。うしろのクレーレをふりかえり、愉快そうにくっくっと笑う。

「俺をみて思い切り笑っていたくせに」

クレーレが不満そうにぼやくと、「いや、すまん。天下の小隊長が子供にやられてるもんだから、おもしろすぎて」と、さらに肩を揺らして笑った。

アーベルに子供たちを押しつけられたクレーレは、最初はとまどったものの、結局は全力で走りながら雪玉を投げてくる子供と本気で遊んでしまったのだ。さらには油断した隙に顔面に雪玉をぶつけられてしまい、これは思いのほか痛かった。

「ぶつけられもするさ。訓練場の新兵を相手にしてるわけじゃないんだ」

「もしあの子たちから将来、騎士団に入る者が出たら、おまえに雪玉をぶつけたことを自慢できるな」

　精霊動物の一件以来、アーベルは以前より笑うように――心から楽しそうに笑うようになった、とクレーレは思う。それは白い繊細な顔にぱっと花びらがひらくような笑顔で、すこし抑えた、でも愉快そうな笑い声が続く。正面からみるたびにクレーレは息がとまりそうになる。なんてきれいなんだろうか。

　アーベルは上階からさらに上へ、細い階段をのぼった。彼についていて最後の段をあがったクレーレは、突然、狭いが天井の高い空間に出た。目の前の壁は書架で埋められ、足もとにおちる影をたどると、頭上は細い窓が何列も切られた丸屋根になっている。書架に埋もれるようにして寝台があった。

「ここは？」とたずねる。

「俺の部屋だった」

　ぽつんとアーベルはいった。

「そのままだな。もう、ここだけだ」

「なにが？」

「変わらないのが」

　寝台に腰をおろし、クレーレを手招く。そのまま背中を倒し、ゆるく掲げた腕で天井の窓をさした。

「俺がこの家に来る前は、伯父が気象観測に使っていた。あの窓は開けられるんだ。……あのころはここでよく、星をみていた。遠くにあるなと思ってさ。あたりまえなんだが」

　そしてかがんだクレーレの首に腕を回し、引き寄せた。

アーベルの体はしなやかで柔軟だ。この魔術師の体は、剣の訓練を重ねてぶあつい盾となった騎士の筋肉とはちがう種類のもので、器用で、実用的で、耐久性がある。うつむいて細かな図面に没頭するときも、いまのように快楽で切迫してクレーレを締めつけているときも。

彼はいまクレーレの上に座るような体勢で深くつながって、クレーレが突き上げるたび、逃げることもできずに悲鳴のような喘《あえ》ぎをもらしている。その腰はやがてみずから快感を求めて動きはじめ、まぶただけは抵抗するように固く閉じられて、クレーレをさらに興奮させる。すでにしずくを垂らしているアーベルの中心に手を添えて擦りあげる。

「っあ、あああ――」

忘我の声をあげて彼が達したのを内側で感じながら、熱く吸いつくうねりに覆いかぶさる。陶然と腰を打ちつけて精を吐き出す瞬間、クレーレ自身もうめき声をあげている。

荒く息を吐くアーベルの背中を撫で、皮膚のなめらかさを感じながら並んで横たわる。ざっとかぶった毛布の下からアーベルの眸がこちらを向いて、つとそらされる。抱きあったばかりなのにアーベルが遠くにいったような気がするから、クレーレは彼の顎を引き寄せて、そっとついばむように唇をつけ「好きだ」とささやく。

アーベルと体を重ねるたびにクレーレは同じようにささやいている。アーベルが同じ言葉を返してきたことはない。

だが今夜は触れる彼の手にすっと力がこもり「おまえ、いつまで……」といいかけて、やめた。

「ん？」

「なんでもない」

「いってくれ」

「いや……大丈夫なのかと思っただけだ。俺とこんなふうに付き合ってて……」

つぶやいて、アーベルはなおためらい、横を向いて目線をそらす。

「……いいんだ。なんでもないっていっただろう」

何かをあきらめたような弱い吐息だった。クレーレは眉をひそめ、こちらに背中を向け丸くなるアーベルの肩に腕をまわす。眠ったのかと覗《のぞ》きこんで、見返してくる眸と眸が合う。じっとみつめるうち、ふいにクレーレは理解した。

どれだけ好きだとささやいても、アーベルは信じていないのだ。これがほんの一時のクレーレの気まぐれだと思っている。

そう悟ってもクレーレは不思議と落胆はしなかった。だが、なぜアーベルはそう思うのだろう。男同士だからか？　それとも自分が貴族の生まれで、騎士だからだろうか？

アーベルを抱いて愛をささやくのは、クレーレには何の問題もないことだった。騎士団ではもともと、異性の恋人がいない相手と友愛の一環として寝るのは珍しくなかった。しかしクレーレは少年のころから、自分が女性に性愛の魅力を感じない人間だとわかっていた。

でも男を相手にしても、恋人といえるほど固定した相手がいたことは一度もなかった。騎士団ではありがちな話だったが、親友とそんな関係になったこともなかった。つまりこの謎めいた魔術師が自分がはじめて愛した相手なのだ。

そんな存在ができるとは思っていなかったし、できた以上、離す気もなかった。

何しろ自分は頑固で前向きでへこたれないレムニスケートなのだ。アーベルが信じないのなら、信じるまで続けるだけだ。そう考えると静かに心がすわった。

クレーレはアーベルの頬《ほお》に唇をよせ、低く「もっと城でも、逢《あ》いたい」とつぶやく。

一瞬おいて腕の中の体がぶるっと震え、アーベルは「おまえ、馬鹿だな」と苦笑まじりにいった。

「馬鹿でいい。たぶん、馬鹿なんだろう」

「……いいよ。おまえがそう思っているのなら。ただ、俺はおまえの邪魔になるようなことはしない」

ふたりとも暇ではなく、逢瀬《おうせ》に向いた場所もそうそうないから、王城でアーベルと逢うには工夫が必要だった。自分の仕事をうまく回せばなんとかなるだろう。クレーレはそう胸算用する。

翌週、クレーレに王家付き近衛《このえ》隊への推挙が上がった。近衛隊は王城の中心部に位置する王宮へ四六時中詰めていることになる。

レムニスケートの子息としては妥当な出世といえるだろう。だが、城壁近くの塔にいる回路魔術師に逢うのは難しくなった。

「で、どう思う？」

書状の束をまるめながら、第一王子のアルティンがたずねる。

「私は近衛隊の配備に問題があるとは思いません。脅しをかけたいのならともかく、相手は婚姻で友好を強化しようとしているのです。みえる人員を下手《へた》に増強して無用な威圧を与える必要はないでしょう」

本来これは自分の上官に諮問することではないのだろうか、と内心思いつつクレーレは答えた。

そもそも自分はアルティンを警護する係でもないのに、なぜここで王子と警備計画についての会話を交わすことになっているのか。

第一王子のアルティンは近く隣国の王女と正式に婚約式を行うことになっている。それにともない婚約式だけでなく、歓迎式典や夜会などの社交行事があいついで計画されていた。自分の結婚にも内政にも関わることなのだから、アルティンがすべてを仔細《しさい》に検討するのは当然だ。とはいえ、なにかというと宮廷にいるクレーレをつかまえては、ついでのような顔をして、一介の近衛騎士に投げるにしては重要すぎる問いをかけるのには辟易《へきえき》していた。

現王の後継者であるアルティンは、切れ者だが外部へのあたりは柔らかく、宮廷でも庶民のあいだでも申し分ない評判の王子だ。いまクレーレが問われている件については、近衛隊内部にも意見の相違はある。しかしアルティンがじきじきにたずねているとあれば、クレーレが多少個人的な意見を吐いても上官は黙認するだろう。

「だが、昨年は王城の警備を強化しろと魔術師たちが騒いでいただろう」

「その件については回路魔術師団が一連の防御を更新しています」

「回路魔術の防御をそんなに信用していいのか？　私はいまひとつわからないのだが……」

「私は警備隊勤務中に直接関わりましたので信用できると思っています。師団からはレムニスケートにも協力要請がありましたし」

「貴下がそういうなら、そうなんだろうな」

襟の徽章《きしょう》をもてあそびながらアルティンはあっさりうなずいた。

この人はどこまで本気できいているのだろうか、とクレーレは思う。それより彼にうっかりつかまったせいで、またアーベルの休憩時間——アーベルが休憩をとっていればだが——を逃したことが気になる。

「ところで王女が滞在しているあいだ、近衛隊の御前試合もやりたいと思っているんだが」

「え？　なんですって？」

「御前試合だ。王女だけじゃなくほかの連中も喜ぶだろう」

「……はあ」

クレーレは気のない返事をもらし、しまったと思ったが遅かった。アルティンの眉が鋭くあがる。

「試合は嫌いか？　近衛隊では貴下は負けなしだと聞いているが」

「個人的な好みは関係ありません」

「なにが問題だ？」

「いえ、特に問題など」

「正直にいえ。正直に、だ」

クレーレはアルティンの眸をためつすがめつして、腹をきめた。

「無駄な儀礼が多すぎます。御前試合など虚飾の儀礼にすぎません」

「近衛隊を見世物扱いするつもりでいってるわけじゃないんだ。それこそ下手に人員を増強するより威圧になるだろう」

「御前試合というのは結局のところ作法を競っているにすぎません。純粋な武術の実力は平均して、近衛隊より王城警備隊の方が上です。ただ警備隊の実力者の多くは、御前試合用の作法を身につけていないというだけです」

本来王族に面と向かっていう事ではなかった。だがこれでアルティンが自分に愛想をつかしてくれるなら、むしろそれでいいとすらクレーレは思った。

近衛隊に所属する騎士は、王城警備隊の騎士たちとは似て非なるものだ。

主要な理由は、近衛隊へ推挙される者が貴族出身か、有力な商家やギルドの推薦がある者に限られているからだろう。王立騎士団に入団するだけなら城下の庶民や領地の農民出身の若者でも可能だ。実地試験や面接といったふるいおとしがあるが、だからこそ見込みある若者が入団資格を得る。しかし近衛隊への配属は、騎士団での経験や実績ではなく出自だけが左右する。そして近衛隊にいたことは騎士団を退任した後にこそもっと大きな意味をもつ。つまり人脈づくりの場所なのだ。

近衛隊の騎士は平均的にはけっして無能ではないが、王城の外堀を埋める警備兵とくらべると実力にむらがありすぎた。しかもその実力と、近衛隊内部の序列がつりあわない場合もある。

そのせいか近衛隊は警備隊とちがって無駄に表面的な儀礼が多い、とクレーレは感じていた。近衛隊は宮廷に侍《はべ》るため、騎士服の襟章から敬礼まで警備隊より作法が厳しいのは理解できるが、他者への礼をあらわすというより各々の立場を確認しあうものであるのが、近頃やたらと鼻につく。

もちろんレムニスケートの一員として儀礼は手慣れたものだから、クレーレが困ることは何もなかった。必要なことは少年時代に生家で叩《たた》き込まれている。しかし宮廷がこれまでよりも不要な飾りの多い場所に思えるのはたしかだった。なにかというと「無駄に」とつけるのはアーベルの口癖なのだが、いつのまにかその癖の出所であるアーベルの視点まで、自分に感染しているのかもしれない。

それにしても、なにかにつけてアーベルのことを思い出すのは、近衛隊に配属されてからまともに彼と逢えていないからだ。王族や宮廷での警護が主要な任務である以上仕方ないが、勤務時間が不規則で、休日も一定しないのだ。

警護は王族個人の外出、宮廷内の夜会や茶会にもつかなければならず、ことに夜会は真夜中までのびることもある。そのため近衛宿舎は王宮の一角にある。宮廷なら呼ばれればすぐに参上できるが、城壁近くにある回路魔術師の塔へ呼ばれてもいないのに馳《は》せ参じるのは難しい。たとえどれだけそれを願っていても。

さらにクレーレはひさしぶりに近衛騎士として宮廷に配属された「レムニスケート」だというので

王家の注目をあびていた。

たしかに当代のレムニスケートはあまり宮廷に出入りしていない。現当主である父は現王の顧問の地位にあり、定期的に所領と王都の屋敷を往復しているが、長兄は審判部の塔にこもり気味で、宮廷にはめったに顔を出さない。末の弟や従兄弟《いとこ》たちも王城内や騎士団で何らかの職を得ていたが、宮廷の役職にはついていなかった。

もともとレムニスケートは宮廷内部で四六時中ご機嫌伺いをしているような一族ではないのだ。そのせいか正式な警護騎士でもないのに、なにかというと向こうから呼びつける王族が何人かいて、アーベルに逢う時間をさらにクレーレから奪っている。この第一王子のように。

アルティンは黙りこみ、クレーレはさすがに彼の機嫌を損ねたかと思った。正直にいえと迫ったのはあちらなのだし、いまさら言葉はもどせない。

「……さすが〈防備〉のレムニスケートだな。直接要点をついてくる。おもしろい」

しかし予想に反して、アルティンの声は快活な笑いまじりだった。それどころか楽しそうにあとに続いた王子の発言に、クレーレはもっと深い墓穴を自分で掘ったのだと知った。

「貴下がそこまでいうのなら、いっそ王城の警備隊もまじえた試合をするのはどうだろうか？　それこそみな喜ぶ。平民出の騎士にとっては名誉なことだろう？　城下民も観戦できるようにするんだ。警備隊に信頼の厚い貴下なら選抜の手配もたやすいだろう」

王子は鈴を鳴らして侍従を呼ぶ。

「近衛隊長はいるか？　レムニスケートがいい考えを持ってる。御前試合についてだ」

全力で城壁を上がり、迷路状の通路を走る。鎧戸に囲まれた白い箱の台座がみえても、あたりに人影はない。

急に足の力が抜けたのは全速力で走ったせいだけでもないだろう。クレーレは壁に手をつき、息をととのえる。アルティンと近衛隊長の打ち合わせ――延々と時間がかかった――のおかげでアーベルがここにいるはずの時刻はとうにすぎている。ついさっきまで彼がここに、この壁にもたれていたのではないかと、何ひとつなぐさめにもならないことを思った。上着を脱ぐ間も惜しんで走ったので、近衛隊の騎士服についた装飾がわずらわしい。

ほんとうに、逢いたくて頭がおかしくなりそうだ。数すくない休日もアーベルの休みと重なることがない。非番の日に師団の塔へ押しかけて食事をともにしたことはあるが、あそこにはふたりきりになれる場所がない。いつもアーベルとふたりで仕事をしているルベーグに見当違いの嫉妬をおぼえるくらいだ。

城壁の上を通る風の音にまざって軽い足音が聞こえ、かすかな期待に目をこらす。だが現れたのはクレーレがまさにいま見当違いの嫉妬をおぼえていた相手、つまり師団の塔のルベーグだった。

「すまない」

そしてなぜか唐突に謝られる。

「アーベルは手が離せないんだ。さっきまでここにいたんだが」

クレーレは睨《にら》みつけるような目つきになっていたのを自覚し、眉間を指でこすった。

「いや。……約束していたわけじゃない」

ルベーグは軽くうなずいてクレーレの無作法を流した。ローブの下から細長い物体を取り出す。

「あなたがいたらこれを渡してくれと頼まれた」

差し出されたのは二の腕の長さほどの革ベルトだった。幅広の表に銀で模様が象嵌《ぞうがん》されている。裏側は薄く伸ばした金属片で覆われている。

「まだ試作品だが、使い方はこうだ。左の手首に巻く」

ルベーグがローブの袖をまくる。彼の手首にもそっくりのベルトが巻かれていた。

「残念ながらあなたの魔力は弱いので受信しかできないが。こっちで――」

と自分の手首をさす。

「魔力を送ると、そちらに遠隔で振動がいく。感じたら耳に当ててくれ。波長がうまくあえば声として聞こえるはずだ。魔力に依存するから距離は関係ない」

回路魔術の装置だろう。こんなに小さなものをみたのは初めてだった。

「これでアーベルと話ができるのか？」

たずねるとルベーグは一瞬、なぜそんな面倒な説明をといいたげな表情をしたものの、思い直したように淡々と答えた。

「条件によるから保証はできないが、その目的で設計した道具だ。それから、貴重な試作品なので、大事にしてほしいとの伝言だ」

「もちろん」

内心小躍りしながら袖をまくり、ベルトを巻いて留め具を締める。そんなクレーレを冷静に眺めつつ、ルベーグがさらに淡々と言葉をつなぐ。

「もうひとつ伝言がある。今夜これを実験したいから、可能なら真夜中、静かな所へいてくれ、と」

クレーレは即答した。

「それなら塔へ行く」

「塔へ来る必要はない、距離は関係ないから無理しなくていい、という伝言もあるんだが……」

ルベーグはそう続けたが、クレーレは重ねて強い口調でいいきった。

「無理ではない、と伝えてくれないか。万難を排して行く」

「塔で他の回路が稼働しているときは実験ができない。それで真夜中になってしまう。大丈夫なのか」

ルベーグは眉をあげて疑念を示したが、クレーレは頑固にくりかえした。

「万難を排するといっただろう」

「……わかった。伝えておく」

無表情な声でこたえて、あっさりルベーグはきびすを返した。通路を軽い足音が行き、すぐにみえなくなった。

クレーレは手首をそっとさする。革はしなやかに腕に沿うが、内側にひやりとした金属の感触があたる。表面に一瞬唇をつけてから、まくっていた袖を戻した。通路をくだり、城壁を去った。

第5章

「なにをそわそわしているんだ？　近衛騎士は大広間では大事な飾りなんだから、落ちつけよ」

　グラスを傾けながらエミネイターがいった。

　羽織ったローブの下にみえ隠れする軽やかな男装と尖《とが》った美貌が、きらびやかな夜会の中でもひときわ目立っている。この場にいる回路魔術師は彼女ひとりだが、臆したふうもない。クレーレは装飾の多い騎士服――近衛隊の準礼装――を着て、みばえのいい鞘《さや》におさめた剣を下げ、大広間を歓談する華やかなドレスと礼服のあいだを透かしみる。

　今夜、郊外の一等地に館をかまえる貴族の夜会には、王族も含めた未婚の男女や付き添い役、大商人にギルドの重鎮、めずらしいことに精霊魔術師のローブまで闊歩《かっぽ》している。真夜中の約束で頭がいっぱいで、あまり遅くならないうちに王城へ戻りたいと願うクレーレを裏切って、たいへんな盛会だった。いまは護衛中の第三王女が奥で休憩しているところで、近衛騎士は全員大広間へ戻されている。

　これも目的のひとつなのだとエミネイターが笑った。

「王族を呼ぶと近衛騎士がついてくるからな。みんな箔《はく》をつけたがる」

「あなたのそばにいると目立ってしかたない気がするんだが」

「逆だよ。むしろ付き添ってやってるといってほしいね。従弟殿」

　姓こそ違うがエミネイターはクレーレの従姉だ。しかも彼女は回路魔術師団の幹部として、年の離れたクレーレの父と公然と仕事上の対話をかわす——あるいは文句と要求をいいあう仲だった。クレーレも公的な場所でこそ敬称をつけて呼ぶものの、本来はきまり悪くなるくらい直截《ちょくせつ》に物申してくる姉のような存在だった。とはいえ、彼女がアーベルの直属の上司だと知ったのは昨年のシャノンの事件のときである。

エミネイターがレムニスケートの親族だとアーベルが知っているのかどうかはわからない。自分は彼に話しただろうか、とふと思う。

アーベルとふたりでいるときは、城下の庶民の噂《うわさ》や景気のこと、外交にいたるまで、さまざまな話をした。アーベルは観察が細かく、ささいな物事にすらクレーレが思いもしなかったような視点を返す。一方でアーベルは、レムニスケートの動向も含む貴族のゴシップについては無関心だった。ときにあまり快い話題ではないとも感じているようだったから、自然とクレーレは話さなくなった。

だがいま、王都の社交界は浮足立っていて、ゴシップには事欠かない。王族の結婚にまつわる公式行事が控えているなか、貴族の夜会は増えている。アルティンの婚約というよき知らせにあてられて結婚を夢みる若者もいれば、この機会に乗じて他家と有利な婚姻を結ばせたい年長者もいる。宮廷にはさまざまな思惑が渦巻いている。

警護を名目に駆り出された近衛騎士もこの渦と無縁ではない。なにしろほぼ全員が貴族の子弟で、未婚の者も多い。そしてエミネイターは完全に物見遊山の見物気分らしい。

「第一王子のおかげで一足早い社交シーズン到来なんだ。近衛隊で独身です、浮いた噂もありませんなんて男がいれば、何もしなくても蛾《が》がひらひら寄ってくる。私のそばにいるくらいの方が安全だろう」

「未婚というなら、あなたも」

「私は回路魔術師だからな。誰も本気にはしない。魔術師になることの利点のひとつさ」

そううそぶくエミネイターは、どこまで素なのか演技なのか、既婚未婚問わず、貴族の女性が安全にもてはやせる美青年の役どころをずっと担っているのだった。ときどき「女装」することもあり、それはそれで相当な美貌なので、社交界に疎い人間はますます混乱するのだが、なぜ彼女がそんな道化のような役割をあえて引き受けているのか、クレーレにはわからなかった。子供のころからこの従姉は自由奔放なふるまいで知られていたが、宮廷の複雑な力学と関わるいまは、なにか事情があるのかもしれないと感じていた。

公にできない秘密の恋人がいるのではないかと勘繰るときもある。急に聞いてみたくなった。

「エミネイター。前から聞きたかったんだが、魔術師というのは――精霊魔術師も回路魔術師も、結婚しないものなのか？」

「うん？　そんなことはないよ。とくに精霊魔術師は学院で早々に出会って出来上がるのが多いらしいな。連中はまあ、あれだから」

エミネイターは独特の雰囲気を漂わせながら広間に佇《たたず》んでいる白いローブをみやった。

「彼らは生家が貴族だろうが庶民だろうが気にする必要がないんだ。そもそも魔力が釣り合わないとやりにくいらしい。回路魔術師だって幹部連中はたいてい結婚している。しないのは個人的な事情があるから」

精霊魔術師のはなつ魔力の気配は人を惹《ひ》きつけると同時に近寄りがたくさせる。もっともクレーレ自身は精霊魔術師にあまり感銘を受けたことがない。自分は魔力の気配にかなり鈍感なのかもしれなかった。アーベルはあきらかに敏感なので、逆に自分の鈍感さを自覚するようになっているのだろう。当のアーベルはというと、クレーレが魔力にあまり反応しないことを気にしているふうでもないのだが。

ほんとうに、なにかにつけて考えるのはアーベルのことばかりだ。

早く塔に行きたいのに、いつになったらこれは終わるのか。

「あなたも、個人的な事情が？」

「まあね。さすがに従弟殿にも話せないが、私の事情はどうでもいいだろう――私はレムニスケートじゃない。だが従弟殿はレムニスケートである以上、ずっと蛾がついてくるぞ」

エミネイターはニヤリと笑った。魅力的な笑顔だが、未婚の男は並びたくないだろう。なにしろ通りかかる女性はまず彼女を憧れのまなざしでみつめ、次にそばにいる男に視線を移すのだ。ただしその男があまりこういう場に出ないレムニスケートだとわかると、すぐに紹介を求める者の列ができる。

男女問わず、レムニスケートだと知ると積極的に話しかけてくる者は多い。社交界でレムニスケートは珍獣のようなものだ。珍しくて貴重。そして男女問わず、クレーレに決まった相手がいるのかどうかを知りたがる。

もっとも今夜のエミネイターは人を寄せつけない雰囲気で、寄ってくる者をさりげなくかわしていた。むしろ、手持無沙汰にしていたクレーレをみつけるとさっと横に陣取ったから、自分に用事があるのだろうと予想はついた。クレーレに話すあいだも、遠巻きにみている人々からは会話が聞こえない距離を保っている。

そして前触れなしに爆弾をおとした。

「アーベルをレムニスケートの事情で動揺させないでくれ。めったにいない逸材なんだ。貴族との色恋沙汰で失いでもしたら、大変な損失になる」

クレーレは凍りついた。

「……いつから知ってた？」

「最初からさ！　従弟殿の行動はわかりやすい」

それは何もかもお見通しといいたげな口調で、クレーレはむっとする。

「レムニスケートの事情など、俺とアーベルに関係ないはずだ。だいたいどうしてあなたに関係がある」

「関係あるさ、私の部下なんだ！　うちの師団は暇じゃない。彼が王宮勤めで忙しい騎士と都合をつけるために消耗するんじゃ、目も当てられない」

思ってもみなかった言葉だった。クレーレははっとする。アーベルに逢うために自分は必死になっていたが、アーベルの方がどうなのかを想像したことはなかった。しかしクレーレが彼に逢おうとしたとき、実際に逢うことができたのは、もしかしたらアーベルの方でクレーレを探していたからなのだろうか。

王城は広く、回路魔術師の仕事の範囲も、初めて聞く者は驚愕《きょうがく》するほど多岐にわたる。

「消耗するって……そんなことがあるのか？」

「魔術師ってものを甘くみないでほしいね。私たちは繊細なんだ。ましてや従弟殿が彼に飽きたりした日には、どうなることか」

「そんなことはありえない」

瞬間的に腹の中が沸き、クレーレはあごをあげる。それをじっとみていたエミネイターはわざとらしく眉をあげ「そうか？」と続けた。

「今の従弟殿ならそうだろう。でも考えてもみろ、従弟殿はこの先、彼と宮廷で並んで立てるわけでもないし、ましてや結婚できるわけでもない。しかもレムニスケートで近衛騎士という将来有望株だ。今日だって従弟殿目当ての連中があちこちにいるが、これを永遠に追い払うのか？　宮廷には出せない非公式な恋人がいるからって？　ずっとそうやって続けられる自信があるなら、たいしたものだな」

「――何がいいたいんだ」

「王宮勤めになって逢えないことでアーベルをやきもきさせているくらいなら、そっちが振られた方がましだといってるんだ。私は彼を失いたくないんでね。嫌なら何か考えろ。腐っても前向きなレムニスケートなんだろう」

――その言葉が意味するものを呑《の》みこむまで、時間がかかったように思う。

ふいにぼうっと押し黙り、耳まで火照《ほて》ったクレーレにエミネイターが目をむく。

「……おい、なんて顔をしているんだ。もしかして、アーベルが従弟殿にべた惚《ぼ》れなの、知らないのか？」

「――そんなにあなたにわかりやすいくらい？」

「……まあ、私直属の部下の中では公然の秘密だな。計算の途中で観測箱をみにいくなんて、ほんとうはやめてほしいくらいなんだが、気の毒な気もして――なにをにやにやしている、気持ち悪い」

「いや、その……嬉しくて」

「犬みたいな男だな。ルベーグなんて、変人のくせにこの点アーベルにずいぶん気を使ってるんだぞ。ただ私たちは宮廷には知られない方がいいと考えているから、注意はしているが」

ふたたび、エミネイターの言葉が意味するものをクレーレは噛《か》みしめるように考えた。いつのまにかすっかり意識から抜け落ちていた周囲の宴《うたげ》の喧騒《けんそう》に一度注意を戻す。結論はすぐに出た。誰も近くにいないのを確認してから、慎重に口に出す。

「それなんだが、俺としては――公式に表明してもかまわないのではないかと、思っている」

一呼吸おいて、言葉をつなぐ。

「このままではアーベルとほとんど逢えなくなってしまう」

昼間アルティンにつかまって墓穴を掘った御前試合の件を簡単に説明すると、クレーレは続けた。

「近衛隊にいればこんなことがこの先も増えて、忙しくなるばかりだ。レムニスケートである以上義務を放棄《ほうき》するつもりはないが、アーベルに信用してほしい。彼と離れるつもりはない。アーベルは俺を……信じていない。だから、公にして認めてもらうのがいちばんだと思う」

「だがなあ、クレーレ。従弟殿。たしかに宮廷は騎士団内部の友愛関係なら黙認しているし、なかには認められているも同然の連中だっているさ。でもアーベルは回路魔術師だ——我々の師団は、王宮での地位なんて、ただの便利屋以外のなにものでもないんだ。防御魔術なんぞ、ろくに信用しない輩《やから》もいる。聡明《そうめい》なことで有名な第一王子だって我々の仕事をろくにわかっちゃいない。公にしたら従弟殿はよくても、アーベルに負担をかけることになりかねないぞ」

そこには一理あった。王宮で回路魔術が不当に低く扱われているのはよく感じている。書記のような専門職ですらない、雑用係のように思っている官吏もいるのだ。アルティンについても、回路魔術の認識はたしかにその通りだった。

「ああ。ありうるな」

「私だってほんとうは従弟殿がアーベルに振られればいいなんて思っているわけじゃないが」

「——そのいい方はやめてくれ。不吉だ」

「とにかく慎重にやるんだ」

わかった、と答えようとしたその矢先だった。

侍従が階段を転げるように駆けおりて、あたりをきょろきょろみまわす。混雑した大広間のなかで喧騒から離れて立つクレーレの騎士服をみとめると、足がもつれる勢いで走り寄ってきた。

「騎士殿——上階に賊が出ました！　来てください！」

侍従に場所を確認し、手早く指示をいくつか与えてクレーレは裏階段を駆けあがった。階下の音楽やさざめきが表階段の方から響いてくるだけで、上階は物音ひとつしない。侍従は閉じられた主人の寝室で不審な物音を聞いたという。扉をあけたところで侵入者を目撃し、即座に駆けおりてきたらしい。

物盗りであればとっくに逃亡にかかっている。正面階段と館の庭園には別の騎士が急行している。庭か、正面か、こちらに来るか。階段の天辺で正面から気配を察した瞬間、クレーレは剣を抜いた。

みえてすらいなかったが手ごたえはあった。切りつけられてひるんだ瞬間を押し切ろうとするが、相手の剣の突き返しにさえぎられる。賊は自分より背は低いが肩幅は広い。階段から跳びあがり、廊下を後ずさる相手に突きをいれるが、意外に巧者らしくすばやく体勢を戻してきた。振り下ろされる刃《やいば》と刃を数回切り結ぶと剣尖《けんせん》が腕をちらりとかすめる。気にせずそのまま突き進み、相手のバランスが崩れた隙を見逃さず足払いをかける。

うしろ向きに倒れた相手にのしかかり、首筋に剣をあてて圧迫した。背後で別の近衛騎士が庭にいた賊を捕縛したと叫んでいる。クレーレは息をつく。ほんの数分の切り合いにすぎなかった。

捕まえるよりも、他の近衛騎士と一緒に賊を拘束する方が時間がかかった。騒ぎのあいだ混乱した夜会を鎮めて事態を収拾することにも。もっとも賊が捕縛されたとわかると騒動はしだいに落ち着き、やがて城下から到着した警備兵が賊を連行した。

エミネイターはいつのまにか姿を消している。危険はなさそうだったが、第三王女はいそぎ城へ戻ることになり、クレーレは安堵した。

賊は最近郊外の貴族の館で荒稼ぎしていた一味らしい。夜会で油断している隙に侵入し、宝石類を盗んでからひそかに逃走するのが常套《じょうとう》手段だが、発見されても力技で逃げ切っていた。クレーレが捕縛した剣士は賊の護衛役として一部に知られていた男だ。

「隊長が城下の警備隊にいればね。もっと前に捕まえられたかもしれないのに」

偶然、夏に部下だった警備兵が当番だった。疲れた顔でクレーレに気安くぼやく。近くにいた近衛騎士が序列を気にしない口調を聞きとがめて目をむくのがわかったが、クレーレは気にしなかった。

「今回はたまたまだ。まぐれだな」という。

まだ隊長と呼ばれるのがクレーレには面映《おもは》ゆかった。近衛騎士の仰々しい服装でも、城下の兵士の対応が変わらないのがなぜか嬉しい。

「まぐれで捕縛はできませんよ」と兵士は笑った。

王女の馬車を囲んで王城へ戻り、報告を一通りすませたころには夜もすっかり更けていた。控えの間で待ち構えていた第一王子のアルティンと近衛隊長に報告をし、やっと解放されたが、ときはすでに真夜中だ。

約束の時間にはすでに遅れている。万難を排して行くと請け負ったのに、悔しさで胸がつまる。でもどうということはない。急げばいいだけだ。

足を速めるクレーレのうしろで、他の騎士たちはまだ、今晩の事件について興奮気味に語り合っていた。近衛隊の騎士のほとんどは城下の警備兵よりもこの手の事柄——盗みや強盗のような、王都の治安を乱すケチな犯罪——になじみがないのだ。一時のことであれ城下の警備隊を指揮していたクレーレにはいささか奇妙に感じられる。とはいえクレーレがこの年齢で警備隊の小隊長を務めていたのは、レムニスケートの一員ゆえの特別扱いでもあり、だから他の貴族に経験がないのを責められはしない。

宿舎に戻って服を着替えると剣がかすった傷からの出血は止まっていた。打たれた跡が騎士服の下で黒いあざになるのはわかっていたが、訓練中につくものと大差はない。

精霊魔術師が治癒を申し出たのを断ったのは時間が惜しかったからだ。いまになって鈍い痛みが響くが、師団の塔へ行かなくてはならない。アーベルが待っているはずだ。クレーレは外套をはおり、慌ただしく部屋を出ようとした。

——突然、腕に不自然な振動が走り、腕が勝手に揺さぶられる。

はっとして袖をまくった。ずっと左手首に巻き付けていた革のバンドの、銀の模様がたしかに薄く光っている。

おそるおそる手首を持ち上げて耳にあてた。

バリッと短く雷が落ちるような音がして、人の泣き声とも獣の唸《うな》り声ともつかない音がらせんを描くようにぐるぐる回るように響くと、急にひとつにまとまる。

『クレーレ？』

呼ぶ声がした。耳というより、頭の中にじかに鳴り響いた。アーベルの声だ。クレーレは驚きにみたされて手首を耳から離し、薄い革のベルトをみつめる。

「アーベル？」

とたんに頭の中で『クソッ』と悪態がつかれた。

『悪い、クレーレ？　聞こえるか？　いや、意味ないか。いまどこにいる？　いや……そうじゃなくて』あわてたような、ひとりごとのような早口がクレーレの頭の中でまくしたてられ、背後で紙をくしゃくしゃに丸める音が響いた。

『聞こえているなら、手首につけた回路の真ん中の結節――十字を丸で囲んだしるしがあるだろう。その上を二回、指で叩いてくれ』

とても奇妙だった。自分以外誰もいない部屋で、頭の中にアーベルの声が響くのだ。腹の底がひっくり返りそうなのに、こちらの声は聞こえていないらしく、それがひどくもどかしい。ともあれクレーレは指示の通りに手首の革に描かれた模様――回路の中心のしるしを叩いた。

『うっ』うめくような声が返る。

『悪い、強すぎる。もっと弱くていい。二回叩いてくれ』

頭の中で響くアーベルの声は、まるで霊魂だけの存在のようだ。今度は軽く撫でるようにして、クレーレは二度しるしを叩く。

『了解。つながってるな。聞いてくれ、クレーレ』

幽霊のアーベルが喋《しゃべ》り続ける。

『おまえがいまどこにいるにせよ、これから双方向実験をやる。クレーレ、なんでもいいから、頭の中で言葉を思い浮かべてくれ。なんでも——俺にいいたいことでいい。こっちの魔力で強制的におまえを同期させる。成功すればおまえが考えた言葉が俺に伝わる。通じたら俺は声に出して繰り返すから、それで正しければ二回叩いてくれ。間違っていたら三回だ。わかったら二回、叩いてくれ』

クレーレはアーベルがいった通りにした。

そして今夜ずっと思い続けていたことを頭の中で言葉にした。一度で足りず、何度も声に出さずに繰り返した。まるで祈りのようだと思う。

『——いまから逢いに行く』

アーベルの声が聞こえると同時に手首のしるしに二回触れ、宿舎を出て全力で走った。

真夜中に王城を疾走するのは物騒きわまりない。クレーレは誰何《すいか》の声をかけられる前に警備隊へ合図する。当番騎士はクレーレの顔だけをみて「あ、隊長！」と敬礼を返した。以前の部下だ。クレーレが近衛隊に移ったあと、隊長の職位はデサルグが引き継いでいる。

「何かあったんですか？」

「いや、私用だ。騒がせて申し訳ない」

先をいそぎながら、クレーレは内心、夜の城内を熟知していてよかったと思う。気持ちが急《せ》いているためか、かすり傷や打ち身の痛みをいまは感じない。後で剣の手入れをしなければという考えが今更のようによぎる。ふだんなら部屋へ戻って真っ先に、着替える前にすませていることだ。

ゆるい坂道の先の師団の塔までたどりつく。さすがに少し息を切らしている。何も考えずに走ってきてしまった。シャノンの事件でこの塔を訪れたときは他の魔術師連中に連れてこられたが、いまはどうすればいいものか。そう思ったとき目の前の暗い扉が明かりで割れた。

伸びてきた手がクレーレの肩をつかみ、扉の中へ引っ張ろうとする。

「クレーレ、この馬鹿」

「アーベル」

安堵で吐息がもれた。

「おまえ、馬鹿だな。無理して来なくていいといっただろうが」

腕にさげたランプの明かりをたよりに、狭い回廊を先導しながらアーベルがささやく。いまはローブを着ておらず、肩がより細くみえる。その顔がかすかに赤く、声がかすれているのをクレーレは見逃さなかった。ここまですでに三回ほど馬鹿といわれている気がするが、こんな表情で悪態をつかれても好意の裏返しとしかとれない。むしろ快い。

「まあいい、例のアレは…ちょっとみせてくれ」

アーベルが無造作にクレーレの手首をとると、はずみで指がさっきの傷に触れた。クレーレはわずかにびくりとする。

「クレーレ、怪我《けが》をしていないか？」

「たいしたことはない。今夜の警護でかすっただけだ」

「なにかあったのか？」

「とある館で賊が出て、すこし……ほんとうにかすっただけだから」

「何をいってる」

急に険しい声になってアーベルは手を離した。足をとめ「こっちだ」と方向を変える。回廊のつきあたりの扉をあけると、そこは棚に囲まれた狭い部屋で、施療院《せりょういん》のようなそっけない寝台がふたつ並んでいた。

ランプを置いてクレーレに向き直る。

「手当てするから、そこに座って脱げよ」

「たいしたことはないといっただろう」

「いいから。治療者でも精霊魔術師でもないが、こっちにはいろいろ便利なものがある」

そして背を向けると棚をあけて中をごそごそ探りはじめる。クレーレはあきらめて外套をとると、寝台に腰かけてシャツを脱いだ。

「アーベル、ほんとうによくある打ち身とかすり傷なんだ。大げさなことじゃない」

アーベルは耳に入れた様子もなかった。「剣尖で突かれたな」とつぶやきながら、腕の傷を清潔にすると、上から手のひらほどの大きさの布をあてる。

「少し染みるぞ」

かすかな魔力の気配がして鋭く痛みがさしたが、すぐに引いた。

「剣尖は不衛生だし、何がついてるかわかったもんじゃない。大陸ではうっかり者がこれを放置して、よく腕を失くす」

近衛騎士のくせに何をやってるんだ、と毒づきながら、アーベルはさらにクレーレの上半身に目をやり、黒くなった打ち身に繊細な手を伸ばして透明な軟膏《なんこう》をぬった。こういうのは精霊魔術が本領なんだが、とつぶやきながら、また別の布をとる。表面に繊細な文様――回路が描かれている。魔力に鈍感なクレーレでもさすがにわかる。布を媒介にアーベルの魔力が染みてくると、鈍い痛みがやわらいでいく。

クレーレは目を閉じ、魔力の感覚に酔ったような気分だった。ふいに「これ、とるぞ」とささやくアーベルの声が聞こえ、クレーレの手首に巻いたままの革のベルトが外された。

「正直、ほとんど試験にもならなかったが……まあ成功半分、失敗半分、というところだな」

やや落胆したような響きでアーベルはいう。

「アーベルの声は聞こえた——声というか、頭の中に」

「これは声を届けるというより——むしろ念話の回路なんだ。精霊魔術師がたがいに念で意思を伝えるのを回路でやれないかと思って試してみたんだが……おたがいの魔力がそれなりに強くて、かつ釣り合えば問題なさそうだが、そうでないときは……」

ひとりごとのようにぶつぶついいながら、アーベルは眉間をこすった。

「さっきはおまえの声を聞くために、かなり魔力を消耗してしまった。これじゃまだ実用には厳しいな。ルベーグとはうまくいったんだが……」

ルベーグ、という名にかすかな苛立《いらだ》ちを覚え、クレーレはアーベルからベルトを取り返した。回路の中央にそっと触れる。

「でも、こうやって返事をすることはできた」

「……そうだな。どちらかといえばその線をつめるべきかもしれないな。警備隊が使う煙信号があるだろう。回路から回路への信号をあんなパターンの組み合わせにするんだ。それならふつうの人間でもうまくいくかもしれない」

クレーレの体がぶるっとふるえる。痛みはすでになく、ひんやりした空気に鳥肌が立つ。

「すまない。忘れていた。もう大丈夫だな」

気づいたアーベルがあわてたようにシャツをとったが、クレーレは彼の手をつかまえ、そのまま裸の胸に抱きしめた。

腕の中でアーベルは一瞬固くなり、そしてゆるやかに解《ほど》ける。

「逢いたかった……」

「クレーレ、おまえ、」

唇がその先を続けるまえに、顎をつかまえて上に向かせ、唇で蓋をした。

ほんの少し口づけるだけのつもりだったのに、いったん重ねるととまらなくなった。寝台に腰かけ、アーベルを膝に抱きよせた姿勢のまま、彼の唇を吸い、吐息の隙間から舌をさしいれる。歯をなぞり、口腔《こうくう》を犯す。濡れた音をたてていったん唇を離し、あごに垂れた唾液を舐《な》めとり、また噛みつくように口づける。アーベルはクレーレの腕の中でもがき、手を解放すると背中に回した。クレーレは裸の背に食いこむ指を感じ、さらにきつく抱きながらアーベルの舌を吸い、内部の繊細な割れ目に舌を這《は》わせる。なすすべない様子で背をふるわせるアーベルの、髪に指を通し、耳のうしろを撫であげる。首もとのボタンを外し、あらわになった首筋に自分の皮膚をかさねる。

「っあ……」

鼻にかかった声がもれ、それで我に返ったようにアーベルはもがいた。強引に顔をそらしてクレーレの胸から身を離そうとする。

「馬鹿、こんなところで……」

そういいながらも眸が欲望で濡れている。クレーレの胸の鼓動がさらに早くなる。

「こんなところじゃないと逢えないじゃないか」

アーベルはかすかに唇をゆがめる。

「……仕方ないだろう。おまえは王宮勤めだし、俺はこんなはずれにいるんだから」

「もっと逢いたいんだ。離れたくない」

「無茶をいうなよ、いまや近衛騎士様のくせに」

「――そんなもの、どうなってもいい」

クレーレは甘くつぶやく。この腕に彼を抱いていられるならなんでもいいと思う。――だが、唐突にアーベルは体を離した。

「……そんなことがあるわけないだろう」

怒ったような口調だった。クレーレの腕を振りほどいて立ち上がり、あわただしく乱れた服を直す。垂れてくる髪をうしろに撫でつけた。

「どうなってもいいなんてあるはずがないじゃないか。いまは一介の騎士にすぎないかもしれないが、おまえは王宮の基礎と同じくらい古いレムニスケートなんだ」

あっけにとられてクレーレはアーベルをみつめた。何をいいだしたのかわからなかった。

「……だからなんだというんだ」

「俺にかかわって、もしおまえの仕事や立場に何かあったら、俺が困る。今夜だって……傷の手当てもせずに来る必要はなかった」

クレーレのみぞおちが冷たく固まった。

「アーベル――俺に、逢いたくないのか？」

「そんな話じゃない」

アーベルは首を振り、唇を嚙んだ。

「おまえはこれからますます宮廷で重用されるはずだ。ただの騎士では終わらない。もっと王宮内部に関わるようになるだろう――第一王子がおまえに目をかけてるって、ここまで噂が聞こえてくるほどだ。もっと慎重にふるまえよ。おまえは俺みたいな大陸戻りの流れ者でも、便利屋でもないんだ。俺のせいで仕事がおろそかになったり誰かに非難されたらどうする？　目もあてられないね」

「そんなことはしないし、起こさせない。だいたい俺がレムニスケートだから、それがどうしたというんだ。たまたまそう生まれついたというだけじゃないか」

「……わかってないな」

アーベルはため息をついた。腹の底から吐き出すような、深いため息だった。淡々と言葉を吐いた。

「おまえは、自分が特別に生まれついたということが当たり前すぎて、その意味をわかってない。おまえはたくさんの特権を持ってる。貴族の特権はもちろんそうだが、レムニスケートだからこそ備わっているものもある。おまえはそれを空気のように当たり前に使って、そのことに気づいていない。そして、そんな特権を持たないというのがどんなものなのか、おまえにはわからない」

「――アーベル」

「でもおまえの特権はおまえの義務とひとつのものだから、おまえはけっして、自分の義務を忘れることはないだろう。俺なんかにかまけて、近衛隊がどうなってもいいなんていうのはだめだ。一時の感情に振りまわされて馬鹿なことをするな」

アーベルは喋れば喋るほど落ちついていくようだった。クレーレの中でかっと熱いものが沸く。

「一時の感情ってどういうことだ？——俺がおまえを想ってることを一時の感情だといいたいのか？何度……好きだといったらわかる？」

「ひとは変わるからな」

「どうしてそんなふうにいう？　どうして——俺を信じない？」

「では、おまえがずっと俺を好きだったとして——それでどうなるというんだ？　都合をつけて逢い続けるのか——こんな場所で？」

アーベルはうつむき、唇の端をゆがめて笑った。さびしげな笑みだった。

「おまえは出世して……そして宮廷で俺のことをなんて説明するんだ？　回路魔術師の友人？　さすがはレムニスケートだと宮廷の連中は感心するだろうな……石工から大ギルドまで影響力があるだけあって、交友関係も広いってな……」声がくぐもって、さらに低くなる。「まあ、王宮には、おまえの立場に釣り合う人間が何人も現れるだろうし——宮廷の出世は、家や親族とセットだ。そんなものと俺は関係がない。いずれは俺たちはただの友人になるんだ。どうせそれ以外にはないんだから」

「——俺はそんなつもりはない」

アーベルは挑発的な眸でクレーレをみた。

「どんなつもりがあるというんだ」

クレーレの腹の底で、ふつふつと煮詰まりつつあった怒りが沸騰した。アーベルの腕をひき、そのまま彼の体をひねると寝台に縫いとめる。全身で、抵抗する肩と腕、足の要所を押さえ動きを封じると、喉へ喰《く》いつかんばかりに顔をよせる。アーベルが苦しそうに顔をしかめる。その表情にこれまで感じたこともない、暗い抑えきれない所有の欲望を感じた。自分の下の熱い体に対する怒りとさびしさと愛《いと》しさでくらくらする。

「俺が特権を持って生まれついた、といったな」

クレーレはささやいた。

「だったらその特権を使って――どうにかするまでだ。ずっと離れないでいるために」

体をつなげるとはたがいを所有することだ。人間の体でいちばん脆《もろ》い場所をさらけだし、からめあい、傷つけあう寸前まで接近して、快感をさがす。相手を捕らえ、なかに侵入し、楔《くさび》をうがつことで、自分もまた捕らえられる。

クレーレはアーベルの肩を押さえつけたまま、服を剥ぎ、首筋を噛む。鎖骨の下から胸へと唇をずらしながら所有のあとをきざむ。体中にしるしをつけてしまいたいと思う。アーベルの声が低いうめきに変わり、痛みも圧迫も超えて感じているのがわかる。その素直な反応に暗い怒りが急速に消えると、ただ愛しさだけが勝った。

足を絡ませて動きを封じたまま、左右の胸の突起を交互に舌でころがして丹念に愛撫《あいぶ》する。アーベルは脛《すね》を押さえられてもがきながらも、腰を揺らし、敷布をぎゅっと握りしめて快楽の行き場をさがしている。その下衣を一気に剝ぎとると、クレーレはすでに立ち上がっている屹立《きつりつ》を口にふくんだ。

「……っあ……ああっ」

アーベルは胸をそらせて鋭く声をあげた。彼の中心から滴り落ちるしずくを舐め、もっと奥まで咥《くわ》えこむ。竿《さお》を唇で上下にしごいて吸い上げると、さらにせつない呻き声をあげた。もっと奥へ、もっと強くと無意識に催促するのに、浅い刺激と強い刺激を交互にあたえて焦《じ》らし、いったん唇を離すと、自分の下衣も脱ぎすて、はりつめた屹立同士を正面から擦りあわせる。

「クレーレ……あ……そこ……ああっ」

衝撃でアーベルはたちまち達して、白いしずくをとばした。

体をまるめるようにして荒い息を吐く彼をクレーレは抱き寄せ、うしろの穴に指を伸ばした。打ち身の跡に塗った透明な軟膏を狭い入口に塗りこめる。ゆっくりと熱い内壁をかきまわすようにしてほぐしていく。二本、三本と増えた指が快楽の中心をさがしあてると、抱えた腰がとびあがるように揺れた。

ほとんど苦痛であるかのように眉をひそめるアーベルの、さらけ出される表情が愛しくて、思わずクレーレは笑みをもらす。

「笑う……なよ――っあ、ああ……頼む――」

喘ぎをもらしながら、アーベルはついに懇願して涙をこぼす。その目尻を舐め、太ももを持ちあげると、クレーレはゆっくり屹立を埋めこむ。

アーベルの中に入ると、いつも信じられないくらい、熱い内部が締めつけてくるのに息をのむ。無防備に自分を受け入れ、ぎっちりと満たしながら、奥へ奥へと誘われるようだ。敏感な場所を擦りあげ内側をかきまわすとアーベルは悲鳴のような嬌声《きょうせい》をもらし、クレーレのリズムにあわせて腰を振る。

一度達したのに濡れそぼった屹立がせつなげに揺れ、強く突き上げるとまた吐精した。

クレーレはいったん彼から出てうつぶせで膝をつかせ、今度はうしろから侵入する。

「あああああっ」

高い声があがり、激しく収縮する内部にそれまで保っていた余裕が消えた。そのまま襲いかかるよ

うに激しく腰を打ちつけ、泣きながら懇願するアーベルを抱き、高くのぼりつめていく。

明け方も近いころ、はじめて足を踏み入れた回路魔術師の宿舎は質素でそっけなかった。早く帰れとくりかえすアーベルに耳を貸さず、クレーレは彼の腰を支えるようにして教えられた部屋へ連れ帰る。

「行けよ、馬鹿」

寝台に腰を下ろし、アーベルは何が恥ずかしいのか、顔を赤くしてうつむいていた。クレーレはそっと手をとり、甲に口づける。

「俺はけっしてあきらめない」

そうささやいて、部屋を出た。

第9章

回路魔術は王城だけでなく王宮をあまねく覆っているのに、王宮にいる者が回路魔術の存在を感じることはめったにない。同様に回路魔術師の存在も、王宮ではほとんど気にかけられていない。

輝くような白いローブで王宮を闊歩する精霊魔術師と対照的だ。彼らは会議や上層部の打ち合わせの席に必ずいて、つねに助言をもとめられる。王宮の窓からは彼らの居場所――回廊に囲まれた王立魔術団の塔――もみることができる。近衛隊に入ってからクレーレはシャノンを精霊魔術師の回廊でみかけた。これまで二度ほど話したが、今は『無言の行』なる修行の最中で、クレーレと話ができないらしい。

精霊魔術は奇妙な力だとクレーレは思っている。アーベルによると彼らは心だけで〈力のみち〉をつくることができるのだという。アーベルが精霊魔術を語る口調はいつも憧れの色を帯びていたが、じつをいうとクレーレには彼のいう〈力のみち〉も含めて、よく理解できなかった。おそらくクレーレは一般人に比べて精霊魔術への尊崇の念が薄いのだ。魔力に鈍感だからかもしれない。

とはいえ精霊魔術師は、ふつうの人間なら遠慮して目をそらすようなときでさえ、見透かすような目でみつめてくるから、多少の苦手意識はあった。回路魔術師にそんな印象を受けたことはない。強いていえばルベーグは精霊魔術師にすこし印象が似ているが、ふるまいは真逆だ。

王立魔術団の精霊魔術師たちは、王宮の諮問会議にかならず出席した。しかし回路魔術師の上層部が王宮に来ることはめったになかった。特定の目的の集まり――レムニスケートのお家芸である城の設備や建築に関することなど――に師団長のストークスが呼ばれる場合があっても、レムニスケートの親族であるエミネイターさえ現れたことがない。

それなのに、暗い色をした回路魔術師のローブをクレーレは王宮で日に一、二度はかならずみかけた。王宮だけではない。回路魔術師は王城のさまざまな場所に現れる。そのほとんどは人目にふれない場所で、城壁の点検通路や門の脇、庭園の蔦《つた》に隠された小屋などだった。いったんその暗色のローブに目を留めるようになると、これまで気づかなかったのが不思議なくらいである。

防御を担う装置は定期的に点検や調整をしなければならない。以前アーベルがそう話したのをクレーレは憶《おぼ》えている。暗色のローブ姿は王宮の庭園や扉の脇で彼らの仕事をしているのだ。しかしまるで透明な存在であるかのように、彼らは王宮の住人――王族や官吏、侍従、近衛騎士たち――にはみえないのだった。

回路魔術師がこんなにも王宮で透明なのは彼らが重要だと思われていないからだ。王宮の住人に「みえない」者はたくさんいる。小姓や格の低いメイド、厨房《ちゅうぼう》や洗濯場で汚れ仕事をする雑役夫、必要なときだけ呼び出される書記ギルドの筆記番。

むろん直接かかわった者なら名前を憶えている場合もあるだろう。クレーレは騎士団の厩《うまや》にいる馬丁の少年なら全員わかるし、蹄鉄《ていてつ》を修理する鍛冶《かじ》も顔なじみで、頼まれれば便宜をはかることもある。だが基本的にこのような「みえない」存在は、呼べばどこからかやってくる、いくらでも取り替えのきく、名前のない者にすぎなかった。

そして回路魔術師も同様に名前のない、取り替えのきく存在だと思われている。

クレーレにとっては衝撃的な認識だった。警備隊にいたあいだも、回路魔術師が王城でどういった立場なのかをきちんと考えたことがなかったのだ。だが、もし城下の屋敷でアーベルと最初に出会っていなかったら、たとえ王城でアーベルに遭遇したとしても、自分は彼に気づくことができただろうか？

思い起こすと自信は持てなかった。王城で働いているアーベルに出会っても、自分は何とも思わなかったかもしれない。彼をみなかったかもしれない。

もしそうだとしたら、城下の屋敷でアーベルと出会うことができた自分は幸運なのだ、とクレーレは考えを新たにする。あの日たまたま出会えたからこそ、自分にはアーベルの魅力がわかったのだ。もちろん回路魔術師たち、ことにエミネイターやルベーグには魔術師としてのアーベルの価値がわかっているだろうが、彼がほんとうに魅力的なときを知っているのは自分だけだ――

そんなことを思いながらクレーレは顔を赤くし、目の前にいる当の本人に「どうした？」と問われる。

「なんでもない」

「なんか、いやらしい感じだぞ、おまえ」

「なんでもないんだ」

「かまわないが……」

アーベルは眉をひそめた。師団の塔の入り口でクレーレに呼び出されたのだ。

ふたりにはあちこちから好奇の視線が注がれている。クレーレの近衛隊の制服が目立つのだが、呼び出した方は気にしていなかった。

「エミネイター師に面会したいんだが」とクレーレはいう。

「また？」

「ああ」

「それで、またご機嫌伺いか？　それとも説得か？　近衛隊が日参とはご苦労なことだ」

今日のエミネイターはドレス姿だった。大きな机には書類が積み重なっている。ドレスを着ているといってもローブを羽織っているために裾しかみえないし、仕草のせいか姿勢のせいか、しとやかにもみえなかった。いつもながら、何を着ていても勇ましく美しい従姉である。その口調には明らかにからかいが含まれていたが、クレーレはもう動じなかった。近衛隊の職務がらみで塔に来て、ついでにアーベルをつかまえられるのなら、何の問題もないというものである。

「もともと助言してきたのはあなたの方だろう。で、どうだろう？」

「御前試合のあいだ警備隊が手薄になるというのはわかるし、こちらも対策を用意しているところだ。ただこの機会に王宮内に分所を設置して人員を派遣するとなると別問題だ。回路魔術の最大の利点は作動時点で魔術師がいらないってところにあるし、うちはいつも予算と人材が足りないときている。だからストークスだってはいそうですかなんて、簡単にはいわない。私もいわない」

この発端は第一王子のアルティンが思いついた御前試合——城下の警備兵も含め、騎士団全体のトーナメント試合となった——から、最終的に警備計画の見直しが入ったことにあった。ありていにいえば師団の仕事をふやすしかなかった。

以前警備装置の更新のためにアーベルが騎士団に協力を要請したように、今度はクレーレから師団に協力を要請するのが妥当だとクレーレは近衛隊長へ申し出た。その際、王宮内に師団の分所を新設することを提案したのである。なにしろ王宮から師団の塔は離れすぎているのだ。

しかし、レムニスケート家の威光を使った王宮内の根回しはともかくとして、師団本体はクレーレの予想より融通がきかなかった。この件でエミネイターに会うのは三度目である。

「——回路魔術師なら王宮内でも毎日みるぞ」とクレーレは応答する。

「ほう。気づいているのか」

「ああ」

エミネイターはどこか猫を連想させる顔でニヤッと笑った。

「これもアーベルのおかげか？　騎士団以外のことはさっぱりだった従弟殿が成長するのはありがたいね」

クレーレは無視してたたみかけた。

「前も話したが、どうせ師団の誰かが点検に回っているのなら、ひとりくらいずっと王宮内につめていればいい。存在感が出るし、ストークス師団長に諮問会議で相談にのってもらうにも連絡が速くなる。なにより、王城を回路魔術で防備することについて、上の方の認識が変わるだろう」

「では、従弟殿のレムニスケートがこれまでそう考えなかったのはなぜだと思う？　レムニスケートこそが王都の防備の要で、なんでも仕切っているのに」

「それは――」

「回路魔術とレムニスケートはどういう関係にあると思う？」

返事につまったクレーレにエミネイターはまたニヤニヤした。

「レムニスケートは王城と同じくらい古い。王家すら持っていない資料を師団に公開できるか？　なぜか歴代のレムニスケート当主はこれにうんといわない。もともと防備の要を回路魔術に置いたのはレムニスケートなのに」

「それは――あなたにも？」

「私はレムニスケートじゃないからな」

自分が当たり前に受け入れてきた事柄が特別だと知るのは奇妙なものだ。何度目になるのか、内心でくりかえしながらクレーレは塔を出る。外は明るい。春がすぐそこに来ている。

第10章

数日後の正午、クレーレは城壁で観測箱を確認していたアーベルをつかまえた。例によってうしろから抱きしめる。肩口まで伸びた彼の髪をわけ、耳たぶに息を吹きかけると、腕の中の体がびくりとして、それからもがいた。

「ちょっ……おまえ最近ちょっと……」

横から覗きこんだアーベルの顔が赤く染まっている。

「なんだ？」

「大胆すぎるだろう……こんな…」

「もう遠慮しないことにしたんだ」

「遠慮しろよ！」

そむけられた顎をそっとつかんで口づける。アーベルはキスに弱い。クレーレはそんな彼を堪能する。口腔《こうくう》をていねいに舐めて歯の裏までゆっくり刺激すると、我慢できなくなったアーベルの方から求めてきて、しまいには舌を絡めあい、唾液を交換する濃厚なキスになる。この観測箱の場所――回路魔術師たちが管理する場所――には警備隊もほとんど来ないのを知っているからなおさらだ。やっと唇をはなして、

「午後は非番だから、食事に行こう」と誘う。

「その格好で？」

近衛隊の騎士服を着たままのクレーレをアーベルがねめつける。

「なにか問題が？」

「目立つだろう」

「かまわない。むしろ目立ちたい」

「俺はかまう！」

「いいだろう。どうせ目立つのはこれだ」

とクレーレは自分の騎士服をゆびさした。

「一緒に食事をしたいのに、よくわからない遠慮をする意味はない」

「クレーレ、おまえちょっと、性格変わってないか……？」

「もとからこうだと思うが」

「――そうかな」

「食事なんて警備隊のときはよく行っただろう。なにも特別なことはない」

「――っあのころはまだ」

アーベルはいいかけて口を閉ざした。

「まだ？」

「――なんでもない」

アーベルは唇をかみ、頑《かたく》なにうつむいた。その横顔をみつめて、クレーレはかわりに続きを言葉にした。

「――俺たちは恋人同士じゃなかった」

とたんにアーベルの耳まで赤くなり、クレーレの中で嬉しさが風船のようにふくらむ。

「……くそっ、エミネイターやテイラーにからかわれるだろうが……」

アーベルは下を向いたまま口の中でぶつぶつつぶやいた。

「アーベル、俺は一緒にいたいし、それを恥ずかしいとか、他人にみられて嫌だなんて、少しも思わない」

「――おまえな」

「俺が特別だといったのは、アーベル、おまえだ。だからかまわないだろう。食事に行こう」

アーベルはため息をつき、クレーレを見上げ、さらに逡巡《しゅんじゅん》したが、結局うなずいた。


アーベルを連れ歩こうとするクレーレの強引さ――一種の開き直り――はたちまち王宮で噂となり功を奏した。あるいはクレーレが狙った通りになった。特定の回路魔術師に「クレーレが」つきまとい、仲睦《なかむつ》まじくしているということが、である。

やがてこれは第一王子アルティンの耳にまで入ったらしく、ということはレムニスケート当主であるクレーレの父にも当然届いているだろう。回路魔術師の王宮派遣とひきかえにエミネイターが出した交換条件については、最終的に父に聞かなければならないことだ。しかしそれよりもアルティンに

「クレーレ、妹が真相を知りたがっているんだが」と呼びとめられる方が先だった。

アルティンの妹とはつまり、第三王女である。

「真相とは何でしょう?」

アルティンの執務室の入口でクレーレは直立する。楽にしてくれ、と王子は手をふる。

「貴下に意中の誰かがいるのか、ということらしい。妹は例の夜会のせいで、貴下のことが気になっていたようでな。最近噂が流れているだろう」

「私はその噂が正確にどういうものか、知らないのですが」

そうか、とアルティンは机に肘をつく。彼の執務室は高所に位置する王宮のなかでも上層部にあり、窓からは騎士団の訓練場までみわたすことができる。

「噂はふたつある。ひとつは、貴下には秘密の恋人がいて、最近よく一緒にいる魔術師――アーベルといったか――彼と秘密を共有している」

「はあ」

「もうひとつは、その秘密の恋人というのも実は隠れみので、実際は貴下とその魔術師が恋人同士なのだ」

「……ええと、ずいぶんややこしいのですが」

いったい秘密の恋人とはどこから出てきたのだ、とクレーレは内心思ったが、口には出さなかった。噂話というものは複雑怪奇だ。

アルティンは肘をついたままクレーレを見上げる。

「誤解されたくないからいうが、私は貴下の恋愛事情に興味はない。だがクレーレ、貴下はずいぶん、王宮で人気があってな……家名のせいもあるが、知っていたか？　貴下は近衛隊の中でも圧倒的にファンが多い」

「はあ」

今度はいったい何をいいだすのかと、クレーレは我ながら間が抜けた声を出した。

「それも妹や侍女たちだけでなく、使用人全般に好かれている。――わからないでもない。貴下は誰に対しても、態度がまっすぐだからな。おかげで皆がこの噂を気にしている」

「――申し訳ありません」

「いや、謝るようなことではないし、私の方で真相を問い質《ただ》すつもりもない。王家だろうと、そんな権利は持っていない。ただ妹の手前、ふたつほど聞いておきたい。かまわないか？」

「どうぞ」

「貴下には意中の相手がいるのか？」

「はい」クレーレは何のためらいもなく即答した。

「その相手とは結婚できるのか？」

この質問には即答できなかった。クレーレはわずかな時間、考えをめぐらせる。

「――その人と結婚はできませんが、ずっと共にいることはできます。そのためなら、私は何でもするつもりです」

「騎士団の中には同輩と強い友愛関係を持つ者がいる。結婚しても一生続く関係を持つ者が」

「騎士団とは関係ありません。単に私が私であるだけです」

アルティンは興味深げに眉をよせた。

「わかった。レムニスケートというのはやはり面白い家だな。それとも貴下が面白いのか？　ところで回路魔術師を王宮に置くべきだという貴下の主張を、近衛隊長から聞いたぞ」

突然変更された話題に、今回眉を動かしたのはクレーレの方だった。

「はい。いまは師団にも話を通そうとしているところです」

「どうしてそんなに回路魔術師にこだわる？　あの手の魔術は、いうなれば――城の礎石や狭間のようなものだろう。精霊魔術は魔術師がいないとできないが、回路魔術はそうではない」

このような質問は予想できたものだ。クレーレは静かにアルティンを見返した。

「この王城はとても古い。城の礎石が朽ちないように、窓がふさがれないようにするために、どれだけの努力がされているか、ご存知ですか？　レムニスケートは知っています。では、城の回路魔術を維持するために魔術師が何をしているか、ご存知ですか？　知っているのは彼らだけです」

そうか、とアルティンはつぶやいて視線をはずした。執務机の文鎮をもちあげておろし、また窓の外に目をやる。

「なるほど、ありがとう。妹には貴下に意中の恋人が確実にいると伝えておこう。それから、秘密の恋人がどうとかいうのは間違いらしいと」

「殿下、私にとっては――」

いいかけてクレーレはためらったが、いまさらアルティンに取り繕うのも仕方がないと思った。彼はすべてを正確に察しているにちがいない。

「皆が目にしたものを受け入れてくれれば、それでいいのです」

「皆が皆、みえるわけではない」

アルティンは冷静に答える。

「ひとはみたいものしかみない。ともあれ、私は貴下の味方だ。なんといっても、次の世代のレムニスケートを味方につけておきたいだろう？」

「――ありがとうございます」

行ってよし、と王子は手を振る。

クレーレは執務室を辞した。

第11章

門扉にアカシアの枝が重く垂れている。

夜も更けたが、王宮での長い一日は終わった。クレーレがアルティンに王宮の噂についてたずねられてから、何日経《た》ったかもわからなくなるくらい多忙な日々だった。だが今日の疲労は間近に迫ったアルティンの婚約者――隣国の姫君の来訪とそれに伴う儀式のためだけとはいいきれない。

クレーレは気だるい手で馬を引き、枝を押しのけて中に入る。肉体的な疲労以外でこんなに疲弊したことは絶えてない気がしていた。

だが確実に成果はあった。

そこで知ったことや自分の選んだことが、結果として良いことなのかどうか、いまはわからないとしても。

城下のアーベルの屋敷は夜中でも真新しい木と塗料の匂いがした。工房は暗く、屋敷の入口に明かりがついている。アーベルはようやく工房での長い仮住まいを終えて屋敷に移ったのだ。もっとも彼はこのところずっと師団の宿舎で寝泊まりしていたから、クレーレがこの場所を訪れるのはひさしぶりだった。

改装後の屋敷は階下が居間と書斎に寝室、厨房や浴室などで占められ、階上は研究室とアーベルが呼ぶひろい空間になっている。さらに上の階の円天井の部屋は、気象の観測室にしたと聞いている。

屋敷の正面扉はクレーレが前に立つだけでひらいた。どんな仕組みなのかクレーレにはわからないが、回路魔術の働きで、アーベルが屋敷にいるときは来訪者を見分けて勝手に開閉するのである。クレーレは足音も荒く明かりのある部屋へ入った。

アーベルは長椅子で足を投げ出してくつろいでいた。テーブルにワインと食べかけの料理があり、椅子の上には数冊の書物が積まれている。無言で入ってきたクレーレをみて眉をあげる。

「どうした？」

いつもとちがうクレーレの気配を察したのか、静かにたずねた。

アーベルにはここしばらく、毎日都合をつけて逢いに行っている。最初はクレーレの強引さにぼやいていた彼もいまや何もいわなくなり、周囲の目も魔術師と近衛騎士という組み合わせだろうが、男同士だろうが、慣れてしまったように感じる。

共に過ごす時間が増えてゆくにつれて、クレーレはこのごろ、自分の一部がアーベルに取りこまれていくような気がしていた。視線を交わしただけで知られてしまうことがある。

──その一方で、おたがいにけっしてわからないこともあるだろう。

黙ったままクレーレはアーベルの横にねじこむように座り、魔術師の背中に片腕を回した。驚いたようにみひらいた目をしばらくみつめてから、その胸にひたいをしずめる。

「おい、クレーレ。なにかあったのか？」

アーベルが困惑した声を出しながらクレーレの髪をそっと撫でる。その感触が気持ちよくて目を閉じる。

「――今日、おまえにそっくりの絵姿を書庫でみたんだ」

クレーレは目を閉じたままいった。

「え？」

「ナッシュの絵姿があった。回路魔術の創始者は――」

「それ、俺の先祖だ」

アーベルはあっさり返した。

「俺のひいじいさんだな」

「――そうか」

「それがどうかしたのか？　それよりもどこで知った？　俺はあまりこのことは知られたく――」

「レムニスケートの書庫に記録があった」

胸に顔を埋めたまま、クレーレはぼそぼそとつぶやいた。アーベルの背中に回した手をすべらせて腰を抱く。

「その前に父と少し話をした。回路魔術とレムニスケート一族の歴史について聞いたんだ」

「そんなものがあるのか？」

頭上から聞こえてくる声はあっけらかんとしたものだった。何の裏もない、好奇心と知識欲にみちたいつものアーベルの声だ。

「――知らないのか」

「ああ。なんだ、深刻なことでもあったのか？　おまえの一族と回路魔術――要するに俺の先祖とのあいだに」

「いや、そんな話ではないんだが……」

顔をあげると、ワインで少し酔っているらしいアーベルのうるんだ眸に好奇心がきらめいた。

「なあ、教えろよ」

クレーレの頭を撫でる手が顎にかかり、めずらしくアーベルの方からやわらかくキスをした。

そのままふたりで長椅子で抱きあう。温かい体がクレーレを求め、腕を背中にまわすのを感じながら、首筋に鼻先を埋めて、舌で肌を味わった。ひさしぶりに王城を離れて、アーベルとふたりきりだ。話などせずに抱きしめていたい、と思う一方で、今日はじめて知ったことを話したい、とも思う。

同時に、話すことが少し怖いとも思った。

*

「回路魔術師団のエミネイター師がレムニスケートの書庫にある古い資料を閲覧したいそうです。出してよいですね?」

クレーレはいまや毎日のように行われている諮問会議のあとで、王の顧問役である父をつかまえていた。

父とは職務で話すときは敬語で、加えて余計なことは喋らない。緊張があるわけではなく、レムニスケートはもともとそういう家なのだ。クレーレは父のことを当主としても父親としても尊敬していたし、自分をよく教育してくれたと感謝してもいた。たまに実家で食事をするときは気楽な会話をする場合もある。親子というのが他でどうあろうとも、レムニスケートにとって当主とはそういう存在だった。

さらに要求や質問がある場合は、余計な前置きは省略して単刀直入に切りこんだ方がいいのだった。これもクレーレはまさしく当の本人から学んでいた。ひさしぶりに会ったとしても、おたがいに挨拶もせず話を続ける。これもいつものことだ。

「なぜ出してよいと思う?」と父が問う。

「回路魔術は王城防備の要です。そしてレムニスケートは王城の基礎をすべて知っている。情報交換して協力しあうのは当然ではないですか」

「そう思うか」

「ちがいますか?」

レムニスケート当主は特段の表情も浮かべなかったが、出てきたばかりの部屋を顎でさした。

「座って話そう。扉を閉めてくれ」そういって自分はさっさと中に入る。

「お聞き及びと思いますが、回路魔術師を王宮に詰めさせるための交換条件です。エミネイター師から、レムニスケートが持っている資料の閲覧権限を求められています」

あらためて説明すると、父はうなずいて同意を示した。

「これについてはいま決まったところだ。アルティン殿下が前向きだからな。師団さえ同意すれば王宮は受け入れる。エミネイターの条件か。そうだな。当然でもあるな」

クレーレはたたみかけた。

「それならエミネイター師に応じていいですね？」

すぐに肯定が返ってくると思ったのに、意外にも空白があった。父は腕を組み、何事か考えている様子だ。しばしの沈黙のあと、ようやく応答があった。

「そうだな。同意したのならいいだろう」

含みのある返答だった。クレーレは怪訝に思った。

「何か問題でも？」

「――慣習にすぎないが、回路魔術師団とレムニスケートは、長年、相互に情報を与えないことになっている。くりかえすが、これは慣習にすぎない。法ではない」

「どうしてそんな制限があるのです？　しかもエミネイターは姓こそちがいますが、私の従姉です」

「慣習だといっただろう。それに問題は姓ではない。彼女が魔術師になったからだ」

「どういう意味です？」

口に出してからふと、クレーレは父の言葉の意味に気づいた。あらためて問う。

「それは回路魔術師の王宮での処遇と関係がありますか？　どうして回路魔術は王国でこんなに低く扱われているのです？」

レムニスケートの当主はクレーレを見上げて苦笑した。それは複雑な笑みで、自信のあらわれとも自嘲ともつかない。

「答えは簡単だよ。我々のせいだ。レムニスケートが彼らを重要視しなかったからだ」

まさか。父の答えにクレーレは目を瞬き、思わず問いつめるような声をあげていた。

「なぜです？　回路魔術は王城防備のかなめなのに」

「強いていえば――回路魔術が剣を有名無実にしたせいだろう。それ以来、我々は別れた。もとは協働した間柄だったのだが」

＊

腕の中にアーベルの温もりがある。クレーレは彼の耳もとに唇をよせて軽く嚙み、舌でなぶる。ぶるっと震える体を逃がさないようにシャツの内側に手をいれ、背中から胸へ指を這わせる。

自分の愛撫にはっと息をのむ声も愛らしく感じる。すでに固く尖った突起を指先でいじりながら、クレーレはアーベルの肩口から喉へ、さらに下へと唇をおしつける。

「何があったか教えろっていったのに……あっ……」アーベルはまた小さくうめく。

「おい……みえるところに跡をつけるな」

そんなことをいわれると、ますますつけたくなる。アーベルを裸に剝《む》きながら手のひらと舌で愛撫し続けると、ついにアーベルの手がクレーレの襟をつかんだ。

「おまえも脱げよ……ずるいだろ……俺ばかり……」

「ダメだ。――みせてくれ」

「――っあ……何をいってる…」

「アーベルが感じているところをみたい」

「なんだよこの……」

抵抗する口をキスでふさぎながらアーベルの下肢に手を伸ばす。すでにかたく立ちあがっているものに下着の上から触れると彼の半身がはねるように動いた。クレーレ自身も張りつめて痛いほどで、前をあけるとたがいに下着のまま擦《こす》りあわせる。動いて唇がずれるたび、アーベルから吐息まじりの声がもれ、それを聞いてますます興奮が高まる。

＊

「百年前、回路魔術が生まれた」と父がいう。

「そのころレムニスケートは武人の集団だった。回路魔術はもともと城を守る過程で発明されたものだ。だから我々は創始者である魔術師と協力している。このことは記録にきちんと残されていないが、当時もいまも精霊魔術師は戦場に行かせるには貴重すぎたし、彼らは戦いに向いていないから、大きな意味があった。魔術師が直接の武装に関われるわけだからな。その魔術師――ナッシュは四代前のレムニスケート当主と懇意だったらしい」

「それがどうしていまのようになったのです？」

「先の戦争で事態が変わった」と父は続けた。

「創始者の息子ゼルテンが回路魔術による防御の仕組みを発明したのがそのころだ。彼は当代の王に直接かけあって彼らの師団を結成した。戦後、防御の魔術はうまく機能したが、レムニスケートと回路魔術が離れたのはそのころだ。武装のありかたをめぐって師団と我々のあいだに対立がうまれ、時間が経つうちに反目が強くなって、交流をやめた。情報のやりとりが禁じられたのもそのころだ。これには騎士団も関係している。剣の重要性、つまり騎士団の威光が、回路魔術のおかげでなくなってはならないという彼らの思惑もあったのだろう」

クレーレは黙って先を促した。厄介なつながりであり、反目であると感じるが、父の話に口は挟まない。いまさら何をいっても、もはや歴史となっていることだ。

「そのまま我々は交流をもたないようになり、回路魔術と師団をある種の道具として扱うことにした。だがあちらはあちらでその立場に甘んじたので問題は起きなかった。彼らの中で分裂があったためらしいが。創始者の係累が抜けた影響だろう」

「抜けたとは？」

「ゼルテンは、当代の王が功績に応じて騎士と同等の階位を与えようとしたのを断り、この国を出たのだ。理由は我々にはわからない。ずっと後になって彼の子供たちが王都に戻ったが、師団には加わらなかった。それがおまえが親しくしている回路魔術師――アーベルの父と、その兄だ」

＊

「クレーレ…あっ……ここはイヤだ――ああっ」

アーベルは拒絶するが、その響きは甘い。クレーレはかまわずに組み敷いたまま嬲《なぶ》りつづけ、彼を味わう。むきだしにした胸から脇腹にかけてつけた跡が点々と赤くなり、いやらしく誘うようだ。アーベルは片腕で目を覆う。

「頼むから――寝室に――」

やっと懇願を聞きいれて、彼をかかえるようにして立ち上がらせた。腰を抱いて寝室へつれていき、敷布に横たえて覆いかぶさりながら自分の服も脱ぐ。

裸の肌が接して、アーベルの手が背中にまわる。張りつめた屹立同士が触れあい、快感におもわずうめき声がもれる。

「……そこに……あるから……」

アーベルが吐息まじりに潤滑油の容器に手を伸ばそうとするのをクレーレは押しとどめた。自分でとって栓を抜き、手のひらに落とす。そしてアーベルの両腿《りょうもも》をかかえると潤滑油を前からうしろへ垂らして、指で繊細な穴をさぐった。

「ああっ」アーベルが痛みとも快楽ともつかない声でうめく。

クレーレは屹立同士を触れ合わせながら、うしろをさぐり続けた。たがいの先走りの液が垂れて潤滑油と混ざりあい、アーベルの後口が指を飲みこんでいく。クレーレは指をさらにふやして奥へ進ませ、快感の中心をみつけだす。

「クレーレ――あ……あっ――」

大きく腰をゆすり、アーベルが達する。

＊

「回路魔術と我々はそんな関係にあった」とレムニスケート当主はいう。

「だがいまではおまえの意見の方に理がある。レムニスケートも、師団も、そして騎士団も、状況にあわせて変わる必要があるのは自明だ。エミネイターに情報を渡すのは許可しよう」

「はい」

「――それから例の魔術師についてだが……」

クレーレはかすかに緊張し背筋を伸ばす。父は表情を変えなかった。

「彼とおまえの関係についてはアルティン殿下に釘《くぎ》を刺された。殿下はおまえが誰を選ぼうと次のレムニスケートを買うそうだ。そこまで殿下に評価されているなら、私からいうことは何もない。だがひとつ、確認しておきたい」

「――なんでしょう」

「おまえが義務に反しないなら、私もおまえが誰を選んでも干渉はしない。だが将来、もしも血を分けた子供が欲しくなったらどうする気だ？」

クレーレは唾をのみこんだ。喉がごくりと鳴る。

「レムニスケートは血統で続いている家ではないと、父上こそよく知っているはずです。私たちは実力主義だ。必要なら養子をとればいい」

「だが考えが変わらないとはいいきれないだろう。いずれ後悔するかもしれんぞ」

反射的にクレーレは宣言した。

「私は自分を信じています」

もしも自分がアーベルの信を得られなくても、自分が自分であることを否定はできない。自分の選ぶことは信じていられるし、後悔することもない。

*

クレーレは指を抜いて潤滑油を自分の屹立に垂らす。まだ荒い息をついているアーベルの足をもちあげ、ゆっくり侵入する。中は十分にほぐされて、根元までクレーレを熱く受け入れた。アーベルは目を閉じたままほとんど声にならない声をもらしている。

集中した表情がクレーレを内側から揺さぶり、思わず「きれいだ……」とつぶやいていた。

「……馬鹿、何をいってる…」

「アーベル――愛している」

そのまま唇をふさぎ、舌でねぶりながら腰を動かす。奥の敏感な場所を擦るたびにアーベルの体がふるえ、クレーレの背中に爪がたてられる。

腰を抱きかかえて激しく攻める。一度抜いて姿勢をかえ、うしろからのしかかりまた挿入すると、アーベルは高い声をあげて再び達した。だが内側は脈打ちながらクレーレを誘いこんでいる。

去り際に当主はクレーレへ書庫の鍵を渡した。

「エミネイターの欲しいものはここだ。おまえが直接渡すようにしなさい。管理は怠らないように。この鍵は審判部の兄も持っている」

そこでみつけたのだ。

書類に埋もれるようにして保管されていた小さな絵姿だった。手のひらほどの大きさで、額装され、何の記念として描かれたのかもわからない。

ナッシュ。裏側に回路魔術の祖の名前が刻まれている。たしかにその顔に見覚えがあった。四代離れているとは思えないくらいよく似ていた。

「アーベル」

あの額装の男は、いま自分の下にいる生きた体とはまったく別物だ。それなのに彼と自分の先祖がつながりがあることに、理由もわからず心が乱された。

もっと穏やかに愛したくても、引きこまれる強い衝動をとめることができない。アーベルが絶え絶えにあえぐ中、クレーレは強く腰を打ちつけ、射精の強い快感に身をゆだねる。


「疲れているのなら、少しは……加減してくれ」

かすれた声でアーベルがつぶやいた。

クレーレは濡れた布で彼の体をぬぐっていた。情交のあとがなまなましく残り、また興奮しそうになるが、さすがに自分もくたくただ。

「今日はどうしたんだ。何かあっただろう――おまえ、変だったぞ」

ぼんやりしているアーベルは、クレーレが屋敷に来たとき話したことを失念したらしい。そういって向きをかえるとクレーレの肩に腕をまわした。寝台のうえで横抱きになって肌をあわせると、抱きしめられる感覚に胸の内側まで温かさがひろがる。

「レムニスケートと回路魔術の因縁を知ったせいだ。父に教えてもらった」

「そういえばナッシュの絵姿がどうとかいってたな――」

いいながらアーベルはあくびをした。

「眠い。明日聞かせてもらえるか？」

「もしかしたらあまり気持ちのいい話ではないかもしれない」

アーベルの肩口にひたいをつけてクレーレはささやく。

「どうしてだ？」

「その……王城での師団の待遇の悪さは、どうやらレムニスケートに責任がある」

「なんだ、そういう話か」

くっく、とアーベルは笑った。

「もっとマズイことでもあるのかと思った。俺たちの先祖が殺しあったとか」

「――それは逆だ。最初は協力関係だった」

「それならいいじゃないか」

クレーレの背中を手のひらがさすっていき、腰までおちる。この魔術師がくつろいだ猫のように自分に心を許していると思うと、クレーレの胸の奥はぐっと締まった。

「師団にとって目下の問題はおまえだよ。ただでさえ忙しい俺たちの仕事が増えたのは騎士団の試合のせいなんだし、これは元を正せばおまえの案というじゃないか」

「それは違う。考えたのは俺ではなくて、アルティン殿下だ」

「おまえの発案だと第一王子がいってるって、もっぱらの噂だ」

「ほんとうに、考えたのは殿下なんだ」クレーレは抗弁した。

「俺が提言したのは、近衛隊だけの御前試合なんて警備隊の実力者からみると馬鹿馬鹿しいから、むしろやめた方がいいくらいの話だ。それを殿下が違う方向へふくらませて……結果的にこうなった」

アーベルは一瞬ぽかんとした顔でクレーレをみて、次にせきこむように笑った。

「そんなことといったのか？　それはおまえ、勇気なんてもんじゃないよ。そのときの王子の顔をみたかった。よりによって近衛隊所属でそんなことといいだす奴がいるなんて思わないよな」

「たしかに言葉がすぎたとは思ったから……予想外だった」

憮然《ぶぜん》としたクレーレの表情をみてアーベルはさらに笑う。

「だいたいほんとうに御前試合をやめるなんてことになったら、騎士団内部でもおまえの立場、マズイだろうが。誰が考えたにせよ、そのあたりも汲《く》んで殿下はおまえの発案だといってるわけだろう。すばらしいな」

「たしかに殿下はたいした器をお持ちだと思う」

アーベルはまだ小さく笑っていた。そんなに面白い話だっただろうか。

「じつは、あのときはどうなってもいいと思ったんだ。一緒に過ごす時間がもっと……減ってしまうと思うと、いらいらしていた」

「――おい、クレーレ」

「結果的に師団の仕事を増やしてしまったのは、申し訳ない」

「……そうだよな」

「でも俺たちについては殿下が認めてくれて、この点は悪くはなかった」

「へ？」

アーベルは妙な声を出す。

「なんだそれ？」

「おかげで父も認めてくれた。俺は――絶対にあきらめないといっただろう」

「ちょっとまて。認めるって、おまえ――」

声をふさぐようにアーベルの髪をかきわけ、ひたい、目もと、耳もとから唇へと小さく口づけた。

「愛してる」

「クレーレ、」

アーベルは唇をうすくひらき、ものいいたげな目をしたが、何もいわなかった。

手を伸ばしてクレーレの顎をつかむ。

「御前試合、がんばれよ……おまえ、勝つんだろう」とささやく。

クレーレは躊躇《ちゅうちょ》した。

「わからないな。――剣の猛者《もさ》は多い」

アーベルは微笑んだ。

「馬鹿。勝てよ。――試合のあいだ、俺が城を守ってやる」

第3部

荒野に降る

第1章

騎士団の訓練場から威勢のいいかけ声が響いた。

金属と金属がぶつかりあう音のリズムが心地よい。

俺は視界を狭めるフードを上げ、剣戟《けんげき》の方向を向く。午後の日差しに何本もの剣がきらめいていた。隊列を組んで振りや突きの基本をくりかえす者たち、少し離れて二人一組で攻めと受け流しの型を稽古する者たち。いつもより人数が多かった。御前試合が近いのだ。自主稽古をする騎士が増えているにちがいない。

庭園の塀の上からは訓練場がよくみえた。ふつうここにいるのはカラスくらいだろう。魔術師の暗色のローブはカラスを連想させるところはあるが、師団の一員でなければ、あそこで剣を振る騎士たちに不審者として追いかけられるはずだ。

俺は離れて稽古する二人組に注目する。一方は体格も姿もいいが、もう一方はそれを上回る巨人だ。ふたりとも簡単な防具を付けただけ、ものすごい速さで剣を交わしている。速いリズムで打ちあう音が小気味よく響く。剣の技術に無知な俺にもただの型稽古ではなくなかば本気の取組だとわかる。

訓練場でも周囲に見物が集まっていた。巨人の方が体格の差だけ有利にもみえるが、もう片方の動きはもっとめざましい。わずかな動作で隙をつき、相手を追いつめにかかる。

「あー？　あの優勢な方、きみの騎士じゃないか、アーベル」

「そんなのじゃない」

いつのまにか横で同じようにフードを上げてみていたテイラーが肘《ひじ》でこづいた。俺は無表情で受け流そうとした。少なくとも自分の意識の上では。

「また、照れてるなあ」

「だから、俺のとかそんなのじゃない」

「へえ」

テイラーは口笛を吹き、塀の下にいる庭師がぎょっとした顔でこちらを見上げた。

庭園は王宮とじかに接し、外側を区切る塀はびっしりと蔦《つた》に覆われている。蔦のカーテンの裏側には何十年も前に組まれた回路が隠れているが、この魔術を理解しない者にはただの古びた文様にみえるかもしれない。実際俺たちはさきの冬、この文様の上に別の回路を上書きしたから、以前の回路はほんとうにただの模様になってしまった。だがこの模様は、それまで何十年間も王宮の守りとして機能していて、もれもなかった。

新しい回路は小さな構造体を分散して塀の頂上部に配置する設計となったので、点検のときも俺たち師団のローブがうろんな感じで庭園をゴソゴソして壁をいじらなくてすむ。さらにこうして上から訓練場を眺められるというわけである。

「へえ、やはりレムニスケートは強いんだなあ。いいじゃないか。堂々と俺のっていえば」

「頼むからやめてくれよ……」

「おもしろいねアーベル君」

反応すればするほどテイラーを楽しませるのは百も承知なのに、赤面してしまった。俺はクレーレとデサルグ――防具で顔はわからないが、あれほどの巨人はほかにいない――から目をそらし、フードをかぶりなおして顔を隠した。点検が終了した基板は元の位置できちんと作動している。大陸記法を使って設計したおかげで連続体の破損もさがしやすい。

剣戟とかけ声はまだ聞こえている。騎士の一方がクレーレなのはひとめでわかっていた。防具を装備しても、背中や腰の姿かたち、動きからにじみ出る雰囲気が教えていた。

剣を腕の延長のようにあやつるクレーレの体はしなやかで、とてもなめらかに動く。優美なパターンを描いたと思うと、突然予想のつかない剣を出して相手を翻弄する。対象がものすごくゆっくり動いているかのように相手にやすやすと追いつき、そらし、食いとめ、受け流す。そしていつのまにか懐近くに入り、急所に剣をつきつけるのだ。

クレーレは魔力があまり多くない。俺のような魔術師はこの世界をあらゆる生き物がもつ魔力の流れで描こうとするから、必然的に魔力の多い存在に惹《ひ》きつけられる。精霊魔術師たちがお互いにしか興味を持たないのもそのせいだ。しかしクレーレの動きは、魔力なんてつまらないケチなものだと思わせるくらい、魅力的だった。痩せてみえるが服の下には厚い胸板があり、強靭《きょうじん》な肩と腰、太腿《ふともも》へつながる。

ひいき目ではなくクレーレは強い。そう思ったとたん、昼間から想像すべきでないことが脳裏をかすめ、俺はフードの下でまた赤面した。

「なんだ、もうみなくていいのかい？」

のんきな口調でテイラーがたずねてくる。勘弁してほしい。

「見物じゃないんだ。ここでの作業は終わったろう」

「お、手を振ってるよ！」

つられて俺はまた訓練場の方をみてしまった。デサルグとの手合わせを終えたらしいクレーレがこちらをみて、軽く手を挙げている。テイラーも俺も似たようなローブを着ているから、本当に誰が誰だかわかっているのか怪しいものだ。と思いつつも、俺もクレーレに向けて同じように手を挙げていた。

防具に包まれた頭がかすかにうなずく。

「あんなでかいのに勝てるんだな。さすがだねえ。しかし彼、僕が王宮詰めになって残念がっているかな。やっぱりきみが王宮に来るのを期待していたと思うんだ」

「仕事だから関係ないだろう。だいたい俺がそんなことになってみろ、それこそ塔の作業が止まって、大変になるのはそっちだ」

「早く他の連中が大陸記法を覚えてくれればいいんだが。僕が王宮詰めになると指導役もきみとルベーグだけだしなあ。ルベーグは教えるのに向いてないし」

あいつどうして人に教えるってことができないんだろうな、とテイラーはぼやきながらまた訓練場をみている。彼は今日から、王宮の一角に新しく設置された回路魔術師団分所の責任者に任命されていた。

第一王子アルティンの婚約に関連した公式行事の数々——隣国のお姫様の歓迎式典、婚約の式典、お披露目舞踏会、きわめつけは騎士団総出の御前試合——を目前にして、回路魔術師と王宮、それに騎士団との連携を強化するため、ついに師団の塔は王宮内部に分所を持つことになったのだ。

上司のエミネイターが愚痴とも文句ともつかない話を始終こぼしていたおかげで、俺はクレーレがこれを要請した張本人だと知っていた。さらに別のところからもれきこえた噂《うわさ》によると、分所のトップを誰にするか、幹部たちのあいだでかなりもめたらしい。

分所の責任者は師団の塔と王宮の連絡役になり、王宮内の会議にも出席するため、幹部クラスかそれに準じる者でなくてはならない。幹部の椅子に一番近いルベーグが当初挙げられたが、本人が断ったという。なぜか俺の名前も出たらしいが、結局決まったのはテイラーだった。

俺は内心ほっとしていた。おそらくこの役職はかなり政治力の必要な仕事になるだろう。塔で回路や数字を扱うのとは次元がちがう職務になる。それにテイラーがいったように、いまでは俺は他の連中に大陸記法を教える役目も担っていた。師団の全員が大陸記法を習得するよう幹部が決定したのだが、これで王宮担当になった日には眠る暇もなくなってしまう。

しかも王宮に日参すれば、絶対にクレーレとどこかで出くわすにちがいない。

「いや、なんたってきみの騎士なんだよ。蓋《ふた》をあけたら僕が担当になってしまって、ほんと恐縮してるよ。それに王宮の人たちだってきみをみたいと思うんだよね。堅物の訓練馬鹿で有名だった若い方のレムニスケートがついに——」

「頼むからほんとにそういうのやめてくれよ……」

能天気にからかい続けるテイラーに、俺は閉口してつぶやいた。

クレーレは堅物の訓練馬鹿ではない。

そんなことは俺にはとっくにわかっている。クレーレの敏速で確実で自信に満ちた判断は、剣で打ちあうときにだけ発揮されるものではない。職位はいまも近衛《このえ》隊の一隊士にすぎないのに、第一王子が専属護衛でもないクレーレを何かと重宝するのは理解できた。家柄のせいだけではないだろう。複雑な事柄の飲みこみが速く、観察力もするどく、問えば根拠をきちんと示しながら答えてくれるし、判断には信頼感がある。さらに剣もたつのだから、身近にいてほしいのだ。

俺にとってもアルティン殿下がクレーレの価値を理解できる人なのは嬉《うれ》しかった。権力者は正しい判断をする人間を遠ざけたり、逆に反発する場合も多いからだ。

もうひとついえば、俺には世間の評判のようにクレーレが堅物だなんてまったく思えなかったが、この評判はもちろん、これまで彼に女性との噂がなかったからにすぎない。ところがいまやクレーレは、職務に影響しないかぎり何かというと俺を連れ歩き、ひきずりまわし、隙をみてはべたべたとくっついてくる。堂々とした態度に気圧《けお》されるのか、周囲も何もいわない。アルティン王子が公認したとかいう馬鹿げた話のせいもあるのだろう。

そして俺もクレーレのこういう態度が嬉しいのだから、始末におえなかった。


「先発隊といっても、立派な行列だ」

城壁の陰から列を眺めながら、クレーレが俺の肩に腕をまわした。

隣国の先発隊が城下から馬車をつらね、王城の門を通り抜けている。警備隊、それに城下民の見物客が周囲に群がっている。

「なんといっても王女様だし、持ち物も多いんだろう。商人も同行している」

クレーレはいつも体温が高かった。今日はぽかぽかと暖かい春の陽気で、ローブの上からクレーレの温度が伝わってくると、暑いくらいだ。

俺はクレーレに肩を抱かれたまま、壁に設置した回路が余計な武装を無効化するのを観察していた。その回路は通りぬけた本人の魔力を使って作動しているのだが、魔術師でもないかぎりそんな微細な流れには気づかないだろう。

肩口まで伸びた俺の髪をクレーレがいじる。そろそろどうにかした方がよかった。

「髪、切るか……」

何気なくつぶやいたら、クレーレは動きをとめて「どうして」とささやく。

低い声が耳もとをかすめ、ぞくりとする。

「伸びすぎだ。ずっと切ってないんだ」

「このままでいい」

「みっともないだろう。おまえの馬のたてがみの方がましじゃないか」

「そんなことはない。すごく――触り心地がいい」

「おい」

俺は文句とも抵抗ともつかない声をあげるが、髪から首筋を撫《な》でてくるクレーレの手のひらに抗《あらが》えない。困ったことだと思う。

この手がなくなる日がきたら、俺はいったいどうなるだろう。

隣国の王家の紋が入った馬車が何台も通っていく。ふと俺は近づいてくる強い魔力を感じた。行列の最後にはっきり光輝がみえるほど強烈な魔力だ。行列の最後で馬に乗った人物からもれていた。精霊魔術師が同行しているのだろうが、こんな形で来るのはめずらしい。この国でも隣国でも、精霊魔術師はめったに馬に乗らない。しかもこの気配には覚えがあった。

「アーベル？」

不思議そうにクレーレが声をかけてくるが、俺は無意識に行列の方向へ足を踏み出していた。車輪が舗道の小石をとばしながら通りすぎ、軽やかな蹄《ひづめ》の音と共に馬が近づく。行列の見物などいないかのように馬上の人物がくっきりとみえた。濃紺のローブに映える濃い金髪が日光にきらめく。

俺が相手をわかったのと同時に、向こうも俺がわかったらしい。

馬が速度を落として俺の方へ頭を向けた。

「知った気配がすると思ったら、アーベル――こんなに早く再会できるとは思わなかった」

「……エヴァリスト」

俺はなつかしい名前をつぶやき、立ちつくしていた。

　馬上のエヴァリストは以前と同じように唇の端をゆがめた皮肉っぽい笑顔を向けている。俺が唯一知っている、精霊魔術も回路魔術も操れる男。それなのにどんな魔術師の組織にも所属したことがない。

「こんなところで何をしているんだ。いつこっちへ渡った」

　自分の声がいささか喧嘩《けんか》腰になるのを止められなかった。

「ついこの前だよ。すぐに都合のいい商売がみつかったので、ここまで来たんだ」

　いい馬に乗っている。この男は身の回りに極上品をおくのが好きなのだ。俺は苦い味を噛《か》みしめた。奴は魔術を使うくせに騎士のような姿勢で武器もとる。しかしその中身はといえば、骨の髄まで商人だった。

「護衛？」

　俺は入城を終えつつある先発隊へ顎を向けた。

「まさか、そんなたいそうなものじゃない。ちょっとした便利屋のかわりさ」

　エヴァリストは明るい声でいう。俺は「そうか」と儀礼的に相槌《あいづち》をうちながらフードをおろした。この腹立たしいくらい魅力的な笑顔をあと一秒でもみていたくなかった。何かしでかしてしまうかもしれない。

「アーベル、王都に住まいがあるんだろう。つもる話もあるから――」

「俺にはない。達者でな」

ほとんど逃げるようにふりむき、城壁へ向かって早足で進む。突然横から腕をつかまれた。クレーレの騎士服が俺を覆い隠すようにすぐそばを歩いていた。並んだまま足早に師団の塔に近い北門の方向へ城壁を回りこむと、俺の腕を引いて足をとめる。

フードの下を覗《のぞ》きこまれた。

「知り合いか？」

低い声がたずねてくる。

「大陸での、昔なじみだ」

俺は短くこたえた。いまはエヴァリストについてそれ以上の言葉は出なかった。そもそもクレーレに聞かせられる話ではない。

「――塔に戻る」

クレーレは眉をひそめて俺をみつめたが、おもむろに肩をひきよせ、ひたいに乾いた唇を押しつけて「あとで夕食を一緒に食べよう」とささやいた。

俺が返事をためらうのも見越していたように「いいだろう？」とだめ押しする。他の人間なら甘ったるい仕草に笑ってしまうところだが、最近の俺はそんな余裕をなくしてしまった。クレーレにそんな風に出られるとまるで対抗できなくなってしまう。

本当に困ったことだ。俺はますますクレーレを好きになる。

「大陸で流通しはじめた新型武装について、詳しい話を聞きたい」

翌日、俺はなぜか王宮の一室で、第一王子アルティン殿下じきじきの質問を受けていた。

王宮に新設された師団の分所にテイラーから呼び出され、しぶしぶ向かったのだが——何しろ集中が必要な作業の真っ最中だった——現地で待っていたのは見知らぬ近衛騎士だった。きらびやかな騎士服を着て、おもしろくなさそうな仏頂面だ。

「アルティン殿下のお召しだ」という。

口にこそ出さなかったが、テイラーの目は明白に「僕じゃなくてよかった」と語っていた。まるで俺が人質にとられるかのようだ。分所にいたのはテイラーなのに、なぜ俺がわざわざ呼び出されるのか。いったい何をさせられるのかとびくびくしながら俺は騎士についていった。

王宮はこの国の中枢で、当然のことながら回路魔術でがっちり守られている。壁の装飾や床のタイルなど、そこかしこに魔力をとりこんだ回路がはりめぐらしてあり、前を歩く騎士や俺が通りすぎるたびにさわさわと〈力のみち〉が動く。俺はおのぼりさんよろしくきょろきょろしそうになるところをなんとか自制する。

回路をつくったのも管理するのも俺たちなのだが、王宮の中枢ともなると直接現場に入った者は限られている。図面でみたことがあるとはいえ、無意識のうちに観察せずにはいられなかった。

三つほど、意匠に隠された回路に流れの悪い箇所があるのが気になる。あとで点検するべきだろう。

テイラーにどう伝えようかと考えていると、前をいく騎士が俺をふりむいているのに気がついた。あわてて足を速めて追いつく。

「めずらしいだろう。普通ならこんな奥まで入らせないものだ」

軽い嘲笑まじりの口調に、この便利屋ふぜいが、という意識が透けている。よくあることなので気に障ることもなかった。俺は軽くうなずきかえす。

貴族というのはだいたいこんなものだ。横ならびの狭い輪と排他意識の中にいて、自分の高慢なふるまいを不思議にも思わない。クレーレのようにどんなときにも気さくに庶民に接する方が変なのだ。とはいえレムニスケート一族は他の貴族がつくる狭い輪からひとつ上に抜けている。この国の始祖の時代から続いている家柄だというから、クレーレが規格外なのはそのせいかもしれなかった。

クレーレのような存在は珍しい。回路魔術師がよく出くわすのは前を行く近衛騎士のような人間たちだ。大陸を旅していた何年間ものあいだ、俺とエヴァリストはこんな連中にさまざまな装置を売りつけていた。

商品の内容を理解せずにいい結果だけ欲しがる人々はいいカモ――ではなくよい客だ。俺は魔術装置の製作では一度たりともヘマをしなかったし、エヴァリストは取引先の上流階級に対して完全にぬけめなくふるまったから、俺たちが一緒にやっているあいだ、相手に出し抜かれたことは一度もなかった。俺が出し抜かれたのはそれこそ、エヴァリスト本人だけだ。

思い出すとムカついてきた。俺は近衛騎士の腰にぶらさがった豪華な剣をながめて意識をそらす。

「貴下がアーベルか。呼びつけてすまない」

やっと到着した執務室で、第一王子のアルティン殿下は噂にたがわず立派な指導者の雰囲気を漂わせていた。美丈夫だと知っていたが、ほんとうに絵になる。実物を前にして俺は思わず感心した。隣近所のおばさんですら、祭りの露店に出る殿下の絵姿を欲しがったわけだ。

「今日は王宮の警備で回路魔術が果たしている役割について、あらためて聞かせてほしかったのだ。どんな仕組みでどう作動しているのか、だいたいのところを説明してもらいたい」

これが殿下の最初の質問だった。俺は冬に更新したばかりの警備装置の仕組みをかみくだいてざっと説明した。この手の質問にはテイラーが答えていそうなものだが、俺も説明するのは嫌いじゃない。

そのうちに熱がこもって、執務室の手近な意匠にも魔術が隠されているのだと、直接手で触りながら話した。聞いている殿下は退屈した様子もなく、的を射た質問を重ねてくる。たしかにこの方は英明なのだと俺も納得せざるをえなかった。外見だけでなく中身まで、世間の評判に偽りなしだ。

やがて殿下は満足したらしく、腕を組んでうなずいた。

「想像していたよりずっと複雑で、興味深い話だ。魔力を使う便利な仕掛けとしか思っていなかったが、ただの道具ではないな。それにクレーレが貴下を評価するのもわかる。とても説明がうまい」

クレーレの名前に俺は思わずひきつった。殿下は見過ごさなかった。

「そんな顔をしなくていい。レムニスケートはみる目があるといっているだけだ。私は何も気にしていない」

俺はよほど変な顔つきだったにちがいない。黙っているのも無礼なので、なんとか返事をした。

「――はい」

「さて、じつはここからが本題だ。貴下は師団の塔に来るまで大陸で長く過ごしたらしいな。あちらでは連発式の銃が開発されたらしいが、これについてどんなことを知っている？　大陸で流通しはじめた新型武装について、詳しい話を聞きたい」

嫌な予感がした。この国にいま、そんな情報をもたらしそうなのはひとりしかいない。

エヴァリスト――あの男はいったい、何をしに来たのだろう。

型稽古で打ち合いをする騎士たちは、遠目には洗練されたダンスを踊っているようだ。足を踏み出しながら剣を振り、落ちてくる刃《やいば》を刃で受け、そらして相手の首筋へ剣先をつきだす。間合いを読みながら突き、跳びすさり、上体を低くして、薙《な》ぎはらおうとする切っ先を避《よ》ける。

その手前では二人の騎士による激しい鍔《つば》迫《ぜ》りあいが展開されて、俺は思わず足をとめた。練習だとわかっているのに剣と剣がぶつかりあうさまに手に汗がにじむ。

剣による戦いに回路魔術の出番はほとんどない。魔術はモノに影響を与えるが、個人の剣の技能をあげるわけではないからだ。しかも剣のように、体の一部も同然に使われる道具に回路魔術を組み込むのは難しい。頻繁な調整が必要となる上、耐久性が極端に低くなり、要するに実用的ではない。

しかし肉体が振るう剣の戦いが、モノとモノとの戦いに変わればどうなるだろうか？　背後から跳んでくる鉛の弾丸に対して、体を覆う防具を回路魔術で強化することはできるだろうか……。

夢想のようなあいまいな考えに沈んでいると、どさっと音がして、打ち負かされた騎士が草の上に投げ出された。手から剣がこぼれおちる。相手の騎士がさらに踏みだし、振りおろした剣を喉元でとめる。

負けた騎士がニヤッと笑い、腕で剣先を押しやった。

「また負けたなぁ……」

「今回はいい勝負だったな」

「うーん、残念だ」

「もう一回やるか？」

「いや、今日はいい」

負けた方はさすがに疲れたよとぼやいて起き上がる。頭を保護する革の防具を外して現れた顔に見覚えがあった。以前王城警備隊でクレーレの部下だった騎士だ。

「あれ？　おい、あんた」

あわてて足を速めたが遅かった。騎士がしっかり俺を視界にいれ、大きく手をふる。

「アーベルさんだろ――待ってろよ、呼んでくるから！」

誰も呼んでいないという俺の声は背後の剣戟にかき消され、男はたったいままで草の上でへばっていたとは信じられない速さで駆けた。あっというまに、列を組んで型をくりかえす騎士たちを監督する長身の影へたどりつく。影がこちらを向き、俺の方に近寄ってくる。

訓練場のクレーレはすこし雰囲気がちがうな、と俺は思う。ぴんと張った線のようで、厳しくて威圧的だ。それが防具を外して破顔し、急に柔らかくなった。

「珍しいな」

「王宮に呼び出されて、戻るところだ」

「ああ――」いたずらが成功したかのように、クレーレはニヤッとした。

「アルティン殿下だろう？」

「知ってたのか？」

「いや。ただ、話を聞いてみてはどうかと殿下に勧めたからな。あの方は行動が早い」

何食わぬ顔でいってのけるので、俺は脱力する。

「何事かと思ったら、おまえのせいかよ……」

「殿下は現在、何よりも情報を必要としている。こちらに知識がなければ隣国の使者が持ってきた話をうのみにするかもしれない」

「使者というのは……いや」

エヴァリストのことかと尋ねようとして俺はためらった。奴についてはできるだけ話題にのぼらないようにしたかった。

「おまえ、訓練の途中なんだろう」とクレーレの背後に視線をやる。

「そろそろ終わる」クレーレはうしろをみやり、すると付近で俺たちの会話をうかがっていたらしい数人の騎士が急に素振りをはじめた。「この後も非番だから――」

俺は先回りをする。「こっちはまだ仕事中だ」

「塔に戻るのか？」

「急に呼び出されたんだぞ」

といったものの、いまさら戻っても今日はもう中断した作業を再開できるわけではなかった。俺はただ、この逆らえない笑顔に逆らってみたかっただけだ。

「アーベル――」

「……わかったよ」

そう俺が返事をしたとたん、クレーレの背後にいた騎士が俺にだけわかるように親指を立てる。

「クレーレ、おまえ――」

「なんだ？」

「しごきすぎじゃないか？いくら御前試合があるといっても」

「近衛隊にいる俺がこういったらおかしいかもしれないが、警備隊が馬鹿にされないようにしたい。こんな機会は二度とないかもしれない」

俺の名前を憶《おぼ》えるような騎士は警備隊にしかいないんじゃないか。そう考えると、クレーレが感じている親心のようなものは理解できなくもなかった。もっとも幾人かはあきらかに「親の心子知らず」といった調子だったが。

「アルティン殿下とは…どうだった？」

クレーレの声が湿気でこもって聞こえた。

「ああ。連発銃のことをたずねられた。最近大陸から隣国に運ばれて、流通しはじめたらしい」

「銃、か」

水音が響いた。クレーレが、訓練で汗をかいたからと仕切りの向こうで湯をつかっているのだ。近衛隊の宿舎は警備隊が入る宿舎よりさらに手厚く、続き部屋のうえ浴槽までついているし、まだ日があるのに入浴できるとは驚きだ。

騎士でもないのに立ち入るのはどうかと俺は思ったが、クレーレは意に介さなかった。とはいえここなら周囲にあまり聞かれたくない話もできる。だから俺は話した。

「連発機構そのものは二年ほど前に発明されているが、実用化されたのは俺が大陸を離れたころだ。大陸では新型銃の取引で儲《もう》ける商人が湧いて出るころだろう。まあ、この国にはすぐには影響がないだろうが」

この部屋は長椅子《いす》の詰め物も厚くて心地よい。師団の宿舎とは天と地ほどの差だ。仕切りの向こうから水音がたち、浴槽を出る音が聞こえる。

「隣国で流通するなら、影響がないということはありえないだろう」

「この国では使えないからな」と俺はこたえた。

銃は、この国では存在しないも同然に扱われている。理由は簡単だ。

この国では、銃砲は自動的に無効化される。これこそがこの国を守る最大の回路魔術で、俺のじいさん――魔術師ゼルテンの遺産だ。

もっとも善良な一般庶民はこの国で銃が使えないという事実すらほとんど知らない。それは銃を禁じている王家のせいだった。鉄や火薬にかかわる者たち、鍛冶《かじ》屋や鉱山師は知っているが、どちらも王家や貴族、ギルドが把握する職人で、銃を禁じる王家に忠誠を誓っている。それに、使える使えないに関係なく、銃の販売許可はどんな貴族にも大商人にも与えられていない。

この国で使える武器は剣だけだ。石弓のような飛び道具も王家は許可していないが、ああいった武器は銃にくらべるとひと目につきやすく、取り締まりもたやすい。

最初に銃がつくられたのは遠い東の国だといわれている。小型の投石器や石弓と同様に一人で扱える大きさであると同時に、大砲のように火薬で鉛弾を飛ばす武器——しかし、古くから存在するわりに、銃はずっと戦いの主役になれなかった。火薬を爆発させ、圧力で細い筒から鉛の弾を発射するという仕組みは大砲と似たようなものだが、連射する機構がなかったのだ。しかも壊れやすく扱いが難しかった。熟達しないと撃ち手が怪我《けが》をしがちだし、熟練者でも命中率が高いとはかぎらない。

そこで多くの場合、銃は大規模な集団戦で密集した歩兵隊によって使われた。歩兵は横手を騎馬に護衛され、隊列を組んでひたすら前方へ銃を撃ち、敵の部隊を切り開くのだ。これなら狙う必要もない。しかし銃歩兵によって戦場は剣や騎馬の戦いより陰惨さを増した。兵士は撃たれれば剣を振る反撃も許されず、ただうめいて死んでいく。

先の戦争ではこの国も銃歩兵隊を持っていたが、ある時点で消滅したという。回路魔術師のゼルテンが銃や大砲を無効化する装置を発明したからだ。この回路魔術はきわめて強力で耐久力があった。ゼルテンがこの国を出奔しても、師団が手を加えなくても、まだ動いているのだ。回路の構成は暗号化され、いまだに破られていない。暗号を解くためには膨大な計算が必要だから、仮に解き方がわかったとしても、計算をするあいだにこの国は別の手をうつことができる。

これこそがこの国を守る回路魔術の最大の成果だった。これにくらべたら、防備のために使われるそれ以外の回路魔術——錠を補強し、監視し、敵を判別し、自動的に排除する——はおまけのようなものだ。

『先日から気になって、私も回路魔術のことを調べた』

王宮でアルティン殿下にかさねてたずねられたことを思い起こす。

『貴下がよく知るように、この国は二世代のあいだ強力な魔術で守られている。あまりにも強力なために、王宮の者に存在が忘れられるほどの、な。しかしこの魔術はずっと保《も》つのだろうか？　今回知らされたような新しい武器に対しても？』

『いまのところ、この魔術を破る手立てはないでしょう』

返答は慎重にならざるをえなかった。

『しかし、誰にも永遠の保証はできません。また連発銃については――』

俺は脳裏にエヴァリストの顔を思い浮かべる。

『可能なら現物を調べた方がいいでしょう』

天井を眺めて考えながらいつのまにか目を閉じていた。気配を感じてまた目をあける。クレーレが俺の隣に腰をねじこんでくる。簡素だが上質な服を雑に羽織っただけで、長い脚や広い肩をひけらかすようにして前も留めず、髪についた水滴をぬぐっている。どうしてこの男は裸を他人にさらしても平気なのだろうか、と俺はぼんやり思う。騎士団員というのは全員こうなのか。

「それで殿下には最後にひとつ、調べものを個人的に頼まれた。いきなり呼び出されたから、いったい何事かと思ったけどな」

第一王子の個人的な頼み事だから、相手がほかの人間なら口を閉じているべきだ。でもクレーレには知ってもらうべきだという気がした。長椅子の幅は広いのに、クレーレは腰を密着させてくる。

「アーベルが信頼されたということだろう。よかった」

「それに殿下の人気の理由がよくわかったよ。さすが露店で絵姿が売られているわけだ」

「そうか」

クレーレの腕が俺の肩に回され、抱きよせようとする。石鹸《せっけん》の匂いがして、髭《ひげ》をあたったばかりの顎が首筋に触れてくる。

「まだ日があるから、よせ」

俺はつぶやくが、俺の半分はすでに期待していて、半分はこのまま押しのけろとわめいている。クレーレはそんな俺の葛藤をしってかしらずか、あつかましく耳もとでささやく。

「キスだけだ。いいだろう?」

「……だめだ……」

言葉とは裏腹に気の弱い口調になってしまった。クレーレの吐息が重なってくる。この男は少しだけといいながら、いつも深く唇をあわせてくる。頭の片隅はやめろというのに、俺はクレーレに逆らえない。

クレーレと肌を合わせると、いつもかすかにうしろめたい気持ちがつのってきて、それが俺を逆に興奮させてしまうのだ。侵入してきた舌が歯のあいだを遊ぶようになぞり、背筋をぞくぞくさせる。からまって深く吸われる。鼻から妙な音がもれる。

「アーベル……」

クレーレに名前を呼ばれるのが好きだった。ここに居てよいのだと思わせてくれる、俺を求める声が嬉しかった。俺は腕を回し、もっと深く唇をあわせる。体の中心がうずきはじめ、頭の芯がぼうっとして、奥にひそむうしろめたいつぶやきを消してくれる。

俺がこの国でずっとクレーレと共にいるなどできるはずがない。俺のような流れ者と、この国にしっかりと根を張ったクレーレの立場は相いれないだろう。ゼルテンは回路魔術師を集めて師団を組織したにもかかわらず、そこに留《とど》まることができなかった。ゼルテンは戦争に勝利したのに、その結果、自分が王国の仕組みに取りこまれることに我慢できなかったのだ。ふたりの息子、俺の父親も伯父《おじ》もこの気質を受けついで、自分のやり方で放浪して生きた。父は旅の中で死に、伯父は市井の魔術師として。

そして俺は——どうなるのだろう。

クレーレは俺を長椅子に押し倒し、俺たちは足を絡ませながらさらに深く口づけする。夕方の光が窓から落ちるが、俺はかたく目を閉じている。クレーレの腕は俺に平安を与えてくれる。それはまるでこの国そのものであるかのようだ。豊かさと平和。

ゼルテンの魔術がなくても、この国はいまのように平和で、豊かであり続けただろうか？

俺にはわからなかった。この国は、北に針葉樹の森に覆われた山地をひかえ、西には明るい広葉樹の森と放牧に適した高地を抱いている。鉱山資源もあれば、交易に適した地の利も得ているし、中央部の農地は森から流れる川でうるおされる。

東と南に接する隣国は海に接し、大陸との交易が盛んだった。先の戦争で隣国はこの国を併合しようとして失敗し、敗退すると同時に統治者も変わった。

以来ずっと、奇跡のような平和が保たれている。どうしてありえたのかわからないくらいの平和と繁栄。二世代にわたり、もはやクレーレのような騎士が不要ではないかと感じられるほどの。

だがひとも時代も変わるのだ。武装がなくなる日は来ない。

俺はこの国のようになれない国や人々を、大陸のいたるところでみた。そんな人々に、俺とエヴァリストは、回路魔術の装備を売ったのだった。

第4章

ピチャ、と濡《ぬ》れた音がなる。

強く、南の花の香りが立つ。

まだ日があるというのに、俺はついに裸に剝《む》かれている。よりにもよって近衛宿舎のクレーレの私室で――こんなことでいいのか、騎士団はただれていると俺は思うが、自分も同罪なのでうしろめたい気分だ。

長椅子にうつぶせにさせられた俺の腰に、クレーレがとろりとした蜜のような液体を垂らす。かすかに温かく、軽い、はじけるような刺激がきて、俺は思わずうめきをもらす。

首のうしろに吐息があたり、クレーレが笑ったような気がする。

「おまえ、へんなもの……使って――」

むずむずした感触に腰が勝手に動こうとする。クレーレは俺の腰を押さえ、のしかかって耳もとでささやく。

「同僚に勧められたんだ」

「まったく、騎士団の連中はろくなのがい……あっ……」

尻を割られ、蜜が奥に塗りこめられた。内側ではじけるような感触に腰がはねる。クレーレの指が俺の下肢を這《は》いまわり、撫《な》でさする。たちまち全身が熱くなるが、中も外も軽い刺激だけが与えられて、くすぐったいのとも違うもどかしさだ。触られてもいないのに前がたちあがる。クレーレの指が先端を一瞬かすめ「濡れてる」と耳もとにつぶやく。

「はっ……あ……おまえのせいだろうが……」

意識せず尻をつきだした姿勢になっているのが恥ずかしく、せめてあおむけになりたいのだが、押さえつけるクレーレの力が圧倒的で動けない。

「もっと濡らしたい」と肩口に声がひびく。うしろに硬くなったクレーレ自身が当たり、ぬるりとすべる感触に快感の震えがはしった。耳に舌をさしこまれ、耳たぶを舐《な》められ、首筋を強く吸われ、背骨にそって舌がおりていく。

一方的にされているばかりなのは腹がたつ。

「おまえ……これから忙しいんだろう。こんなときに油を売っててもいいのかよ」

俺はうつぶせのままつぶやく。クレーレはのうのうとこたえた。

「だからさ。しばらく抱けないかもしれないだろう」

「だからって――はっ……ああ」

いきなり竿《さお》をやわらかくつかまれ、反射的にあがった声をあわててかみ殺した。だがクレーレは意地悪く、ゆるく手を動かしながら「声を聞かせてくれ」と命じる。

「いやだ、外に聞こえたらどうす――あ……ああっ」

「大丈夫、この部屋は聞こえないさ――アーベルが前にいっていた、特権のおかげだ」

「これだから貴族ってのは――っっ」

「アーベルの声が聞きたい」

腰と胸を抱かれ、あっさりあおむけにひっくり返された。こうなってはもはや広くもない長椅子のうえで、投げ出された俺の足のあいだにクレーレがいて、太腿から左右の袋を舐めてくる。だがほんとうに触ってほしいところには触れず、俺は鈴口からだらだらとしずくをこぼすばかりでなすすべもない。両足をもちあげられ、さらけ出された穴にするりと長い指が入る。

塗りこめられた蜜のせいか痛みもなく、俺の内側はよろこんでいるかのように収縮する。何度も体を重ねて、俺はずいぶんクレーレに慣らされてしまった。ずぶずぶと内壁をまさぐられながら喘《あえ》ぎをもらす。涙が目尻からこぼれる。一本だった指が二本、三本とふえていく。そして俺の快楽の中心を正確にさぐりあて、ひっかく。

俺は衝撃で背をそらしながら高い声を放ち、同時に射精した。

「アーベル——すてきだ。きれいだ……」

ふざけるな、と思うが、言葉にならなかった。射精の快感でぼうっとしているあいだもクレーレの指は俺の内側をうごめき、屹立《きつりつ》が俺の腹をこする。もっと奥に、もっと強く責められたいと自分の腰が誘うのが腹立たしい。クレーレと……こんなふうになるまで知らなかったが、俺はこうやって責められるのが好きなのだ。羞恥まじりの快楽で俺の中がゆらぐ。

クレーレは花の香りがする蜜をまた指のあいだから垂らし、それは俺の内壁をつたってぷつぷつとはじけた。

「ああ……あっ……クレーレ…お願いだ、中に……」

「まだだ……我慢しろ」

今日のクレーレは抑制がきいていて、俺が哀願しても応じず、ねちっこい愛撫《あいぶ》をくりかえしていた。まるでなにかのスイッチでも入れてしまったかのように、俺を喘がせて、楽しんでいる。俺の体はより快楽を感じてしまっているようで、すこし怖かった。

「クレーレ……は……っ……頼む……」

何度目かの懇願のあとでやっとクレーレは俺の腰をかかえ、屹立をあてがう。最初のせまい道を通るとき、きつい痛みと熱さに自然に腰が引きそうになるのを、つよい腕で支えられ、つなげられる。何回体を重ねても最初の衝撃は大きく、めりこんでくる太さが苦しい。俺は息を吐き、力を抜こうとする。俺の中に侵入しながらクレーレはそっと唇をあわせ、歯の内側をそろりと愛撫する。そうしながら根元まで楔《くさび》を埋めこむと、なじむまでクレーレは動かずに、ただ俺の口の中を犯して、離す。

「アーベル――御前試合だが…」

そのまま顔のすぐ上で喋《しゃべ》るので、俺は信じられずに目を見張った。

「なんだよおまえ……いま、この状態でその話をするか……？」

クレーレは逆に目を細め、ゆるく腰を動かしはじめる。

「なあ……優勝したら、褒美をくれるか？」

「あっ……何いってるんだ……そんなの――」

蜜にまみれた内壁がクレーレの動きとともにこすれ、快感に俺の背中があわだった。

「そんな……褒美なんて……おまえのアルティン殿下がくれるんだろう」

「それじゃだめだ。アーベルがくれるのでないと……」

「なにをいっ……あっ……ああっ……」

快感の中心を硬い屹立で突かれる。

俺は涙目だった。さっき一度達したのに俺自身はまた硬く立ち上がっている。こっちは何も考えられないのだ。

「なあ、何をくれる？」

「なんでも――頼むから……あっ」

「なんでもくれるって？」

深く突いたと思うと浅いところで抜き差しして翻弄する。俺は喘いでいるだけでやっとだ。

「この馬鹿――こんなときに聞くなんて、卑怯《ひきょう》もいいとこ――」

唇を噛みながら文句をいおうとしたが、指でこじあけられ、吐息が寄ってきた。

「だめか？　俺が勝ったら――」

小さな口づけが顎や頬《ほお》におとされ、クレーレの眸《ひとみ》が俺をみている。

「――俺の望みをかなえてくれ」

俺はもう限界だった。

「――なんでもしてやるよ。なんでも……ああっ……」

喘ぎながらうなずき、クレーレと眸をあわせる。

「お願いだ――もっと――」

強く、という言葉は急激な突き上げで飲みこまれた。

「アーベル、おまえの望みは？」

喘ぎながら泣き続ける俺にクレーレがさらになにかいう。それなのに俺には言葉を聞きとる余裕がない。ただ、いまこのときだけは、俺は確実に生きているのだと感じている。耳の奥で心臓の鼓動が鳴り響き、俺とクレーレの境目がぼやけていく気がする。俺はクレーレの背中に腕を回し、今にも爆発しそうな俺自身をこすりつける。

「いっしょに――いかせてくれ……」

第5章

「ほらほら、絵姿だよ！　アルティン王子と姫君の絵姿、どうだいきれいだろう」

「ふたりにあやかってお兄さんも彼女に告白するなら、贈り物にこの首飾りは……」

露天商が威勢のいい口上で人を呼び集めている。商魂のたくましさにおもわず笑いがもれた。けっこうな数の人がたかっているのも可笑《おか》しい。有名人の絵姿は需要があるし、安ピカの装飾品も露店に並ぶと輝いてみえる。きっと眺めているだけで気持ちが浮きたつのだろう。

たったいま、隣国のお姫様が乗った馬車の行列が城門を通った。以前使節が来たときと同様、見物の庶民で城下の中心街はたいへんなにぎわいだ。出迎えの騎馬の近衛隊にはクレーレが加わっていた。先頭にいるわけでもないのにそれとわかるのが不思議だが、礼装で乗馬するクレーレは堂々として見栄えがする。

昨日は昼間、王宮のアルティン王子に呼び出されたかと思うと、その後クレーレの私室で腰が立たなくなるまで泣かされてしまった。俺はあらぬことを何度も口走り、クレーレはクレーレで馬鹿なことばかりのたまい、あげくのはて風呂まで使うことになって、最後は泥のように眠ったが、師団の塔へ朝帰りするところをうかつにもルベーグに捕捉されてしまった。

穴があったらもう二度と出られないところだ。

しかし今日ついに殿下の婚約者となるお姫様が入城したから、これからは行事が目白押しである。

式典の準備に関しては、俺たち回路魔術師の仕事は一段落しているので問題はない。いちばん最後に行われるのが例の御前試合で、この日はまた忙しいことになる。

反対に、警護や儀仗《ぎじょう》にたずさわる騎士団はこれからが本番だろう。夜も連日晩餐会《ばんさんかい》や夜会が開かれるという。クレーレは、近衛隊は夜会の飾りにすぎないとよくぼやいていたが、華やかな場で彼の礼装はさぞ映えるだろう。

俺には縁がない世界だった。しばらくは顔もみられないのではないか。だから昨日のクレーレはしつこかったのかもしれないが、詳細を思い出すと羞恥で固まりそうなので、俺は記憶に蓋《ふた》をする。

行列をフードの下から見送ってから俺は逆に町はずれの方へ向かった。久しぶりに屋敷に帰るのだ。城下の浮かれた雰囲気を反映してか、街角に立つ警備隊はいつもより多い。

「アーベルさん！」

見覚えのある隊士に声をかけられる。俺は軽く会釈した。

「隊長が行列にいるのみました？」

「ああ」

「俺もみましたよ！　近衛隊の騎士服カッコいいですよね！」

俺はくすぐったい気持ちになる。クレーレが城下の警備隊にいたころの部下たちはいまだに彼を「隊長」と呼び、年齢が若いほど憧れの目でみているようだ
「このあたりで困ったことがあったら声をかけてくださいよ。警備隊はいつでも駆けつけますから」

「気を使うなよ」

「だめです。アーベルさんに何かあったら俺たちの方がマズイんで」

なんだそれは。真顔で問い返そうとしたとき雑踏でスリを追う声があがり、隊士は一礼して飛び出していった。

屋敷の庭では、城に缶詰になっていたあいだにアカシアの花が満開になっていた。無数の小さなボンボンのような黄色い花が房になって枝についている。といっても、黄色みがかった葉も旺盛にしげっているからあまり目立たない。

窓や扉をあけはなって風を入れ替えていると、隣近所の住民がやってくる。彼らはささいな修理を頼みにきたり、逆に前回の礼だと差し入れをくれたり、俺が苦手な家事の手伝いをしてくれた。子供たちもやってきて庭で遊んでいいかと聞く。花のついたアカシアの小枝を切ってやると大喜びで、みんな、ちいさな黄色い花を松明《たいまつ》のようにかかげて走りまわる。

俺は木陰で突っ立って、奇妙な感慨にふけっていた。まるで俺がこの屋敷にはじめて来たころのようだ。伯父と伯母《おば》がまだ生きていて、この屋敷に人がたくさんいたころの音が、すこしだけ戻っていた。加えて最近俺は気づいた。隣近所の人々はかつて伯父がやっていたような役割を俺に振っているらしい。それは市井の魔術師——といっても、得体のしれない不気味な存在ではない、町の便利屋としての役割だ。

これも悪くはないかもしれない、と俺は考える。いずれ師団をやめて、ここで好きな研究をしながら、多少人の役に立つ。そしてときどき、旅に出る。

旅に出る。

それを考えたのは——とてもひさしぶりで、ひさしぶりだということに俺は驚いていた。旅に出る。馬に積めるだけの荷物で、まだみたことのない場所へ行く。もう一度行きたい場所でもいい。思い浮かぶのは大陸の、足もとにひびわれたような深い淵《ふち》が横たわる荒野だ。凍える朝に野営地で目を覚まし、震えながら火を熾《おこ》す。遠くに森の影をみて、自分の体が呼吸していることに自分で驚きながら、熱い飲み物をすする。

実際のところ、移動のほとんどは興奮するような体験とは真逆で、退屈で辛《つら》い日ばかりだ。毎日天候を気にして、寝床をさがすのに倦《あぐ》む。雨に降られたときのみじめさや肩にくいこむ荷物の重さ、歩きすぎて痛む腰や足をうらみ、襲ってくる虫や動物、野盗に終始ぴりぴりして、ささくれた自分の神経にうんざりするのだ。

それなのに、大陸にいた十年のあいだ俺は頻繁に移動していた。季節が変わると落ちつかなくなり、どこかへ行きたくなるのだった。エヴァリストと組んでからはその傾向に拍車がかかっていたかもしれない。

昨年王都に戻ってからというもの、俺はまったくそんな風に思わなかった。とくにクレーレと出会ってからは。

クレーレと旅に出ることがあるだろうかとふと思う。ふたりで王都の外に出たのは一度、遠乗りへ出たときだけだ。あいつと旅に出るのはどんな感じだろうか。野盗を恐れずにはすみそうだ。冷静で決断も早いから、道連れとしては悪くないだろう。いや、悪くない以前に望みが高すぎる。

クレーレが王都を離れて——レムニスケートの義務を離れて俺と旅に出るなど、あるはずがない。

それとも俺が望めば――

『アーベル、おまえの望みは？』

あのとき俺は何と口走ったのだったか。


考えに沈んでいたので魔力の気配に気づくのが遅れた。なじみがあり、魅惑的で、他の誰ともちがう気配だ。顔をあげるとそいつはすでに路地の入口にいて、邪気のない様子で手を振っている。一目で上質だとわかる仕立ての良い上下揃《そろ》いに、よく磨かれたブーツ。めずらしい、まじりけのない金髪は俺の記憶にあるより長かった。

俺は門の手前で、屋敷を守るように立つ。

「やあ、アーベル。探してしまったよ。やっぱりここだったね」

「エヴァリスト、あんた――どのツラ下げてここへくるのかよ」

アーベルはあいかわらず口が悪いなあ、とエヴァリストはニコニコ笑った。罪悪感のかけらもない軽薄な調子に毒気を抜かれそうになる。いつもそうだった。最初に出会ったときからこの男は変わらない。

「ええ、どのツラって、このツラ」

「何しに来た」

「もちろん旧交をあたためにだよ」

「あんたとあたためるものなんてない」

「いや、僕にはいろいろあってさ」

「俺にはないっていわなかったか？」

軽い押し問答のようになった。エヴァリストはクレーレより細身だが、同じくらいの上背がある。俺を覆うように立って、光をさえぎっている。

いつのまにか子供たちの遊ぶ声がやんでいた。

トコトコと足音が聞こえ、俺のうしろで「アーベル？」と小さな声が呼ぶ。

「ねえ、アーベル。その人だれ？」

俺はローブの裾をつかんで心配そうにみつめる眸を見下ろす。この子は魔力に敏感だから怖がらせたくなかった。エヴァリストの強い魔力を感じているにちがいない。なだめるように笑いかける。

「大丈夫だ。昔の——知り合いなんだ」

「誰か呼ぶ？」

「いや……」

視線をもどすとエヴァリストは微笑《ほほえ》みを浮かべて立っていた。まったく、立っているだけなら何の問題もなさそうにみえる。まさにそこが問題なのだ。ひとたび口を開けて何かはじめたら最後、この男はいつも——

俺はあきらめて門扉をあけた。

「入れよ。ただ、あんたのろくでもない話にはのらないからな」

「つい一年前まで組んでいたのに、つれないなぁ」

「壊したのはそっちだろうが」

俺は子供たちにそのまま遊んでいるように声をかける。だが彼らは顔をみあわせ、委縮した様子だった。

屋敷へ向かう俺のあとをエヴァリストは口笛を吹きながらついてくる。飄々《ひょうひょう》としていい表しがたい自由な空気をまとった男だ。一年前に大陸で別れたときから、まったく変わっていなかった。

第6章

「うわあ、すごいな。なんて家だ」

屋敷に一歩入ったとたん、エヴァリストは上下左右にぐるぐる視線を向けてはしゃぎはじめた。

「なんて楽しいんだ！　歌っている！」

そしてはりつくようにして壁や床を検分しはじめる。いくら上質の服を着ていようが首の上に美貌がのっていようがこれではただの変人にしかみえず、俺は苦笑した。エヴァリストには〈力のみち〉が俺よりもよくわかるのだ。伯父がこの家に蓄え、はりめぐらしている葉脈のような流れがとてつもなく生き生きと感じられるのだろう。どんなふうに〈力のみち〉を感じるのかは人によって異なるが、エヴァリストにそれは「聴こえる」ものらしかった。

なつかしい嫉妬を感じた。この気持ちこそが何年ものあいだ、俺がエヴァリストに惹かれていた理由のひとつだった。好敵手として、仲間として。

居間に通すとエヴァリストはすすめもしないのに、俺が定位置にしている長椅子にさっさと座る。

「いやあ、いい家だねえ。さすがは回路魔術創始者の直系だ。アーベルのしるしもかなりあるね。いじったの最近？」

「改装したからな」

「こんな素敵な家があるなら、王城で働くのかったるいだろう」

「そんなこともないさ」

「何か出してくれるならお茶ではなく酒を――」

「あんたに出すものは何もない」

俺は自分だけワインを注ぎ、残りをエヴァリストの手に届かないところに片づけた。うっかりやつのペースに呑《の》まれないようにしなければならないが、酒抜きでは耐えられない。エヴァリストは不満そうに目をまわしたが、すぐに表情を切り替え、にやりと笑った。

「アーベルと僕の仲で何もないってことはないよ」

「――あんたと俺の仲だからいってるんだ。さっさと用件をいえ」

ふうんとエヴァリストは小首をかしげながら一発目のジャブを放つ。

「よりを戻さないか……ってさ。そう思ってはるばる大陸から――」

「嘘《うそ》をつけ」

俺は立ったままイライラとさえぎった。

「そんな、頭ごなしに否定するなよ。アーベルと離れてわかったけど、きみほど腕がたつ人間なんてそうはいないんだ。僕は間違っていた」

「エヴァリスト、あんたはそんなタマじゃない。ほんとうの用件をいえ」

「アーベル、きみとは何年もつきあったけど、いまだに僕について誤解があるだろう？」

「間違ってた、なんてしおらしく認めたりする人間じゃないことはよく知ってる」

「ええ？　僕だって過ちくらい認めるさ。それにしても、昔はあんなに可愛《かわい》かったのにきみもいうようになったなあ……だけど僕たちの組み合わせって最高だったよね？」

やはりこいつを屋敷に入れたのは間違いだった。

「あんたに関しては、よりをもどすなんて、ありえない」

俺ははっきり音節を区切る。エヴァリストはどこ吹く風だ。

「最近勘定を見直してわかったんだけど、きみと組んでいたときがいちばん儲かっていた」

「そんなの当たり前だ。一度も失敗していないんだから」

「ほらね、勝率十割だよ！　きみみたいにソロで回路組んで納品できる魔術師なんてめったにみつからなくてさ。たまにいてもむくつけきおっさんだったりするから趣味に合わない」

「あんたは精霊魔術も使える両刀なんだから、設計も試験も販売も全部自給自足しろよ。そもそもあんたのせいなんだ。——俺の特許を盗んだくせに」

ちょっとした沈黙がおちる。エヴァリストが唇を舐める。やつがこの程度で動揺するはずはないと俺は思う。エヴァリストは嘘つきではないが、人の心を読み、先回りして人を操るのが好きなのだ。そして何かのはずみにあっさりと裏切る——ことがある。

「あれは悪かったと思っている。行きがかり上ね……」

「あんたが俺にしたことで、許せなかったのはあれだけだ。弁償はもらったから、もういい。終わりだ」

俺は苦々しくつぶやいた。伯父の死をきっかけに大陸を離れるとき、いちばんの足止めになったのはこの交渉だったのだ。

「何度も浮気したし」エヴァリストはよけいな一言を付け加える。

「浮気だとも思ってなかったくせに」と俺は返した。

「まあね――さすが僕をよくわかってる」

エヴァリストは笑った。とてもきれいな笑顔で。

そう、こいつは頻繁に男女かまわず――この男はこっちも両刀なのだ――ひっかけていた。どちらかといえば一夜かぎりの関係を好む人間だったのだ。そんなところは俺の趣味とは違っていたのに、大陸で俺たちは何年も関係を続けていた。常人ばなれした魔力や切れる頭に対して嫉妬しながら、俺はエヴァリストの孤独に惹かれていて、離れられなかった。

結局は、こいつの得意ないつものおしゃべりなのだと俺は思う。エヴァリストと組んでいた期間が楽しかったことは否定できない。俺たちはほうぼう旅をして滞在先で大金を儲けたが、どちらも定住しようとはいいださなかった。ふたりとも大陸で根無し草だった。

「あんたは――誰かとずっと一緒にやっていくなんて、そもそも無理なんだ。あきらめろ」

「ひどいなあ。それはそうと、ちょっと飲ませてくれ」

「本題に入れといったろう」

「一杯くれれば話す。よりを戻すはともかく、きみに知らせておきたいことがあるんだ。実際のところ、詫《わ》びのしるしでもあるから、聞いてほしい」

まったく、話が矛盾していないか？　だがこれもいつものエヴァリストのやり方だ。ちょいちょいっと物欲しげに手を動かすので、俺はあきらめてもうひとつグラスを取り出し、ワインを注いだ。エヴァリストは満足そうに一口飲むと、もったいぶった動作でグラスをおき、上着をひらく。外からわからないよう巧妙につくられた隠しをさぐり、二の腕ほどの長さの布包みをとりだすとテーブルに置く。

「これにきみのしるしが入った回路が使われている」

俺は眉をひそめた。嫌な予感がした。

肘掛椅子に座って布の上からながめる。手を伸ばすのをためらう俺に「罠はない」とエヴァリストがつけくわえたが、思い出して手袋を取り出し、はめた。包みの中身は堅く、重い。布をひらくと黒光りする鉄が現れた。

銃だった。

連発銃だ。

「これが、分解した基板」

エヴァリストは小さな金属をべつの隠しから取り出した。

「ちょっとヤバいので、はずしておいた」

ちらりとみて俺は思わず声をあげていた。

「これは——失敗作だろう」

「うん、きみが設計した時点ではそうだったが……なんと僕を出し抜いて、これを改良して実装した人間がいるんだな。で、これが何をできるかというと、聞いてびっくり」

俺はエヴァリストの冗談めかした言葉を聞いていなかった。基板をもつ指が震えた。それは俺が以前、個人の武装に回路魔術を装備するためのいわば「汎用回路」を設計しようとして失敗したもののひとつだった。ところが一部が改造されている。俺が見切りをつけた箇所は、別の回路に置き換えられている。うっすらと知らない魔術師のしるしもある。それでも基板全体にはっきりと、まごうことなく浮かびあがっているのは俺の署名だった。

「これ、なんだ？　何をやってる？」

「僕はそれをたしかめに来たんだ。この銃はこの国でも──撃てるよ」

聞き耳をたてるものなどいるはずがないのに、いつのまにかふたりとも小声になっている。

「ゼルテンの魔術で無効化されないんだ。確認した」

「どうやって暗号を破ってるんだ？　設計した俺にもわからないなんておかしいだろう」

俺は自分でも驚くほど狼狽《ろうばい》していた。

「──ちょっと待て、これは──この銃は何丁あるんだ？」

「基板は全部で三枚だった。僕は単体の基板と、実装されたこの銃までは大陸で回収したが、三枚目はみつけられなかった」

悔しさが胸の内側をせりあがってくる。俺はワインを飲み干して注《つ》ぎ、エヴァリストのグラスにも注ぎ足した。

「──これやったの、どこのどいつだ。いやその前に、どこから流れた？」

「だからそこが……僕がきみに会いに来た理由でさ」

「まさか──あんたのせいか？」

「最近の僕はかなりうかつだったらしくてね」

きみが捨てたのを拾ったけど、盗まれちゃってさ。エヴァリストはうしろめたそうにつぶやく。

瞬間的に怒りがわいた。だが、めったにみないエヴァリストの表情に怒りの行く場がなくなった。

出し抜かれるのが大嫌いな男だ。さぞかしプライドが傷ついたのだろう。

「……それでこんなところまで追ってきたのか。そいつを」

そしてエヴァリストは、俺がいちばん聞きたくなかった仮定を告げる。

「アーベル、もしこれで、ゼルテンの装置が破壊されたらどうなる？」

「王都の防備の前提が壊れる」

「しかもいま現在、この国に銃を売りたいっていう人がいてね……」

俺はワインの瓶をもちあげ、残りを目ではかった。もう飲まずにはやっていられないが、飲みすぎるとまずい話になっている。

「俺はてっきり、その話を持ちこんだのこそあんただと思っていた」

「おや、知ってたの？」

「ああ、連発銃が――」アルティン殿下の依頼を口に出しそうになり、自制した。

「銃がこの国で有効になれば…武装を変えなくてはならないだろう」

「この国の騎士も剣だけではやっていけなくなるさ。今回は単なる観察係だが、必要になれば僕も商売はする」

「あんたのそういうところが、俺は嫌なんだ」

「ああ、そうだね。アーベルは……戦争が嫌いだからね」

エヴァリストは酒を飲みながら、俺を流し目でみた。歌うように暗誦《あんしょう》する。

「常備軍は廃されなくてはならない。兵とは、有事のときに真っ先に死ぬために国が用意する集団だが、人が殺し殺される資源や道具として国のために使われることは、人が人として生きる権利と調和しない。——きみの好きだった言葉だよ。だからこの国にずっといるのかい？　この国の兵士は——他国と戦う必要がなさそうだ。いまのところ。一年近くもきみが一カ所に腰を落ちつけているなんて、信じられないよ。それに聞いた話だと、恋人が騎士なんだって？　しかも貴族だって」

そして爆笑した。

笑い続けるエヴァリストに俺は不意をうたれ、腹を立て、さらに不覚にも赤面した。

「笑うな。どうしてそんなことを知ってるんだ」

「アーベルに会うために聞きまわってたらすぐにわかったよ。もともと僕の命綱は情報だし、きみのことだと思うと見過ごせないだろう。でもなに、もう城でも有名なんだって？」

こんな話になるとは思っていなかった。ワインが顔に上がってくる。エヴァリストはおもしろそうに目をみはる。

「おやおや、へえ？　赤くなっちゃって。だからアーベルは前より……色気があるのかな？　僕と組んでいたときより、いまのほうがそそるね」

「馬鹿いうな」

「でもおかしいよ。権威の大嫌いなアーベルが有力貴族を相手にそうなっているなんて」

「あんたには関係ない」

「え、そうかな？　僕の商売にも絡めるだろうし、城ではこれから夜会だの社交があるから、ぜひお近づきになっておきたいと思ってるんだけど――」

「いいかげんにしろ」

俺は強く吐き捨てたが、次の瞬間思いなおした。エヴァリストに対して、クレーレにちょっかいをかけるな、などといったところで無駄なのだ。やつはやりたいようにやるだろう。声を低めて続ける。

「――あんたが商売に夢中なのはわかってる。勝手にすればいい。どうせ、あることないこと吹きこんでうまいことやろうとするんだろうが、クレーレはそんなに甘くないぞ。大陸のお偉いさんたちとここの貴族は違う――とくに、レムニスケートは」

うなずくエヴァリストの眸が好奇心できらめいた。俺は無用なヒントをやりすぎたかもしれない。

「……それに俺とクレーレはどうせ身分が違いすぎる。あんたがどうこうする以前だよ」

「へえ。意外だなあ。もっと浮かれてるのかと思ったのに」

喋りながらエヴァリストは勝手にワインを注ぎ足している。

「それはともかく、この銃の件だけど……僕はほんとうに下手人をみつけたくてね。魔力の匂いと音をたどった結果、この国にそいつがいるのは確信している。で、きみはいま城の魔術師団で働いているっていうし、そこからも協力がもらえないかと思っているんだけど……」

「俺を使うのか？　盗まれたあんたがどのツラさげて――」

ワインを一気に飲み干し、エヴァリストは急にテーブルに手をついて身をのりだした。ほとんど鼻がぶつかりそうな距離まで俺に顔を近づけて一気に言葉を吐く。

「僕にはこのツラしかないんだよ。あいにくと。でもアーベル、きみだって、もしゼルテンの装置が壊されて、下手人の道具からきみの署名が発見されたら嬉しくないよね？　正直いって僕ときみだけでいけるか不安なんだよ。できる範囲でみて回ったけど、この国の回路魔術って——狂信的《マニアック》だよね」

「狂信的《マニアック》で悪かったな」

ローブの襟元に師団の正式な徽章《きしょう》をつけたエミネイターが腕を組んでエヴァリストと向きあっている。珍しい眺めだった。塔の奥にあるエミネイターの私室で、ローブの下は濃色のシャツに腰高にサッシュを締めた男装だが、この後王宮の呼び出しを控えているせいか、いつもより上流階級らしいきちんとした服装だ。

俺はごく最近、エミネイターがレムニスケートの血筋だと知ったところだった。クレーレの従姉なのだという。

「気を悪くされたら申し訳ない。鉄壁の防備の別名です」

飄々といってのけるエヴァリストに対し、ふん、と彼女は鼻を鳴らした。はなからエヴァリストを胡散臭《うさんくさ》いときめてかかっているようだ。やつの魔力に魅了されていないのはさすがだが、それもレムニスケートにつながる血のせいかもしれない。クレーレもそうだが、レムニスケートの人間は良くも悪くも魔力にあまり左右されないらしい。

もしかしたら、彼らが先の戦争で回路魔術師たちと協力し、戦後師団を制御しえたのはそれゆえかもしれない。魔力を強力に操るものと距離をとれず、とりこまれてしまうようでは、政治が行えるはずもない。

俺はというと、エヴァリストの脅迫じみた要求について少なくともまずエミネイターに話を通す必要があった。大陸での不始末がこんなところへ影響するとは予想外だったし、エヴァリストの話は仮定だらけのうえ、情報が少なすぎる。エヴァリストは例の回路を盗んで細工した人間を同定できるというが、その言葉しか信用できるものがないのだ。そして俺は貴族ではなく、レムニスケートでもない。政治もかけひきも苦手だ。

俺は不安だった。

「貴殿の話を整理しよう。一、ゼルテンの回路が大陸からある魔術師がもたらした武装によって破壊される可能性がある。二、貴殿はその魔術師を追っている。三、しかし自分ひとりでは捕まえることが難しいので、我々に協力してほしい。以上だな？」

「ええ、その通りです」

「その、ゼルテンの回路を壊せるとかいう武装はどうなる？」

「もちろんそちらで回収して検証しても構わないですよ。ただし終了したら私に引き渡してもらいたい。下手人もね」

エヴァリストは微笑んだが、エミネイターは表情を硬くしたままだ。

「すると貴殿は、我が国の脅威につながる秘密を持ち帰ることになる。そんなことを我々がゆるすとでも？」

「検証の結果次第でそちらはゼルテンの回路を改良し、更新するでしょう。違いますか？　更新の内容まで私は関知しません。それに、もともと私の持ち物だった回路が組みこまれているんですよ――

どうやって改造したのか、私にはわかっていないにしても。返してもらうのは当然でしょう」

エミネイターは論外だと手を振った。

「だめだな。武装は検証後破壊することになるだろう。仮に下手人を無事捕らえたとしても、そいつをどうするかは騎士団の問題だ。こっちはうちの管轄じゃない」

「ずいぶん官僚的なんですね」

エヴァリストは皮肉げにつぶやく。

「そちらの防備の根幹にかかわる情報に、見返りもなしとはずいぶんですね？」

「見返りがなしとはいわないが、いまの時点で私にできる話じゃない。情報には感謝するし、魔術師の取り扱いについて騎士団にとりなすくらいはできるさ。条件は以上だ。で、実際に我々が協力する手順だが……」


「聞き忘れていたが――王立魔術団には行ったのか」

俺はエミネイターの元を辞し、廊下を歩きながらエヴァリストにたずねた。いささか遅きに失した感のある質問だ。我ながら間抜けに響いたが動転していたのだから仕方がない。

「うん？　精霊魔術師？　初日の顔合わせで何人か会ったよ」

エヴァリストはあちこち見回しながら歩いている。式典にからんだ準備も終わり、師団の塔にはひとけが少なかった。すれちがう者がいなくてよかったと俺は安堵《あんど》した。

「彼らとは取引しないのか」

「最初はそう思ったんだけどね。城の配置をみるかぎり精霊魔術師の方が権力ありそうだから」

エヴァリストは小声で先を続けた。

「でもこの国の精霊魔術師って完全に特化型じゃない？　僕には合わないなあと思ってさ。それにアーベルに聞いた方が話早かったよね？」

「あんなの、脅迫だろ……」

俺は閉口してつぶやいた。エヴァリストは問題の武装について、俺の〈署名〉があることを自分から明かさなかったし、全体に話をぼかしている。師団への忠誠心を考えれば俺からエミネイターに告げるべきなのだろうか。

実をいうと俺にはどうするべきかわからなかった。何しろ俺は長年、特定の組織や国への忠誠を誓ったことがなかった。大陸では人に求められるまま、自分の探求心が求めるまま回路を組み、必要に応じて様々な国や人に売ったが、そのとき規準にしていたのは、俺が心の奥底で決めていたルールだった。

人が生きるために使うものであること。

自分をトラブルから遠ざける以外の無用な殺傷に使わないこと。

魔術とはそうでなくてはならない。これは伯父に教えられたことだ。

そして、特定の国や権力者に従って闘争に巻きこまれないようにすることが、俺とエヴァリストが守っていた最低のラインだった。さもなければ自分たちの生死を他人に預けることになりかねず、自由を奪われてしまうからだ。

しかし、俺はいまこの国の中枢である王城で働いている。当然この国に忠誠を誓っているべき――なのだろう。クレーレが当たり前のようにそうしているように。

ゼルテンの孫である俺が問題の基板を設計したのはただの偶然にすぎない。しかも俺はまだ、どこその魔術師がどうやってあれを改造できたのか検証できていないときている――しかしこのことを偶然と思われなかったら、いったいどうしたものだろう。俺がこの国へ来た段階で害意があったと思われたら？　誤解を回避するには盗まれた基板を回収して、師団が検証する前に破壊するのがいちばん簡単だ。エヴァリストは最初からそのつもりである。エミネイターに検証したあとこっちによこせといったのは、もっともらしさをつけるためにすぎない。やつにしてみれば三枚の基板のうち二枚は回収したのだから、破壊されても問題はないのだ。

エミネイターの直属部屋――テイラーが王宮分所へ移ったので、いまや俺とルベーグの二人部屋と化している――の前まで来たとき、エヴァリストはふと思い出したように手を打った。

「あ、そういえばここには動物がいるな？」

「動物？」

「精霊動物。大陸にしかいないものだと思っていたが、王宮で匂いがした」

エヴァリストは形の良い鼻をうごめかした。

「使い手がいるなら手伝ってもらおう。動物は監視に向いてる」

俺は即座にシャノンを思い出した。だがどうやって彼につなげばいいのかわからない。

「――たしかに使い手はいるが、王立魔術団とこの師団はあまり協力関係にないんだ」

「なにそれ？」

「うーん、あんたは精霊魔術も使えるんだから、彼らの考えがわかるだろ？」

「王城が縦割りだってことはよくわかった。小さい国のくせに、歴史と伝統は盛りだくさんだな」

エヴァリストは俺を正面からみた。真顔だった。

「アーベル、きみはよく、こんなところで我慢できてるね？」

俺は思わず返事につまった。

第8章

王城を囲む城壁には世代がある。

この国の王都は王城を中心に抱え、時代を重ねるにつれて拡大した。王城それ自体も何度か拡張されたから、城壁もあわせて改築され、延長され、拡大した。王城が拡がったからといって、第一世代の最初に築かれた城壁がもっとも内側にあるかというとそんなわけでもない。たとえば師団の塔が直接つながる観測箱を置いた迷路城壁は、王都の建築でも最古の部類に属する。城壁が現在の形に完成したのは俺のじいさん――ゼルテンの時代だ。師団の塔をいまの位置に決めたのもゼルテンだ。

城壁は城の最外縁だから、王城を守る魔術も城壁にそってはりめぐらされている。城壁の魔術はとても巨大で強力なものだ。なぜなら城壁の深部それ自体が――

「回路を描いているからだ」

強い風に流れる髪をうっとうしそうにフードの中へおしこみながらルベーグがいった。

「合理的な発想だな。建てるのはさぞかし大変だっただろうけどねえ」

世間話のような調子でエヴァリストが相槌をうつ。

「秘密を守るのもな」と俺はつぶやく。

俺とルベーグ、そしてエヴァリストは王宮の尖塔《せんとう》に立っていた。ゼルテンが発明した最大の回路魔術は、王城でいちばん高い場所――王宮の最高部にのぼるとようやく全貌がみえてくる。

といっても、城壁それ自体が回路になっていると知っていて回路の仕組みを理解している魔術師、さらに魔力の流れがはっきりみえる者でなければ、なかなかそれとはわからないだろう。それに厳密にいうなら、銃を防ぐゼルテンの魔術は城壁の深部に据えられている。壁の上部に張り巡らされた回路は俺たちが先の冬、苦心して更新した新しいものだ。

王城ではあらゆる城壁の開口部は魔力の循環口となっていて、ここで暮らし、行き来する人々の魔力は知らぬまにすこしずつ防備のために使われているのだが、一人一人にとっては無意識に息を吸っているのと同じことで、意識にのぼるような量ではない。気づいているのは精霊魔術師くらいだろう。彼らが師団の塔に距離をとるのはそのせいかもしれなかった。

しかしゼルテンが深部に据えた回路はひとつながりの巨大なものだから、この魔術は城を守るだけでなく、王都全体を覆うほどの威力をもっている。国が豊かになって王都がさかえ、王城がにぎわえばにぎわうほど供給される魔力も増えるので、回路が損傷しなければ半永久的に維持される仕掛けだ。巨大すぎるので破壊もむずかしい。なにしろ大砲を無効化するのだから。

よく考えられているが、どんなものにも弱点はある。

「で、暗号回路はどの位置になるだろう？」

ルベーグが問いかけ、俺はエミネイターがどこからか持ち出した古い文書を脳裏に思い描いた。秘匿された装置だけあって直接場所を書いた地図の類はみつからなかったが、俺とルベーグはすでに文書の暗号は解いていた。

「謎々の答えが正しいなら——あそこだな」

指さした先には、観測箱を設置した迷路城壁がある。

「あの深部だ。王宮から直結する地下通路があるはずだが……王族も存在を忘れてしまっているらしいな」

「平和っていいねえ」

俺は茶化すエヴァリストを横目で睨む。ルベーグがぼそりと「レムニスケートの当主は知っているらしい」という。

「観測箱の地下にあるって、やっぱり灯台下暗しって感じ？」

エヴァリストの問いかけにルベーグが「なぜ」と聞く。

「だって城を建てるときに最初に調べた跡でしょ。測量するから」

「そうか」

「おい、なんて風が強いんだよ——アーベル、場所はわかったかー？」

背後で声がして、ふりむくと尖塔の突端にいたる跳ね上げ戸からテイラーが顔を覗かせている。

「わかったらもう行くぞー。ここを早く閉めたい」

「テイラー、入城者の確認はできたか？」

ぞろぞろとテイラーの方へ戻りながら俺はたずねた。

「それがねえ、アーベル。怪しそうなのはそこにいる人くらいしかいなくてさ……」

即座にエヴァリストが口をはさむ。

「僕が疑われるとは心外だ」

「式典のためのあらゆる準備を整えた僕らに、残業を持ってくる怪しい男がいれば――」

テイラーは冗談をいっているつもりなのだろうが、冗談抜きでそういいたくなる気持ちはわからなくもなかった。

「そういえば婚約式は？」

と俺は聞く。王宮の予定を厳密に把握しているのはテイラーだけだ。

「そろそろ始まるよ。儀式用の大広間だ。僕らはそれどころじゃないけどね」

「まだ大丈夫だ。動物は静かにしている」

エヴァリストが鼻をひくつかせる。

「使い手の子はどこにいる？」

「シャノンなら王立魔術団に交渉して分所に来てもらったよ。どうすればいい？」

テイラーは王宮に新設された師団の分所でうまくやっているようだった。俺にはとうてい不可能なことだ。エミネイターの直属になったいまでも、俺は師団内部の会議すら苦手だった。王城の組織はなんでも大きすぎる。暗黙のきまりも多く、何度出席してもなじめない。

「動物と迷路城壁に居てもらうのがいいだろうな。あそこで匂いを嗅いでもらおう。僕らは当面、交代でひとりかふたりずつ、彼につく」

「これって、どのくらいの残業になるんだろうね……お、そろそろはじまるな」

跳ね上げ戸からテイラーは身を乗り出して、手近な開口部から下方の広場をみつめた。

「近衛隊が出てきた。旗持ちの儀仗兵は豪華だねえ」

「アーベルのレムニスケートはどこに――」

ルベーグがぼそりとつぶやき、俺が黙れという前にテイラーが「この高さじゃさすがにわからないなあ。残念」とぼやいた。

「なんだ、きみの恋人は有名だなあ」

にやにやしながらエヴァリストが肩を叩《たた》いてくる。俺は反射的にその手を払ったが、ふりむくとエヴァリストはなんとも捉えがたい表情をうかべていた。俺の視線に気づくと唇をゆがめて笑った。

「アーベルはからかいがいがあるだろう」

俺を無視してテイラーに声をかける。あんな表情をするとき、エヴァリストはいつもろくなことを考えていない。俺のうなじに寒気がさす。嫌な感じがした。


「アーベルさん、久しぶりです！」

「元気そうでよかった」

「この子も元気ですよ」

そういってシャノンが首に巻いたマフラーに手をかけ、俺に差し出そうとする。即座にむくむくした毛のかたまりは生き返り、シャノンの腕のなかに入って縮こまった。

「そいつ、俺は嫌いなんじゃないか。屋敷から追い出して捕まえた本人だから」

「ええ？　大丈夫ですよー」

王宮の中に新設された師団の分所は続き部屋で、手前の部屋は両開きの扉を大きくあけはなしてある。シャノンが抱きかかえているイタチに似た動物は、鼻面を俺にむけてクンクンと嗅ぎ、またそっぽを向いた。エヴァリストに接したときの態度とは大違いだ。あのときはシャノンそっちのけで、あいつに巻きつこうとしていたくせに。

そのエヴァリストはふらりとどこかへ出て行ってしまい、俺はまた不穏な気分になる。先発隊に同行したあいつの身分は隣国の使節に準ずるものらしく、通行証もあるので俺がどうこういえるわけではないのだが、落ち着かないことに変わりはない。エヴァリストが行ってしまったとたん、動物はクンクンと悲し気な鳴き声をもらしはじめた。シャノンを差し置いてエヴァリストが恋しいらしい。

とはいえこの動物は本来、精霊魔術を使える人間にしか懐かないものだった。精霊魔術師という存在はやはり特別なのだ。王立魔術団に入ったシャノンは俺と初めて会ったころとは打って変わってうちとけた様子だった。王立魔術団にも慣れたというが、あまりに静かなのが落ちつかないときもあります、ともらす。

「あの人たちは声に出さなくても通じるので、さびしくはないんですが」

「騎士団の連中には会ってるのか？」

「あまり……」

「シャノンが精霊魔術師にとられてから、クレーレがしごきがいのない新兵しかこないとぼやいていたが」

「隊長とはたまに話しますが、それは初耳です。でも嬉しいです」

「御前試合に――」

出たかったんじゃないか。思わずそういいかけて、無神経だったとあわてて俺は口をつぐんだが、幸いシャノンは気づかなかったらしい。

「試合は絶対みにいきます！　すごく楽しみなんです！」

顔を赤くしていい放ったところで、奥の部屋からテイラーが現れた。

「そろそろ行こうか。シャノン、悪いけど残業っていうか時間外になるのかな？　そっちの勤務体制、よくわからないけど、ちゃんとつけといてね。アーベル、留守番よろしく」

ふたりと一匹が出ていき、俺はひとりになった。分所の壁にもたれて、意識しないまま、はめこまれた意匠を通して王宮内をめぐる魔力――〈力のみち〉におかしなところがないかを確認する。

建物の魔力の流れに集中するうち、ひときわ強力な魔力が俺をひきよせるのを感じ、我にかえると目の前にエヴァリストがいた。

「――なんだ？」

「あいかわらず、集中しているアーベルはいいね」

エヴァリストは見慣れた笑み――誰かを誘惑するときにきまってつかう微笑みをうかべていた。俺は体がこわばるのを感じた。その場を離れようとしたが遅く、エヴァリストは壁に手をついて長身で俺の視界をさえぎる。俺は腕で押し返した。

「あんた――引けよ。俺を魔力で魅了するな」

「アーベルを魔力で魅了なんて、するわけないだろう」

こちらに顔を傾け、押し返す力をものともせずひたいに唇をよせてくる。

「その必要なんかなかったからね。ずっと――」

見た目に反して力のある腕が俺の肩を押さえてくるのと同時に脛《すね》に蹴りを入れようとしたが、タイミングが合わずそらされた。壁に押さえつけられたまま唇をふさがれる。エヴァリストの魔力が口の中から鼻を通り、直接感じられてくらくらした。これだから魔力の多いやつは始末が悪い。

この野郎、ともう一度思い切り蹴りをいれると今度はきまったらしく、うめき声とともに俺を壁に押しつける力が弱まった。

俺は肩を強く押しかえし、顔をもぎはなすようにしてエヴァリストと距離をとろうとする。やつの魔力で酔ったように世界が揺らぐのに耐えた。

「いいかげんに――」

そのときエヴァリストの向こうに見慣れた姿がみえた。いつになく派手な騎士服を着て、こちらはあてられた魔力でくらくらしているが、それでもすぐにわかる。クレーレだ。

みられた、と思うと同時に顔にかっと熱が上がる。

「いいかげんにどけ！」

エヴァリストをもう一度蹴りつけると今度はあっさり離れた。みなくてもやつがどんな顔をしているのか俺には見当がついた。ゆがんだ皮肉っぽい笑いをうかべているはずだ。

「いまの、例の恋人だろ？　悪かったね」

「――わざとだろう。何を考えている？」

「きみがあんまり夢中みたいだから、嫉妬してしまうじゃない？」

「嘘をつけ」

クレーレは通りかかっただけなのか、それとも分所に用事があったのか、俺には見当がつかなかった。彼のことだから次に会っても自分からはいいださないだろう。釈明する時間がとれるかどうかも怪しいのに、というよりも、それがあらかじめわかっているからこそ、エヴァリストはこんな態度に出ているのだ。

「――あんたのそういうところが、俺はほんとうに嫌いだよ」

「え？　どういうところ？」

無邪気を装ってエヴァリストが応じたとき、警報が鳴った。

その警報は耳に聞こえる音ではない。俺の手首を通りぬけ、頭の中にひるがえる、まるで色のついた声だ。ルベーグの髪とおなじ銀色で、伝わる内容に意識を集中すると同時に、合図の信号が手首を叩く。

『武装アリ。増員求ム』

俺はエヴァリストの横をすりぬけ、近衛隊の詰所まで王宮を走る。昨日、有事の緊急出動を出せるようエミネイターとテイラーが王宮内へ話を通しにいったからだ。うしろを追ってくる気配がする。俺はふりむかなかった。エヴァリストは勝手についてくるだろう。何のせいでこの警報が鳴ったにせよ、もとはあいつの獲物だ。

詰所は式典用らしい派手な服を着た騎士たちでにぎわっている。儀式が一段落したあとらしく、ややゆるんだ雰囲気だ。俺は戸口近くにいる騎士に目をとめる。以前俺をアルティン王子の元へ案内した騎士だが、俺は名前を知らない。クレーレがいると話はしやすいが、クレーレはさっき——

「そこの魔術師！　何用だ！」騎士から威圧的に声が降る。

全速力で走ったので心臓がはねた。俺は首元をさぐって鎖をひきだす。委任のしるしを示しながらいう。

「エミネイター師の代理で、警備の緊急収集だ。迷路城壁まで急ぐ。誰か一緒に来てくれ」

「城壁だと」

騎士は鼻を鳴らして俺の上にのしかかるように立ち「近衛ではなく、警備隊へ行け！」と冷たい声を出すが、その視線が俺の背後を泳いでとつぜん停止した。

どうして騎士というやつらはこんなにでかぶつ揃いなのだと、どうでもいい考えが俺の頭をよぎる。俺だって平均以上の上背はあるのだ。だが全速で走った衝撃でまだ息を切らしているせいか、かかとの踏みぐあいがおかしい。俺は前につんのめりそうになりながら言葉をつなぐ。

「昨日のうちにエミネイターから――」

突然うしろから腕をつかまれる。

「俺が行く。警備隊に急報を出してくれ。第一小隊のデサルグを呼べ」

「クレーレ、だが――」

「そのしるしは本物だ。城壁なら近衛より警備隊の方が役に立つ。俺が行くから、迷路城壁までデサルグに人を出させろ」

クレーレは俺の腕をひいて廊下へ押し出し、いったん詰所の中へ入ったが、即座に出てきた。装飾の多い鞘《さや》が腰から消え、飾り気のない長剣をさしている。片手に持った短剣を帯につりながら無表情に俺をみて、何もいわずに歩きだした。廊下で壁にもたれているエヴァリストの方を一度もみなかった。

俺はあわててクレーレの後を追い、早足になる。手首の警報は止まっている。状況がわからないのが不安だった。俺もルベーグと念話ができればいいのだが。精霊魔術師同士なら簡単なのだが、自分がそうでないのがもどかしい。俺は王宮を出ると城壁めざして走り出した。クレーレは余裕でついてくると、俺の横に並んだ。

「あの男は必要なのか」

前を向いたままいきなり言葉を発する。

「エヴァリストか？」

「そうだ」

「ゼルテンの回路を破壊しようとしているのは同じく魔術が使える人間で、エヴァリストは相手がわかっている。大陸からはるばる追ってきた」

「昨夜遅くに殿下まで注進が届いたが、保安上の配慮で騎士団全体には回していない。近衛は俺と隊長だけが知っていて、あとはデサルグの警備隊で当たる。迷路城壁で間違いないな？」

「ああ」

俺は今のうちに何かいっておきたかった。何か……釈明じみたことを。

「クレーレ、エヴァリストは――」

だがクレーレは走る速度をあげた。

「話はあとだ。急ぐぞ」

目的の場所へたどりつくころ、騎馬で走る警備隊が合流してくる。俺は足にもつれるローブをたくしあげ、城壁の石段をかけあがる。こみいった通路を右、左と曲がり、てっぺんの観測箱まで急ぐ。白い鎧戸《よろいど》で囲まれた箱の周囲には誰もいなかった。俺は扉の魔術をみる。壊れている。観測箱の中にあるスイッチに触れると、ちぎれた銀線がぶら下がり、おちた。

とたんに直下の敷石が揺れる。

きっちりとしきつめられた大きな岩に割れ目が生まれる。その割れ目に指を這わせ、回路に魔力を流すと、人がひとり通れるほどの開口部があらわれた。

ぴりぴりした緊張を感じた。目をあげるとクレーレとエヴァリストがちょうど並ぶように立って向かってくるところだ。俺は開口部に足をつっこむ。暗闇の中に石段が続いている。

「あんたらが入ったあと、警備隊をひとり、この段に座らせておいてくれ。人がいなくなると勝手に閉じるから、絶対に離れさせるな」

クレーレがふりむいて誰か呼んだ。俺は城壁の中へ降りていく。

壁のなかは暗いが、風が通っていて空気は清浄だった。周囲の壁は回路でいっぱいだ。このあたりは先の改修で手を加えた。十五段ほど降りると堅い床で行きどまる。城壁の中に人がひとりしゃがめるくらいの細長い、せまい箱が据えられたかっこうだ。ここまでなら師団の誰もが知っている。

俺は箱の底にしゃがむ。

この先に知られていなかった通路がある。城壁は二重底になっているのだった。

だが、すでに壊されているようだ。

靴先にショートした回路の名残が当たる。段に戻って上からの光で掛け金を探した。簡単に鉄の扉がもちあがる。この先はまた石段だ。暗くて先はみえない。しかし全体から強い魔力の誘導を感じる。

たとえ真っ暗でも俺やエヴァリストは余裕で歩けるだろう。しかしクレーレは違う。

俺は立ち止まり、ローブをさぐってトーチを取り出す。エヴァリストが先に降りてきたので、俺は先に行けと手を振る。

「あんたは道がわかるだろう。シャノンが先に行ったから動物をたどれるはずだ。例のやつの気配は近いか？」

閉じた壁の中では声がむやみに響くので、自然とささやき声になる。

「近い」

断定して、エヴァリストはトーチをみた。眉をあげる。

「そんなものを？」

「クレーレに必要だ」

エヴァリストがせまい石段を降りていくあいだ、俺はトーチの持ち手に紐《ひも》を通した。続いて降りたクレーレの首にかけると、暗がりの中で、クレーレはとまどったようにうなずいてから破顔した。いきなり向けられた笑顔に俺は胸の底がしめつけられるように感じて、うつむく。

——この男が好きだ。

「あいかわらず、いろいろなものが出てくるローブだ」

声が俺の耳もとでささやく。

「七つ道具さ。急ぐぞ」

先を行こうとした俺の手を温もりが包んだ。指と指を絡めあわせ、クレーレは俺を背中からすばやく抱きよせた。狭い空間で、クレーレの匂い——革と樹木の匂いが俺を包み、うなじにあたたかい唇が押しつけられ、すぐに離れた。

上の扉は閉じていて、すでにトーチの明かりしかない。暗いのは幸いだった。

閉鎖空間のはずなのに風がうなり、さわさわと魔力の気配がして、あまり静かに感じないのが奇妙だった。ゼルテンが作り出した空間それ自体の作用だろう。石段を底まで降りるとエヴァリストが壁にへばりついていた。この先は城壁のてっぺんと同様に、迷路状に入り組んだ通路が待っている。

横にならぶと、エヴァリストは指を立て、声に出さずに唇だけで『来ている』とささやいた。

『近い』

『他の者は?』

『迷路のなか』

エヴァリストは壁に右手をあて、迷路へ足を進める。

この通路は足もとに回路が通っている。魔力の流れが下からくる経験はあまりなく、足裏がむずむずした。迷路状になっているとはいえ、俺にはまるで魔力で照らされているかのように思える。しかしほんとうの視界は真っ暗で、クレーレはトーチで足もとを照らしていた。剣を二本も装備しているのに彼は音をまったく立てない。俺は前方に動物の気配を感じる。ずいぶん興奮している。

いつのまにか俺たちは壁際にはりつくようにしながら前進している。ついに目前に開けた空間があらわれると同時にクレーレはトーチを隠した。

明かりはない。だが周囲は——魔力で輝かんばかりだ。

太い蛇のようにうずまく魔力の波が床から手のひらほど盛り上がった、直径が大人の身長ほどの円から発している。壁をつたう魔力が銀と鉛を循環し、地に深くおち、壁に戻っていく。これはゼルテンの回路の心臓だ。円の周辺には通路のような囲みがあり、その底を通り抜けた魔力が壁のもりあがりを生き物のように駆け上がる。くぼんだ部分には魔力が通じておらず、そこにテイラーがはりつくように隠れていた。シャノンとルベーグがいるのもわかった。クレーレもエヴァリストも俺も、全員壁にはりつき、開けた空間にさらけだされないようにする。俺の横に立つテイラーが手首をつかむと、手のひらに指文字を書いた。

『向こう側だ』

そして俺は魔力の円の前に立つ、その姿をみた。

そいつは肩の上になにか盛り上がったような、奇妙なかっこうだった。だらりと下げた腕に何かを持っているが、剣でもなく、銃にもみえない。一瞬、魔力をまったく感じなかった。しかし相手は魔術師なのではなかったのか。

次の瞬間、俺は自分の間違いを悟った。相手が顔をあげ、ゆらりと首をふったからだ。そいつは壁のくぼみに隠れた俺の方をまっすぐにみていた。

「おまえ――ナッシュ」

第10章

何の前触れもなかった。

強烈な圧力が直撃し、俺は首から胸を打たれたように壁に押しつけられたかと思うと、反動で前にふっとんだ。「アーベル！」叫び声が聞こえるがなにひとつできず、円の中に倒れこみ、あやうく内部の複雑で巨大な仕掛けに飛びこみそうになったところを背後から強い力でひきとめられる。エヴァリストが俺の腰をつかんでひきずり、俺は地にうつぶせに崩れる。

「――創始者の直系か」

前方でまたしわがれた声が聞こえる。地の底から響くような声だ。ここはすでに地の底に近いとしても。

俺は膝《ひざ》と両手をつき、なんとか立ち上がろうとするが、顔をあげることもできない。自分の鼓動が割れそうに速く、心臓のあたりがおしつぶされるように痛み、自然に涙がこぼれる。全身の力が抜けている。魔力がこんなふうに直接人にぶつけられるなど聞いたことがない。

突然うつむいた視界がぱっと明るくなる。誰かがトーチをつけたのか。

足音が耳の横を走り抜け、俺は剣が抜かれる音を聞く。複数の剣戟。「こっちはまかせろ」とエヴァリストが叫んだ。やつも剣を持っていたのか。ふやけたような俺の手にやっと力が戻りはじめ、膝をずりながら俺はなんとか上体を起こすが、目が回って今度はうしろに倒れそうになる。クレーレとエヴァリスト、それにシャノンがそいつを奥の壁際に追いつめている。さっき俺に向けられた力は彼らには向けられていない。

いったいあれはどんな魔力なのか？

俺はぼんやりとクレーレの剣の動きをみている。なにかがおかしいという気がしてしかたがないが、頭がはたらかない。相手は剣と、鎖のついた鉄球のようなものを振っている。動物がシャノンの肩から手をつたい、相手の指に嚙みつこうとして、鉄球にはねかえされる。

「アーベル、大丈夫か」

「いまのは――なんだ？」

テイラーとルベーグが俺の左右に立っていた。ふたりの手を借りてよろよろと立ち上がる。煙か渦のようにたちのぼる回路の魔力ごしにみえるそいつは、まるで、鉄球と剣を両手にもって踊っているようだ。俺の力を全部吸いとるような衝撃を投げつけてきたのに、他の者には何もせず――あるいは、できずに――そのまま剣で応戦しているのが奇妙だ。左手でぶんぶん鉄球を回し、クレーレたちを近づけないようにしている。そして俺の方向、回路の円を向き、模様を描くようにしながら狙いをつける。

俺の首筋が総毛だつ。

そんな力が残っているとは自分でもわかっていなかったが、俺は走った――いや、ほとんど飛びこんでいた。円の向こう側へ、鉄球を奪いとるために。

これこそ俺の回路が仕込まれている武器だ。

つかみかかったとたん球が俺の胸を直撃する。体の中が絞り出されるような衝撃が走るが、俺は夢中で球がつながる鎖にとびつき、しがみつく。そいつが俺に向かって剣をふるのがみえた。ほとんど風切音が聞こえるほどの距離だった。これで俺は死ぬのでは、という意識が頭をかすめる。

だが次の瞬間、俺は鉄球ごと遠くに投げ出された。

叫び声が聞こえる。俺はまた地に転がっている。裂けるような痛みに腹を折りまげて倒れたままだ。どのくらいそうしていたのかもわからなかった。顔のすぐそばに気配を感じ、誰かが背中をさすった。俺は横を向き、それからうつぶせになり、膝をつく。

鎖がついたままの鉄球は俺の腹のあたりから地面に転がり出て、手が届かないほど遠くまでいき、止まった。

「みるな」

誰かの声が聞こえたが、俺は頭を上げ、そしてみた。

剣をさげてクレーレが立っている。地面に人間が倒れている。血だまりができている。けっこうな量の血だ。首の動脈から袈裟懸《けさが》けに切られたのか。

「……死んだのか」

胸から腹の痛みではたして自分が声を出せたのかもわからなかったが、届いたらしい。

「そうだな。あれは助からない。いい腕だ」

エヴァリストがこたえた。

かがみこみ、俺に顔をよせると、「アーベル、あの鉄球――」と小声でささやく。

「あそこにある」

「破壊しないと」

エヴァリストは転がった鉄球——おそらくは爆発物だろう——に近づくが、ルベーグの方が速かった。かがんで慎重に鎖をもちあげる。魔力の光輝に照らされた武器は無骨で醜かった。

「これが例の無効化武器か」

「僕に持たせてくれないか。危ない」

エヴァリストが声をかけたが、ルベーグは鉄球の匂いを嗅ぎ、耳を近づけ、そして首をふった。

「大丈夫だろう。まず調べる。エミネイターに報告しなければ」

「——この男はどうする」

鉄球に手が届かないとみたからか、エヴァリストは死骸の横に膝をつき、見慣れない装束の中をさぐった。

「死んでしまうと、意図を聞くことはできないけど」

「運び出して、とりあえずは警備隊で収容する」

クレーレが剣を鞘におさめながらこたえた。

「持ち物は師団の塔に届けよう。魔術絡みならそっちで調べてくれ」

エヴァリストは死骸の腕をひっくり返した。クレーレを見上げ、早口で告げる。

「それはいいが——もし外せない装飾があったらすぐに呼ぶんだ。自分で触るなと他の騎士にも伝えておいてくれ。こいつは妙な技を使っていた。死体になっても危険だ」

クレーレは微動だにせずに死骸をみつめていた。ぼそりとつぶやく声が聞こえる。

「殺すべきではなかった」

「いや、未然に防いだんだ。あの状況で手加減は無理だよ。それより僕はその鉄球を持ち帰りたい」

「慌てるなよ」テイラーが口をはさむ。

「まずは調べないと。それにしても……この男、アーベルを――ナッシュと呼んでいたね」

俺はぼんやりと首をふった。

「誰かと間違えたんだろう」


塔の医療室の寝台は弾力もなく冷たかった。俺の感覚はどうかしてしまったようだ。時刻がさっぱりわからない。周囲がやけに暗く感じる。

シャツを脱がされ、半裸で横になった俺の上にエヴァリストがかがんで、手をかざす。

「ほとんどの魔力を持っていかれてるな」と眉をひそめた。

「……どうやったらそんなことができるんだ。あれは何者だ」

「さあ。最初からアーベルの回路を狙っていたような気がするが、きみの先祖と因縁があるのか？」

「俺が知るかよ」

「どうやったのかはさっぱりわからんが、この様子だと、魔力を衝撃波にしてぶつけたんだ。ぶつけた相手から魔力を飛ばして、さらに器官を塞ぐという二段技だな。聞いたこともない。精霊魔術使いとしては邪道もいいとこだ。アーベル、このままだとずっと回復できないぞ。とりあえずこの塞いでいるのをとる。荒療治になるから噛んでくれ」

反応する暇もなくエヴァリストは俺の口に何かつっこんだ。片方の手首をつかんで捻《ひね》られた――ところまではわかった。

残りは痛みだ。それまで感じていたじくじくする痛みとは種類のちがう、暗黒の痛み。それは手首から体の中心、鼠径部《そけいぶ》そして足のつま先まで走り、口を押さえられていなかったら俺は絶叫して舌を噛んでいたかもしれない。ほとんど一瞬だったはずだが、永遠にひとしく感じられた。意識を失いたいと思うほどの痛み、それ以外の感覚がすべて消え去る。涙が流れるのをとめられない。

噛まされていたものが外され、唇に温かいものが触れて、魔力が流れこんできた。

俺の体、左右の手足、指先の存在が意識に戻ってくる。

俺はなんとか、捻られたのとはちがう方の手を持ち上げてエヴァリストの顔をおしやった。涙がとまらないのはどうしようもない。

「あんたの精霊魔術、ほんとに嫌だ」

エヴァリストは気にかけている風もなく、乾いた布で俺の目尻から頬をぬぐった。ぼやけた視界のなかでこいつがいつになく真面目な顔をしているのに俺はすこし驚く。あまり嬉しくなかった。いつもと同じ、皮肉な笑みでも浮かべていてほしかった。

「器官の詰まりはとれたな。魔力はゆっくり回復する。しばらく安静にしてくれ」

すこしずつ痛みが薄らいでくる。エヴァリストの精霊魔術による治癒はいつもとてつもなく乱暴だったが、効くのは速い。俺の周囲が徐々に明るくなったような気がする。いや、むしろまぶしい。

俺は腕で視界をふさぎ、柔らかい暗黒にほっと息をつくが、痛みのぬけた腹の底には澱《よどみ》のように気がかりがたまっていた。

「例の武装……師団がこれから精査するぞ……」

「なんとかするから考えるな。僕だって、長年の相棒に自分の不始末からはじまったことを押しつけたくはない」

「……あんたが信用できるか」

「いいから寝てろ。例の騎士が心配する。僕だって殺されたくはないからね」

「クレーレは……俺を気にしている暇はないだろう」

俺は目を閉じたままつぶやく。

「この後始末もあるし、他の任務や試合も――」

わざとらしい盛大なため息が聞こえた。

「まったく――どうしたんだ、アーベル」

肌が上掛けで包まれる。がさっと音がして、毛布の端がひっぱられ、マットにたくしこまれたようだった。エヴァリストは俺のひたいに手をあてた。冷たい手のひらだ。急に眠気が襲ってくる。まぶたの上だけがぽかぽかと温かい。夢うつつになりながら、なぜか俺はクレーレの手がそこにあるのだと想像していた。彼の手はいつも温かかった。

「この国に来てすっかり、身分だの立場だのにやられちゃってるのか？　きみから自由で自在なところがなくなったら、かたなしだよ。すこしは信じてやれよ」

「信じる？」

「あの騎士に、外側の飾りに左右されない中身があるってことをさ」

扉が閉まる音がして、俺は今度こそ、ほんとうの暗黒に身をまかせた。

第11章

座面が激しく揺れる。

俺は幌馬車《ほろばしゃ》の後部で荷物のあいだにはさまっている。幌の隙間から光がもれるが、外をみてはいけないといい聞かせられているので、俺は継ぎのあたった膝掛けに両手をつっこみ、その模様だけをみつめるようにしている。膝掛けは赤と橙《だいだい》、緑と黄色の格子模様で、かつてはとてもきれいな色だったが、いまでは全部褪《あ》せて薄汚れている。馬車が揺れるたびに俺は座面からすべりおちないように足をつっぱり、揺れにあわせて体がはねるのに対して平衡を保つ。

喉が渇いてひりつく。御者台で手綱を操っているのはおやじだろう。おろしたフードの首筋に汗が垂れている。閉め切った幌の内側は暑くて息がつまりそうだ。何よりも喉が渇いてたまらない。だがいまのおやじの様子には水が飲みたい、などといえる雰囲気はない。追われているのだ、と俺は思い出す。はじまりはいつもと同じような旅だった。それがなぜかいまはうしろから馬を駆る男たちに追いかけられていて、俺たちは必死で逃げている。

突然ガタッと大きな音がして、座面が大きく傾き、馬車がとまる。俺は固定していない荷物と一緒にすべりおちる。俺は叫ぶ。「とうさん!」おやじに聞こえている様子はない。脱輪で馬車は動かないのに、馬に鞭《むち》をふるっているのだ。俺はもう一度叫ぶ。おやじはふりむかない。そのうしろ髪だけがはっきりみえて――

俺は目を覚ました。

塔の医療室の寝台に横たわり、壁に頭をぶつけていた。外は明るく、まだ昼間のようだ。喉が渇いてたまらない。起き上がろうとしたが、意識ははっきりしているのに、背中と首が石になったようにぴくりとも動かなかった。両足の指から少しずつ動かすことからはじめて、俺はしばらく苦闘し、ようやく上体を起こす。ありがたいことに寝台脇の台に水差しが置いてある。おぼつかない指でコップについだ。少しこぼしたが、なんとか喉の渇きはおさまった。

夢の中でも喉が渇いていたのを思い出した。

自分でも奇妙だと思うが、俺はおやじと死に別れたいきさつをよく覚えていない。旅の途中で騒動が起きたのは覚えている。母はそれより前に病気で死んだ。もともと放浪がちだったおやじは母の死以降、一カ所にけっしてとどまらなくなった。俺たちはずっと旅暮らしだった。

俺は物心ついたころからおやじのみようみまねで回路をいじっていて、自然に魔術の使い方、回路の修理の仕方を覚えた。それらがみな独自の自己流派だというのは、後になってわかったことだ。

王都の伯父の屋敷にひきとられてから、俺は正式に魔術を学ぶために学院へ行こうとしたが、教室についになじめなかった。結局必要なことはみな伯父に教わった。

おやじも伯父も俺に回路魔術を教えてくれたが、自分たちの父親や、その父親――ゼルテンやナッシュの話はほとんどしなかった。ひいじいさんが回路魔術の創始者だと、俺は伯父の書庫の本で知って仰天したのをいまでも覚えている。

そのひいじいさんはどうも、俺に似ているらしい——医療室の飾り気のない毛布をみつめながら、俺はふと思い出していた。以前クレーレがいっていた。どこかに絵姿があるのだと。

あの死んだ男は、最初俺をナッシュと呼んだ。知り合いでもあるまいに。仮に直接知っているとしたら、年をとりすぎている計算になる。

ナッシュは魔術の本を何冊も書いた。それは古典的な教科書だが、すでに時代遅れな文献だ。ナッシュの息子で、俺の祖父にあたるゼルテンも本を書いた。彼らの本を俺は伯父の屋敷で読み、その内容について伯父に教えをうけもしたが、俺の魔術の基本はどちらかというと父から来ているのだと、じきにわかった。子供のころは考えもしなかったが、おやじの魔術はかなり独特な方式をとっていて、万人向きではなかった。

それはもしかしたら本に書かれることのなかったナッシュやゼルテンの方法だったのかもしれないが、おやじは何もいわなかったから確かめようもない。俺はというと、ひとりで大陸に渡って勉強をするうち、むこうで開発された方法とおやじから受け継いだものを折衷させることになった。俺の魔術はおやじ同様、他にあまり類がないものになり、そのおかげで俺とエヴァリストは大陸でかなりの財産を稼いだ。

頭をふり、俺は寝台からおりる。枯渇していた魔力はすこし回復しているようだ。ふらつくが、用足しにいきたいし、空腹でもある。いまは何時だろう。窓を覗き、太陽の位置を目ではかって俺はぎょっとした。

よろよろと廊下に出て手近で用を足し、宿舎に戻って清潔な服に着替え、口をすすぐ。鏡にうつる自分の顔はびっくりするほど頬がこけ、両目の下の濃い隈《くま》がうっとうしい。髪をうしろになでつけて、伸びたままのうしろ髪を紐でくくると、俺はまた塔に戻った。

いつもの仕事部屋の把手《とって》に手をかけたとたん、扉が内側から開いて、つんのめりそうになる。

「アーベル。起きたのか」

作業台から顔をあげて、テイラーがいった。

目の前ではルベーグが俺の腕を支えている。

「悪かった。ついてやれなくて」と銀髪を揺らしながらもごもごいう。

「ひどい顔だ。まだ寝てなくていいのか」

「いや、腹が減って」

テイラーが俺を上から下まで見下ろして笑った。

「そうだろうな。丸一日寝ていたんだから。何か持ってきてやるよ」

思ったほど調子は戻っていないらしく、俺は椅子に倒れこむように座った。どうもみっともない。

作業台の上は慎重に区切られて、例の武装の分解作業が進んでいるようだ。他にあの男が身につけていたと思《おぼ》しき防具も並べられている。よく見知った、だがこの部屋では見慣れない姿が作業台のそばにいる。

「よう、アーベル。大変だったそうだな」

無表情で声をかけてきたのは、エミネイターの直属になる前、隣同士で仕事をしていたクラインだった。彼は最近大陸記法の勉強会に加わっていたが、会話らしい会話はほとんどしなかった。避けられているような雰囲気もあったし、俺にしても親しくしたいわけでもなかった。

「まあな」

俺は生返事をする。実は座ったとたん強烈なめまいが襲ってきて、こらえるのに必死だった。

「アーベル抜きだと人手が足りないってことで、入ってもらった」

俺が何ひとつたずねないうちにルベーグが告げる。クラインのすぐそばにはエヴァリストが威圧するように立ち、彼に「目を離さないでくれないか」と注文をつけていた。

クラインにしてみると災難だろう。回路魔術師としてのエヴァリストには独創的な発想はあまりないが、細工は細部にこだわって正確で、手順の遵守には人一倍うるさい。そして爆薬の解体には手順の遵守がもっとも重要だった。大陸では俺もエヴァリストも何度も似たような作業をやった。

エヴァリストは俺の方へちらりと視線を投げた。ただの視線だ。なんの合図もない。

テイラーが俺に食べものを持ってきてくれた。しかしそのあたりから室内は緊迫して、食事をしていられる空気ではなくなった。分解中の武装から部品が慎重に外される。薬室、起爆装置とつながる管がえりわけられ、吟味のすえ切り離されて、ようやく安堵の雰囲気がうまれた。

全員が肩の力を抜く。

俺は外された基板の回路がどうなっているか、そこに俺の——しるしがあるのか、確かめたくてたまらなかった。一方で俺の体は座りこんだ椅子から立ち上がるのも億劫《おっくう》なほど重かった。スープにちぎったパンをひたして、何口か無理やり飲みこむ。作業台ではルベーグが拡大鏡を調整し、取り外した基板を精査している。

「どうだ？」

テイラーが声をかけると首を振った。

「構造が二重になっている。元になっている基板と、付け足された回路がある。記録を取りながら分解してみないと原理がわからない」

「おい、僕がそれを回収するって、覚えているな？」

エヴァリストが口をはさみ、それをテイラーが断固とした口調でさえぎった。

「どうせこのままじゃ返せないんだ。エミネイターの許可が下りない。とりあえずいまはこれで、危険はないか？」

「ああ。危険はないが……」

ルベーグは口ごもった。

「どうした？」テイラーがたたみかける。

「――いや」ルベーグは拡大鏡から目を離し、眉間をもんだ。

「なんでもない」

「俺にもみせてくれ。大陸製の回路なんてみたことがないんだ」

クラインが拡大鏡に近づき、レンズを目に当てる。彼の顔と作業台が俺の視界の中でくるくる回った。吐き気が襲ってきて、俺はうつむく。

「アーベル、大丈夫か？」

俺の視界はモザイクのようにだんだん薄れていき、そのまま真っ暗になって消えた。

頭の外側をガンガン叩かれているような気がして、目をあけると今度は宿舎の自分の部屋だった。たしかに音は鳴っていた。扉を叩くコツコツという音だ。部屋は暗かった。誰が俺をここまで運んだのか、それから何時間寝ていたのかと俺は思う。みっともないことこの上ない。

起きあがって明かりをつける。どのくらい待てば回復できるのだろう。またもふらつきながら扉をあけると、意外な顔があった。

クラインだった。

状況がつかめないまま俺は彼の人好きのする顔をみていた。王都に戻って師団に加わったころはクラインは親しみやすく、俺は気安く接していたのだった。実際去年の夏まで彼の近くで仕事をしていたのに、いまこうして顔をみていると、何年も前のことのような気がした。

「どうした？」

「様子をみにきたんだ」

「それは……すまない。面倒をかけて」

「ちょっといいか」

クラインは肩で扉を押し、俺を追い立てるようにして部屋へ入ってくる。俺はとまどい、あとずさった。

「何かあったのか?」

「アーベル、まだ具合が悪そうだな。座れよ」

押しやられるまま寝台に腰をかけるとクラインはかがむようにして俺の脛に膝をおしつける。俺が反射的にうしろ手をついて体を支えると、今度は顎を強くつかんだ。前置きもなくいった。

「あの基板、見覚えがなかったか?」

顎にクラインの指が食いこむのを感じながら俺はぎょっとして目をみひらいた。

「俺はあったぜ。あんたの回路は去年隣にいたとき、さんざんみたからな。あのしるし……」

クラインは思わせぶりに語尾をのばした。

「あんたのだろ」

俺はクラインから目をそらさなかった。彼は魔力量もそこそこ多く、いまは膨大な数の試験をこなしている。試験は単調で退屈な仕事だが、経験をつむことに大きな意味がある。回路の些細《ささい》な差異や特徴に勘が働くようになるのだ。

「——半分はな」

俺はクラインを押しのけようとした。

「俺が失敗して、見込みがないと捨ててきたものだ」

「ゼルテンの装置を無効化する回路を?」

「ちがう。あれは……もともと、武装用の汎用回路だった。しかも失敗作で、俺が捨てたものが拾われたんだ。正確にいうと盗まれた」

「だが現に使えるようになっていたわけだろう。どうしていまここに来るんだ？　しかもあんたの知り合いとかいう、あいつが王都へ、隣国の一隊とやって来てすぐに？　偶然にしてはおかしいよな」

「エヴァリストは……まさにあれを追ってきたんだ」

「最初から仕組んでいたんじゃないのか？」

「ちがう。俺はまったく知らなかった。まったく、何もだ。――離せよ」

だがクラインはますます力をこめ、反対に俺はというと肝心なときにまったく力が戻ってこない。最近俺はこんな状況が多すぎないだろうか。

みじめな気分で、腹が立ってくる。クラインが俺をみてにやにやしている。急にこいつは蛇のようなやつだと思う。こいつにくらべたらエヴァリストは千倍ましだ。

「あのレムニスケートが聞いたらどういうかな」

「知るか」

「前は俺とも遊んだくせに」

「あのときは――あんたが俺を嵌《は》めたんだろうが！」

怒鳴りつけたはずみにクラインの膝がゆるんだ。俺は蹴りをいれて押しのけるが、反動でうしろに倒れた。クラインも派手に転んでその先にあった椅子が倒れ、水差しが床におちて割れた。

「――この」

クラインは即座に起き上がり向かってくる。そのときだった。

「何をしている」

扉がバタンと開いて低い声が響き、俺とクラインは同時にその場で固まった。クレーレが扉に大きな影をつくっていた。倒れた椅子や水差しにじろりと目をくれた。

「アーベル？　そこのおまえは？」

俺はようやく起き直ったところだ。一方クラインはたちまち体勢を整え、服についた埃《ほこり》をはらった。俺に向かってまたにやりと笑った。

「近衛騎士の参上だ。ちょうどいいじゃないか」

吐き捨てると扉口のクレーレに向きなおる。

「例の持ち込まれた武器の回路、設計者がわかったんですよ。少なくとも半分はね」と自慢げに告げた。

しかしクレーレは、すぐには意味を飲みこめなかったようだ。

「どういうことだ？」

「このアーベルが、元になった基板を設計した。なあ、そういったよな？」

クレーレが俺の方を向く。

「――アーベル？」

近衛隊の騎士服を着たクレーレはいつもと同じように落ち着いてみえた。ふらふらした俺の足もととはぜんぜんちがう――重くどっしりして、錨《いかり》のようだ。口の中はからからに渇き、声が出ない。俺はまばたきもせずクレーレをみつめる。隣でクラインがまくしたてている。

「どうして最初から私にいっておかないんだ」

エミネイターが腕を組んで俺に迫った。

今日の彼女はドレス姿で、ローブも羽織っていないから、最初はいったいどこの貴婦人かと思った。女性が女性の服を着ているだけなのに、エミネイターの場合はなぜ女装と感じるのだろう——などと、この状況で俺はのんきなことを考えている。

何しろ俺は師団の塔から審判部へ警備隊に連行され、てっきりそのまま拘留されるのかと思いきや、また騎士が現れて、今度は王宮に連れていかれた。騎士は政務部の奥の階段を降り、地下の部屋に俺を閉じこめて姿を消した。

それにもかかわらず、俺は妙に落ち着いていた。疲労のあまり諸々《もろもろ》の出来事がどうでもよくなっていたのかもしれない。それに鍵をかけられて放置されたとはいえ、窓のない部屋は貴族の応接間のように豪華なものだった。曲がった脚に彫刻がほどこされた長椅子は快適なクッションで覆われ、水が満たされた見事なカットグラスの水差しもある。だから俺は騎士が出て行ってすぐ、長椅子で寝た。

昨日から投げ飛ばされたり昏倒《こんとう》していた人間の判断としては妥当だと思う。だが安息は短かった。快適な夢うつつがやってきたところで俺は乱暴に揺りおこされ、みると目の前でエミネイターが怒っているのだった。

「なんとかいえ、アーベル」

俺は長椅子の上で一応体をまっすぐにして座った。口を開こうとしたものの、何をいっても間が抜けている気がした。

「だんまりになるなこの馬鹿！」

「……その、すいませんでした」

「すいませんじゃない！」

「ええと……じゃあその、悪かった？」

「そうじゃなくて」エミネイターの顔が崩れた。

「もっと私を信用して頼れといってるんだ。上司だろうが。どうして直属に引き抜いたと思ってる。なんだこの——水くさい」

そんな言葉を吐かれるとは思わなかったので、俺はとまどってうつむく。

「いやその……行きがかり上というか」

「クラインの馬鹿は黙らせるし、私はきみを手放さないからな。だいたい、破壊を止めるために自分を痛めつけておいて、共謀もなにもないだろう。回路に署名があったくらいなんだっていうんだ」

「ええと——けっこう問題ではないですかね……」

「逆だ。例の回路を設計できるほどの魔術師なら、むしろ手元に置いておくのが正解だ。しかも創始者の直系なんだぞ。ここできみを手放してみろ、よからぬ輩《やから》に勧誘されてしまったらどうしようもない」

「そんなに手の内を明かしていいんですか？」

「だから信用しろといってるんだ」

エミネイターは口角泡を飛ばすような剣幕でいいつのり、これでは庇《かば》われているのか怒られているのかわからない。思わずよけいなことをいいたくなる。

「俺がその上をいく悪人だったらどうします？　破壊を止めようとしたのもみせかけかもしれない。これからすごい陰謀をたくらんでいるのかも」

エミネイターは腰に両手をあてて胸を張った。もはや貴婦人のしぐさではない。そのまま俺を睨みつける。

「もしそうだったなら、レムニスケートへの信頼もなくなり、王宮の勢力図に一大異変が起きるだろうな」

「どういうことです？　クレーレが――」

「レムニスケート当主が口添えした。それできみはここにいるんだよ。おまけに最後は殿下がとりなしてくれたから、駄目押しになった」

「アルティン殿下が？」

「きみの人物は保証するそうだ。前にお会いしただろう」

「ええ、まあ」

「そんなわけで、きみが始末書を書くのは、私に報告をしなかった件だけだ。エヴァリストを連れてきた段階で全部話していればよかったんだ」

「いまとなってはそう思いますが、でも――」

「でももへったくれもない。組織ってのは根回しと告げ口で動くんだから、面倒でも立ち回ってくれ。――苦手なのはわかるがな」

最後に同情するように付け加えられて、俺は抗弁をあきらめた。黙りこくった俺の前で、エミネイターは向かいの椅子に座り、こちらを仔細《しさい》に観察している。エヴァリストもよくこんなふうにみていたからわかるのだ。そしてふいに表情をやわらげ、小声でたずねた。

「大陸に帰りたくなったか？」

俺は黙ったまま彼女をみつめかえした。

どちらに「帰る」もないだろう。そう、俺の中に棲《す》む天邪鬼《あまのじゃく》がつぶやく。そもそも俺はどちら側にいた――あるいは、いる――といえるのだろう。

エミネイターはそんな俺をまたじっと観察していた。唇の両端をあげて、かすかな吐息とともに小さく微笑をもらす。

「上司からの注意は終わりだ。始末書は書いてくれ。規則なんだ。一発で通る書き方はテイラーに聞くんだな。じゃあ、ちょっと待て」

彼女が用件と話したいことだけを喋りぬけるのはいつものことだ。エミネイターは颯爽《さっそう》と部屋を出て行った。扉に鍵をかけたのだろうかという疑問が俺の頭をかすめたが、たしかめるのも面倒で、また長椅子にだらしなく座る。

結局、俺がこの国にいるのは間違いなのではないか。そんな思いが浮かんでくる。伯父も伯母もおらず、係累もなく、この国に俺が持っているものは伯父の屋敷と師団での仕事だけだ。あとは――クレーレだ。俺が「持っている」などといえるものではないが。

クラインは彼にあることないことを喋ったにちがいない。想像すると重苦しいもやが腹の底からたちのぼってくる。自分の不用心と不始末のためとはいえ、嫌な気分だった。クラインとは一度だけ寝たが、合意でというより、酔いにつけこまれたという方が正しい。伯母が亡くなって間もないころだった。あのとき俺はしらふでも、ひとりでも、眠ることができなかった。


扉を叩く音が聞こえて我にかえる。返事をするべきか迷っているうちに向こう側から開いた。入ってきたのは初老の大柄な男で、白いものが混じりはじめた髪はきれいに撫でつけられ、みるからに上質な服と、よく磨かれた靴を履いている。

俺はあわてて立ち上がった。男はどこも悪いようにはみえないが、杖《つえ》を持っていた。立ったものの、気の利いた言葉が出るでもなく、俺は男をみつめていた。ひたいと鼻筋がクレーレに似ている。切れ長の目は細く、眼光がするどい。しかし発せられた声は意外にも、布にくるんだようにやわらかかった。

「貴殿がアーベルか？」

「レムニスケート……閣下でしょうか」

俺は馬鹿のように突っ立ったままいう。

「ああ。だが、初対面とは思えないな。たしかに息子と殿下から貴殿のことを聞いていたが――前から、似ているといわれたことはないかね」

「それは誰に……でしょう」

「ナッシュだよ。回路魔術の創始者だ」

座りたまえ、と男はいった。堂々として威圧感はあるが、おちついて思慮に満ちた様子だった。この部屋はじつは私の個人的な応接室でね、といいながら壁際へ行き、戸棚をあけて瓶を取り出す。

「飲むだろう」

俺は恐縮してグラスを受けとった。立ったまま当主が口をつけるのを待って、すこし舐める。いぶした樽《たる》の匂いにかすかに甘さが混じった、強い蒸留酒だ。喉を焼きながら流れ落ちる。体に溜《た》まった重苦しさがたちまち消し飛んだ。

「たしかにあの男に――似ているといわれました」

「あの男？」

「死んだ男です」

当主はうなずいた。

「ゼルテンはそれほど貴殿に似ていない。先祖返りだな。貴殿の能力も先祖返りかね？」

「俺は――いや、わかりません」

「ナッシュの一族はみな王城に留まらなかった。エミネイターは貴殿を手放すまいと必死だがな」

なぜか申し訳ない気分になり、俺はつぶやいた。

「すみません」

「もちろん貴殿が謝るようなことではないが」

当主はグラスを片手に俺の前に座る。

「すこし防備についての話をしたい」

「防備……ですか？」

ああ、とうなずいて、男は話しはじめる。

「先手先手をうつのが我々のやり方だ。将来起こりうる紛争も、芽のうちに摘み取っていれば、対策も簡単だ。医術が効果を発揮するには病人が死ぬまえ、手遅れになるまえに対処することが必要だ。同じように我々も備えなければならない。防衛もしかり」

なぜこんな話になっているのかわからないまま、俺はうなずいた。

「この国を侵略できると考える者がいるとしよう。たとえば、隣国にね。侵略を考える者はたしかに我々の敵だ。だが国を、侵略から守れると思わない者もやはり敵だ。そんな敵はつねに、内部にいる。守ることは他人任せにはできないし、自国の安全は自国で守るのが当たり前だ。そうではないかね？」

当主はグラス越しに俺をじっとみている。意図があいかわらずつかめなかったが、俺は黙ってまたグラスを舐めた。酒はうまかった。こんな上等なものを飲んだのは久しぶりだった。

「レムニスケートはある時点から、武人の家となってね」当主は話を続ける。

「我々の考えでは、戦いに訴えねばならない場合に、自国の民からなる軍を持っていない国や――指導者は恥じて然《しか》るべきだ。そんな軍隊を持たないのは、べつにその国に兵を使える者がいないということではない。ただ、民に自国を守るために立ち上がる気概を持たせられなかった、ということを、国外に表してしまうことが問題なのだ。だがゼルテンは、この考え方が嫌いだったようでね」

当主はなぜか、にやりと笑った。

「先手先手をうちたいあまり、彼は究極の防衛を備えることで、逆に軍隊すべてを無効化することを夢みたのだと、私は思う。——もちろん我らの剣は、そうはならなかったわけだが、以来、レムニスケートは、回路魔術師をうろんなものと考えるようになった。息子はそうは思わなかったようだが」

意図はみえてきた気がするが、と俺は思う。どう答えたものだろう。この当主、俺とはくらべものにならない絶対的な権力者は、俺にこれを首肯してほしいのだろうか。それとも否定する言葉を聞きたいのか。

俺は唇を舐めた。酒が小さな傷にしみる。

「俺が思うに、ゼルテンはこう考えたのでしょう——戦うしか能のない者たちを常に抱えておくこと以上に、国を治める者にとって危険なことはない。戦いがないときは自分の本来の持ち場でそれぞれの仕事を喜んでするような、そんな兵から成り立つのが理想的な軍です。職業的な軍人は——彼らは、戦いが起きれば真っ先に戦場へ投入され、そのまま死ぬことを仕事とする。死ぬための道具となるしかない者たちをつねに抱えるのは、為政者にとって危険なことです。平和になったとき、彼らは何をすればいいのか」

「なるほど。貴殿は祖父のゼルテンのことは、よく知っているのかね？」

「いいえ。この国の学院で魔術を修めた魔術師の方が、よく知っていると思いますよ」

そうか、と当主はうなずいた。

「大陸から戻ってきた目では、この国をどう思う？」

「この国ですか？　平和で、安心できて……」

ときどき息がつまりそうだ。

言葉を俺は飲みこんだ。なんということだ、と思った。これが俺の本音なのだった。当主は一瞬のためらいを見逃さなかったようだった。

「ずっとこの国にいたいかね？」

「――わかりません。旅が好きなので」

「この国ほど安全な場所はないだろうに」

「ええ。わかっています」

それにこの国にはいまや手放したくないものもあった。俺はエミネイターやルベーグ、テイラーの顔を思い浮かべる。俺の仕事仲間で、おそらくは友人でもあるものたち。

そしてクレーレ。

だが、もしも彼と一緒に行けるなら、俺はいつでも旅に出るだろう――そうも思った。

当主は空になったグラスにまた酒を注ぐ。こんなことをさせてしまうのはずいぶん礼を逸しているのではないだろうか。それでも俺はありがたく受けとる。当主はさらに城を守る魔術と警備隊の連携について技術的な問いを発し、そこから俺たちはいつのまにか、騎士が城を守る仕組みはどうあるべきか、熱のこもった議論をたたかわせていた。

思うに、疲労困憊《こんぱい》の中で強い酒をすすめられ、俺はすこし酔ってしまったのだろう。そのうち当主は笑いはじめ、俺はというと、まさかこんなに話してしまうと思っていなかったので、我にかえって驚いていた。なにしろ現役の騎士であるクレーレともこんな話はしていないのだ。

「楽しかったよ」

しまいに当主はそういって立ち上がり、俺にも立つようにうながす。

この奇妙な会合はやっとおひらきになるらしい。扉の前で俺に向きなおった。

「アーベル。これだけはいっておきたい。支配者の存在しない世界はあったためしがない。重要なのは、支配する者が力を濫用しようにもできないような制度を整えておくことだ。この国にいれば、我々レムニスケートも貴殿のような魔術師も、その制度の一部になる。それを否といったとしても、どこにでもこれはある。だから――」

奇妙なことに、いきなり当主の表情がクレーレの照れくさそうな笑みとだぶって、俺はめまいがした。

「自分の心を置いた者をみつけたら、そこに留まるのも悪くはないだろう」

扉をあけると当主は外にいる者に声をかけた。急に立ち上がったせいか、強い酔いが回った俺には聞きとれなかった。彼はそのまま出て行き、俺は開いたままの扉の前で躊躇《ちゅうちょ》する。扉の外からぬっと腕が伸び、俺の手首をつかんだ。俺の肩を抱いて引き寄せ、ひたいに唇をつける。

「アーベル、戻るぞ」クレーレが俺にささやく。

当主と話していたときの気力は酔いの自覚とともにどこかへ飛んでいき、思考があやふやになって

いた。俺は思わず口走る。

「どこへ」

「師団に。他にあるのか?」

「わからない」

俺は何も考えていなかった。口が勝手に動いていた。

「おまえのそばに居たい」

第13章

その後の記憶はあまりはっきりしない。

クレーレの腕をたよりに千鳥足で歩いていったような気はする。朦朧《もうろう》としたまま用を足し、水を飲み、そしてふだんよりずっと上等な寝床に倒れこんだ。

気がつくと暗い中で、人肌の温もりに覆われて寝ていた。シャツの上から背中を横抱きにされ、ハーブの香りがする敷布に埋もれている。がっしりした腕が俺の腹で重なり、首のうしろから寝息が聞こえた。俺が寝返りをうつと腕は今度は背中にまわり、そのまま抱きしめてくる。すこやかな寝息をたてたまま、クレーレの顔が俺の肩口に埋められ、のびかけた髭が肌をこすった。

俺はクレーレの首に手をまわし、短い髪に指をからめた。生えぎわの柔らかい毛をまさぐり、ひたいを擦りつける。体は気だるいが心地よく、眠る騎士のぜいたくな重みを感じていつになく平安な気分だった。また瞼《まぶた》が重くなる。

背中にあった腕が腰にまわり、尻が揉《も》まれるのを感じて、夢うつつのまま裸の足を絡めた。すぐちかくの肌に唇をつけ、上の方へずらしていくと、ふいに顎に手がかけられ、キスをされた。舌がじんわりと唇をなぞり、離れていく。

突然頭がはっきりして、俺は目をあけた。クレーレの眸がすぐそこにある。

「アーベル」

「……ここは」

「俺の部屋だ」

クレーレの息が顔にあたり、俺は昨夜の醜態を思い出した。

「すまない、酔っていたみたいだ……眠ってしまったんだな」

「いや、あの状態で、たとえ少しでも酒を飲ませた父が悪い」

「あの時点では効いたよ」

クレーレは敷布に肘をつき、覆いかぶさるようにして、俺の頬に指を這わせる。

「すこしはましな顔色になったな」

「エヴァリストがいうには、魔力がひっぺがされたらしい。そろそろ回復するさ」

「――まだ寝ていろ」

クレーレは眉をよせた。

「それから……できればあいつの話はしないでくれ」

「エヴァリスト？」

「腹が立つんだ。取り返しのつかないことが起きかねなかった」

「あいつのこれまでのやり口からいえば、比較的ましな方だったと思うが――」

「いいから」

いきなり後頭部の髪をひかれ、手のひらで口もとを覆われる。

「頭にきて奴に切ってかかるような、馬鹿なことはしたくないんだ」

ささやきながらクレーレは俺の鼻筋からひたいへ唇をよせた。

「あのクラインとやらも、いいたい放題だ」

「……ああ」

俺は気が重くなった。クレーレの手を顔からはがす。すぐ近くにある眸が怖かった。

「クラインのことだから……いろいろ、俺の話をしていただろう」

「まあな」

「――どう思った？」

「嫉妬した」

平坦《へいたん》な声であっさりとクレーレはいった。

「俺が先に会ってたら……あんなやつに触らせなかった」

そして俺の瞼と生え際に唇をつけ、耳たぶを甘噛みする。クレーレが着ている肌着と俺のシャツがこすれる音がする。クレーレは髪を俺の首元に押しつけ、鼻先で首筋をなぞった。犬のようなしぐさだった。俺は思わず笑った。

「笑うな」

「ごめん」

「いや、笑っていい……笑う声が好きだ」

クレーレはシャツの上から俺の胸を撫で、腰へ手を回し、ためいきのような、深い息を吐く。

「嬉しかった……」

「なにが」

「そばに居たいといわれたから」

寝台で抱きあっているにもかかわらず、いまさらのように顔が火照るのを感じた。クレーレは体を反転させ、俺を胸に抱えこむようにした。ふたりで子犬のように丸くからまっている。俺はまた夢うつつの浮遊感に襲われた。クレーレが俺の髪をかきまわすようにして撫でる。

「アーベル、まだ早いからもっと眠った方がいい。着替えを持ってこさせるから、このままここで寝ていてくれ」

「おまえは？」

「今日は御前試合だ」

もうそんな日どりだったか？　俺はぎょっとしてクレーレの腕をおしのけようとした。

「今日だって？」

「午前中はトーナメントの最終予選だし、午後の本番は演武からだ。気にしないで休んでくれ」

「いや、そんなわけにも――」

クレーレは子供にするように俺の肩をさすり、頭を撫でた。

「気にするな。俺は勝つ」


王城内はこれまでにない人出でにぎわっていた。大きな歓声が響くのは騎士団の訓練場の方向である。訓練場と隣接する広場にはこの御前試合のために観覧席が設けられていた。豪奢《ごうしゃ》な飾りがもうけられた最上の席に、王陛下、アルティン殿下と姫君、隣国の使節団、その他の王族や貴族たちが座っている。一段下には大商人やギルドのお偉方、と続き、広場の周囲には見物に来た庶民の大きな輪ができている。

なにしろ今日のこの試合こそが今回の一連の行事の総仕上げで、王城内に招き入れられた平民にとっては最大の見物でもある。予選に勝ち残った者には、役付きでない平民出身の警備隊員もいるのだ。

城下もお祭りムードで、出店が大繁盛していた。試合に出場する警備隊の連中も人々に大人気だ。この分ならアルティン殿下の評判も騎士団の士気もさらにあがることだろう。この世継ぎには血で血を洗うような競争相手がいるわけでもない。もしものことがあればまだ小さい末の王子があとを継ぐだろうが、今の殿下の人気は王国にとってもいいことだ。

「きみの騎士、ぶっちぎりらしいね」

で、俺はまた迷路城壁のてっぺんの、観測箱のそばにいる。

真下の石段からテイラーが上半身をのりだして、そんなことをいう。

「なにが」

「トーナメントの最終予選だよ。どいつもこいつもあっという間にやられて、最初に勝ち抜いてしまったってさ」

「いやそりゃ……強いんだろうからな……」

「あの警備隊のでっかいのも当然残ってるから、最後はあの二人の試合が楽しみだって、ちまたの評判だ。賭け屋が大繁盛だな」

「城下の取り締まり、どんな調子だ」

「役には立ってるみたいね。うちで貸し出した装置も。まあ、気にするな。アーベルは始末書が受領されるまでは表向き謹慎ってことになっているから、のんびりしていなよ」

テイラーは石段に座りこみ、観測箱に設置した器具を調整していた。ルベーグが城壁にもたれて、声が響いてくる方向へ目をすがめている。

そう、俺は一時的に師団の業務から外されている。ひとまず謹慎という名目でおとなしくしていろとエミネイターから伝言があった。

あのあと近衛隊のクレーレの部屋でめざめたときは日も高くなっていて、もちろん部屋の主はおらず、清潔な着替えと俺のローブが置いてあった。俺は師団の塔に戻ったものの、宿舎に閉じこもっているのにうんざりしていたところに、テイラーとルベーグが迎えにきたのだ。名ばかりの謹慎もいいところだが、本来予定されていた師団の業務に携われるわけではない。

師団の回路魔術師は本日、警備隊を補うために師団独特のやり方で支援するべく、ほうぼうに駆り出されていた。だがエミネイターの直属であるテイラーとルベーグはゼルテンの装置の監視名目で、別部隊となっている。

今は師団の塔にいるのも居心地が悪かった。規則上は始末書どまりとはいえ、師団は今後の俺の扱いを決めかねているらしい。最初鼻高々にしていたクラインも俺同様に謹慎をくらったし、なにより噂があっというまに流れた。つまり俺とナッシュとゼルテンの関係を師団の全員が知ったのだ。

これまでも伯父を通じて幹部の一部は、少なくとも師団長であるストークスは知っていたにちがいない。ある時点からはエミネイターも知っていたのではないだろうか。レムニスケートがナッシュの記録を――俺にそっくりの絵姿も含めて――保管していたからだ。

それでも塔の全員に知れ渡って、暗色のローブとすれ違うたびにぎょっとしたようにみられたり、うしろでささやかれている気配を感じるのは気持ちよいことではなかった。俺はこうなってはじめて、この塔を居心地のよい場所、自分の属する場所と感じていたのだと気づく。

「だいたい、きみの家系はおかしいんだよ」

自分の異常さを完璧に棚に上げて、塔で出くわしたエヴァリストはこうのたまった。

「ゼルテンにしたって、組織にあわないっても、叙勲を蹴って放浪しに行くなんて、馬鹿だろう」

「そりゃどうも」

「なにしろ魔術師のはみだし者、ナッシュが創始した回路魔術だ、もともと奇人変人やもっさりしたのが揃っているものだけどね、そもそも師団設立のきっかけになった大立者が出ていって、数十年後に孫が戻ってきたとなれば、ひそひそ話くらいするというものだよ」

「それもどうも」

「ただ一応断っておくと、僕は回路魔術に関しては例外だ。もっさりしていない」

「十分奇人変人だし、危険人物でもあるけどな」

「それ、きみのレムニスケートにそうみられているのはわかった。視線で人を殺せるなら、僕はもう何回か死んでるね」

「殺しても死なない根性のくせに」

「おや、そんなふうにいわれると嬉しくなるかも」

「喜ぶな」

エヴァリストは御前試合をみるのだといって塔を出ていった。使節団に席を用意してもらったという。態度が以前と変わらなかったのはテイラーとルベーグだけだった。救われたと思ったのもつかのま、彼らは彼らで、揃ってクレーレの話ばかりふってくるのには閉口した。

午前のうちに最終予選を終えた御前試合は、午後からが本番だ。最初は演武からで、隊列を組んだ騎士たちによる型の披露、つぎに刃をつぶした剣での寸止めの模擬試合。貴族出身の近衛騎士の多くはこの演武で華麗な身ごなしを披露するのだと、皮肉すれすれの言質を吐いてテイラーが笑う。

「その次がみんなと賭け屋がお楽しみの本番さ。武器を落として地に転んだ方が負け。寸止めだが真剣で」

「エミネイターは貴族席にいるかな」

ルベーグが城壁に手をかけ、弾みをつけて体を引き上げる。日光が銀色の髪にあたって反射する。

「もっと近くへみにいくか？」

テイラーは立ちあがり、石段を上がって観測箱を閉じた。ついで石段の入り口を閉め、魔力で封じる。ルベーグがにこりとする。

「アーベルの騎士をみたい」

「ルベーグ、誰に賭けてる？」

テイラーは閉口している俺を完璧に無視してルベーグに問いかける。

「もちろんアーベルの味方だから、わかるだろう」

「オッズをみたか？　前評判がよすぎるのもつまらないぜ。僕はダークホースを狙う」

「どうせ複勝で賭けてるんだろう」

「三連単を狙いたい」

おいおい、と俺はふたりに向かって声を大きくした。

「まともな計算ができるなら、賭けなんて胴元が儲かるだけって知ってるだろうが」

テイラーもルベーグもそれがどうしたんだといいたげな顔をした。俺を無視して話を続ける。

「どのあたりがよくみえる？」とテイラー。

「庭園の壁の上はどうだ」ルベーグが即答する。

警報が鳴るだろうが、という俺の抗議は「なに、点検モードにすればいい」とテイラーが流した。

ルベーグが形のいい眉をあげて、俺をしげしげとみつめる。彼が俺のことを気遣っているのがなんとなくわかった。

「アーベル、この期におよんで照れるのもどうかと思うし、せっかくなんだから楽しむべきだ。とはいえきみの騎士は一番人気がすぎるな。オッズが低すぎだ」

「あのなあ……」

「いやいや、ルベーグ。やっぱり問題は儲けじゃなくて、勝つことさ」

テイラーが先に立って速足で歩きはじめ、俺とルベーグは急ぎ足であとに続く。

第14章

「ほら、よくみえる」

石壁の継ぎ目のへこんだ部分にテイラーが肘をかけ、双眼の新型遠望鏡をかまえた。今回の行事の前に師団が警備隊に協力して開発した装置で、レンズの焦点を合わせるときに魔力を使う。俺をはさんで隣に立ったルベーグが、同じものを取り出して押しつけてきた。

「使うだろう」

「ルベーグ、みたくなったら僕のを貸すよ」

テイラーが俺の頭ごしにルベーグに声をかけ、俺は遠望鏡を受け取るしかない。

「いや、全景をみたいから、必要ない」

とルベーグは首をふる。

以前もこのちかくで騎士団の訓練をみたことがあった。今日の風景はそのときとはかなり違う。一方を半円状の観覧席に、もう一方を地面の敷物に座る者たちに囲まれた円形の空間が今日の試合会場だ。ちょうど隊列を組んで演武を披露していた一団が礼をして退場するところだった。

ラッパが鳴った。

二人組の騎士が登場し、観覧席に向かってこみいった礼をする。模擬試合の開始だ。防具はもっとも簡単なもので、剣と身につけた徽章が遠目にきらめく。俺は遠望鏡を目にあてる。合図とともに、二人の騎士のあいだでいくつかの構えと攻撃の突き、それを受けて返す斬撃が組み合わせられた型が展開された。

「黒髪のやつ、最初が〈屋根〉の構えだ。相手の方は〈雄牛〉。黒い方が突いてくるのに十字の斬撃で返して、そこに……弧の斬撃だな」

テイラーが勝手に解説をはじめた。彼自身は剣術どころか馬に乗るのも大嫌いなくらい、武術には縁がない。それなのに知識の量は人一倍だ。回路魔術師のほとんどがそうだが、観察して分析し、予測するのが好きなのだ。

テイラーがのたまっているあいだも剣がひらめき、打ちつけられて、リズミカルな金属音が鳴る。俺は騎士たちのなめらかな足はこびに注目する。戦う騎士の動きは美しく、まるで舞踏のようだ。

ステップのパターンを理解したころ唐突に演武は終わった。観覧席で拍手が起こる。立ち上がって拍手している貴婦人もみえる。騎士たちは礼をして下がり、また別の二人組が登場する。それが数組続いた。

飽きて遠望鏡を外したところで、俺はふと、観覧席の背後をうろつく人影に目をとめた。小規模の商店主か羽振りのいい行商人といった身なりで、訳知り顔に堂々と歩いているが、場所が悪かった。表側ならいざしらず、観覧席から裏側に降りる階段はない。そのあたりはふだんは訓練場の平地であって、一般人になじみのある場所でもない。さてはコソ泥かスリか。それとも――

「ルベーグ」

声をかけようとしたとたん、他のふたりも気づいているのを悟った。俺たちは三人でこそこそと壁の上を移動する。

「アーベルは応援を呼んでくれないか。あとは上からみていてくれ」

見晴らしが切れるあたりでテイラーがそういって俺を止めた。俺は遠望鏡と肉眼を交互に使って警備隊員か、補助につける師団の者をさがす。ようやく、魅入られたように試合に食いついている警備隊騎士をみつけた。

そいつをテイラーとルベーグの応援に向かわせ、謹慎中の俺は元の位置に戻って遠望鏡でことの成り行きを見守ることにした。歩きながら見物していると、警備隊がテイラーたちに追いつき、うろついていた人物を誰何《すいか》している。そいつは脱兎《だっと》のごとく走り出したが、警備隊は追いすがり、たちまち距離をつめた。

裏側で起きている小さな事件をよそに、観覧席の向こう側からは大きな歓声が響く。模擬試合が終わり、トーナメント本戦がはじまったのだ。対戦する騎士の名を呼ばわる声、ラッパの音、剣戟の響きが聞こえる。こちら側では、武術にまったくうとい魔術師によってささやかな捕り物が行われているというのに。

裏と表それぞれの「試合」を思うと俺は可笑しくてたまらなくなった。ひとりでにやにやしながら城壁の上に戻る。さっきテイラーたちと遠望鏡をかまえていた場所だ。ここは下から見上げても死角になる。

いま戦っている騎士たちは模擬試合の出場者より服装が質素だが、頭部と肘、膝を守る防具は手厚く、戦いは本物だった。もはや模擬試合のような優雅な舞踏とはいえない。観客はじりじりと体を前に乗り出している。

突然俺はクレーレの名が呼ばれるのを聞いた。ひときわ大きな歓声があがった。

俺は手のひらに汗をかいていた。遠望鏡を構えるのを忘れて、観覧席の前に立つ騎士の長身と対戦相手の巨体をみつめる。いまの試合会場には、二人の名を呼ぶ応援の掛け声がちらほら響くだけだ。さっきまでの大騒ぎとはちがう緊張が漂っている。

ここまでの試合では、クレーレは毎回ほぼ一瞬で勝負を決め、相手のデサルグも同成績だった。向かいあう二人の体格差はあきらかだが、トーナメントの経緯をみるかぎり勝負の行方《ゆくえ》は予想がつかない。観客のあいだで緊張が高まり、俺のいるところまでその重い空気が流れてくる。

クレーレは剣をまっすぐにもち、姿勢もまっすぐ伸びていたが、左に踏み出した膝は緊張もなく、軽く立っていた。デサルグは左足を前に出し、切っ先をクレーレに向け、右の頬の横で剣を構えた。鍔がちょうど顔を守るような位置にある。

審判が開始の合図をする。

ひと呼吸、ふた呼吸の間があった。

そして計ったかのように、同時に両者が動いた。

あっという間に距離が縮まる。クレーレは剣を振りおろし、デサルグへ袈裟懸けに強く斬りつける。デサルグは水平に、右、左と剣を振り、防御の天井をつくることでクレーレの打ちおろしを払った。クレーレは軽い足取りでうしろにステップを踏むと瞬時に前にもどり、ふたたび打ちおろす。剣は右にも左にも自在に動き、しかも速かった。襲ってきた剣先を、右上段とみせかけて裏刃による左上段で打ち、壁のように左右からの攻撃を防ぐ。両肘を伸ばした手の先で体の一部のように剣がひらめき、切っ先は相手の右肩へ届こうとする。

すんでのところでデサルグは横に跳びすさった。自分とクレーレのあいだのみえない直線を横切るように剣を振り、体の前を扇のように剣で防御しながら腰を左にずらすと、肩の位置にかまえた剣で長身の重みを生かして強い斬撃をはなつ。一瞬で頭を低くしてのがれなければこめかみが叩き割られそうな攻撃だったが、クレーレは低くした体を横に旋回させ、孤を描くように振った刃で受けとめた。そのまま反撃しながら相手のふところにふみこみ、いつのまにか返した剣の柄頭《つかがしら》で肩甲骨に打ちかかり、巨体がひるんだところでいきなり腹へ蹴りをいれた。

相手の体がうしろに跳んで背が地面につき、観衆からどよめきがもれた。

デサルグは着地とほぼ同時にばねのように足を踏み切り、立ち上がったが、一歩うしろへさがった。クレーレもそのまま間合いをとる。ふたりとも肩がわずかに上下しているが、まだまだ余裕がある風情だ。どちらにも緊張がみえないのが不思議なくらいだった。恐怖が一切感じられない。

デサルグは剣を正眼にかまえ、左足を踏みこんで腕を右によせる。対してクレーレは右足を前にして左腕はだらりと下げ、剣の切っ先を垂直にさげて、防御を忘れたかのように立つ。

またも、たがいの呼吸を読んだかのように二人同時に動いた。上段から剣をふりかぶってくるデサルグにクレーレは柄頭を押し下げて反転させ、相手の下腹へ向けて切っ先を突きだす。腰を左に寄せて逃げた相手を肩の上で振る水平の剣が追う。

どれだけ速く動いても、両者ともまるで丸い球体を抱えているかのように、剣を握る手は体の前からはみだすことがなかった。フォームが崩れないのだ。目もとまらぬ速さで剣を支える手首が回転する。模擬試合にあったような構えと攻撃を分ける間がいっさいない。斬撃がすぎたとき剣はすでに次の場所にあり、間髪入れず次の攻撃が下される中、それぞれの足がステップを踏み、位置がかわる。

それは真剣による舞踏で、だがそれまでの試合がすべて呑気《のんき》な遊びにみえるものだった。当初の声援もなくなり、観客はかたずを飲んで戦いの行方をみている。

その一方で戦っているふたりは楽しそうだと俺は思った。防具を身につけているとはいえ、ひとつ間違えれば大怪我をしかねないやりとりを鋭い刃でかわし、遠望鏡でみるかぎりいまやどちらも息を乱している。それなのに悲壮感はない。

突然俺は悟った。ふりかかってくる剣は、彼らに恐れをあたえるものではないのだ。むしろこの剣をきっかけに、彼らは自分自身を自在に動かす自由を得ている。ふいに、ずっと昔に聞いた言葉が俺の脳裏によみがえる。これはエイダか、伯母の声だったか。伯父や父の声だったか。

「私たちは恐怖と隣りあわせに成長するから、恐怖を手放すと自分自身の完全性をなくしてしまう気がするの。けれど自分自身を完全にするために必要なのは恐怖ではない。大事なのは、恐怖をより強固で独立したもの、つまり自由へと置きかえること」

「あそこからここまでの最短距離は直線だ。魔力をまっすぐ回路に流すことを考えればいい。小細工をする必要はないし、うまくいったときに踊る必要もない。自然に動けば障害は障害でなくなる」

魔力をあやつるのも剣を使うのも、同じ力だ。

クレーレとデサルグは剣をがつりと組みあわせる。力と力が押しあい、抱擁するほど近づき、次に魔術のように腕と手が交差してたがいの剣を奪い取ろうとする。両者の剣が同時に地面に落ち、間合いをおかずに二人は格闘に入る。クレーレは地面に背をつき、デサルグがのしかかり、体格の差が不利にでるかと思ったのもつかの間、両足で首を絞められてデサルグは動きをとめ、次の一瞬で形勢は逆転する。クレーレの足がばねのように動いてデサルグを跳ねとばし、体勢を立て直すと落ちた剣に飛びつく。遅れてデサルグも剣へ走るがクレーレの方が速かった。振りおろされた切っ先がデサルグの手首を叩き、ふたたび地におちた剣に流れる視線のすきをクレーレの刃が追う。避けようと身を捻ったデサルグの足が絡まり、どっとうしろに倒れた。

クレーレはデサルグにのしかかり、喉元に剣をつきつけた。

沈黙がおちる。一、二、三、と俺は時間を数えている。見守るなかで審判が手を挙げ、勝者を告げる声が響いた。

俺はにぎりしめていた手をひらき、ローブで汗をぬぐった。

こわばった足をのばすと、王城を足もとにみおろしながら城壁沿いに師団の塔まで歩いていく。背後で長い歓声と拍手が聞こえている。いつまでもやまないかのような歓声だった。

第15章

松明《たいまつ》で照らされた看板に枝分かれした角が二本生えていた。その下に鹿の角亭、と文字が読める。

城下の居酒屋は店名に「鹿」をつける店が多い。白鹿亭、鹿尾屋、酒場鹿の子、といった具合。鹿が多く棲むという王都近くの森のせいだろうか。

どの店も宿屋と兼業だが、とくに鹿の角亭の評判は城内でよく聞く。料理が好評な宿はだいたい高級で、いかがわしい場所でもないため遠来の客を泊めるのに使いやすいのだ。目の前の扉がひらくと鹿角をかたどった鉄製のノッカーが勢いよく跳ね、俺は思わず首をすくめる。

「アーベルさん到着でーす」

俺をここまで先導した警備隊騎士が妙に軽い語調で敷居で名乗りをあげた。炉の煙とランプの油の匂い、にんにくと香草、肉の焼ける香りが扉の内側から流れ出す。こもった空気が俺を襲い、向こう側で大きな拍手があがる。通路のすぐわきで、長いテーブルに腰をおろした警備隊の連中がエールのジョッキやワインのグラスを掲げ、三々五々野太い声をあげている。城下や王城警備で見知った顔もあれば知らない顔もあるが、なぜかいっせいに俺に歓声をあげているのだ。

「お出ましだ、魔術師殿!」

「遅い! 遅いよ登場が!」

俺は敷居の上でぽかんとしていた。夜はもう更けて、並みの宴会ならお開きになっていい時間だ。

「すいません、全員できあがってましてっ」

俺を連れてきた若い騎士がふりむいて大声で叫ぶ。そうしないと聞こえないのだ。酔っぱらいの声量のために騒がしいことこの上ない。

「とりあえず奥へどうぞ奥へ。隊長殿がいますんで！」

隊長、のところを強調して若者が睨みつけると、いかつい連中がずずっとベンチを引いて通路をあける。俺は苦笑して彼の後をついていった。

厳密にいえば彼ら王城警備隊小隊の長はデサルグで、クレーレは前隊長になると思うが、ここにはクレーレをいまだに隊長と呼んでいる城下の警備隊の者もまじっているらしい。用語は混乱しているが誰も気にしていないらしい。

若者は酔っぱらいやベンチの足を、おそらく故意にだろう、蹴とばしながら狭い通路をいく。自分もすこし酔っているらしく眸をきらきらさせている。ついさきほど彼は師団の宿舎に現れ、私室で暇をもてあましていた俺を呼び出して、警備隊の祝勝会のため城下へ来るよう頼んできたのだった。

「隊長がいるんですよ。来てくださいよ」

まだ名目上は謹慎中なのに居酒屋へ出かけていくのはどんなものか。とはいえ、騎士を俺に取りついだテイラーは気にせずに行ってこいとにやにやするし、俺もクレーレに祝いのひとつもいいたかった。

そのクレーレは店の奥まったところにいるらしい。広くゆったりした造りであるはずの鹿の角亭は御前試合の成果で盛り上がる上機嫌の騎士でいっぱいで、流しの楽師がかき鳴らす弦楽器がさらに陽気さを加えている。連中にしてみると、最後は彼らの「隊長」が勝ったので、自分が勝とうが負けようが楽しいことに変わりはないようだ。

おかげですでに無礼講の気配だが、案内された奥の席は静かだった。デサルグとクレーレが隅にしつらえられた別のテーブルで飲んでいる。ふたりとも簡素な騎士服で徽章もつけていない。俺をそっちの方向へ押しやると、案内の若者は仕事がすんだとばかりに「連れてきましたよ、隊長！」と一声叫び、長いテーブルへ戻っていった。ふたりは同時に顔をあげて俺をみた。

妙に緊張して、俺は片手をあげるとへらへらと笑みをつくった。

「よう。——おめでとう」

ガタッとクレーレが立ち上がり、テーブルをおしのけるような勢いで俺の手を引っ張る。バランスを崩しそうになった俺の肩を抱くようにして奥まで引きこむと、無言のまま自分が座るベンチの横に俺を座らせた。頰がかすかに紅潮し、息はあきらかに酔っていて、子供のようにむすっとした声で「遅い、アーベル」という。

俺は何と返せばいいかわからず、口ごもった。

「——ええと……」

「何を飲みますかね？」

斜向《はすむ》かいに座るデサルグがめくばせしながら助けを出してくれ、俺は彼の前にあるジョッキをさして「それと同じやつをくれ」といった。するとクレーレは俺の肩を抱いたまま自分の前にあったジョッキを俺につきだし「飲め」と押しつける。

「新しいのをもらうよ」

「いいから」

俺は押しつけられた陶器のジョッキを受けとり、口をつける。エールの濃い泡が喉をくだり、麦と酒精の香りが鼻をさす。おかみがもうひとつジョッキを運んできて、デサルグがクレーレの方へ押しやったが、クレーレはぴったり体を寄せてきて、顔を俺の首のうしろにくっつけている。押しのけようとしてもますます俺の腰を抱えこむように両腕を回してくるだけだ。困惑した俺が周囲をみると、ありがたいことにデサルグや、近くに座るほかの連中は目をそらしてくれている。

「クレーレ、おまえ、かなり酔ってるな」

「いや？　まったく酔っていないぞ」

どうみても正気でない酔っぱらいのせりふだった。俺はクレーレの腕をほどきながらデサルグに「これ、どうした？」と問いかけた。

「うーん、どうしたも何も……魔術師殿が来ないっていうので、臍《へそ》を曲げてしまったようですねえ」

「そんなことをいわれても、城下で祝勝会やってるなんて知らないだろう」

「その話じゃない。試合の方ですよ」

「昼間の？　それなら俺もみていたぜ」

デサルグは大げさに眉をあげる。

「そうなんですか？　いったいどこから」

「……壁の上から」

「どうして隠れるんです？　いえば観覧席に席を用意してもらえたでしょうに」

「誰にいうんだよ」

デサルグは無言で、いまや目を閉じて俺にもたれかかっている騎士に親指を向けた。

「そんなことをいっても、俺は師団じゃ謹慎中なんだぜ。いまも一応」

「謹慎って、どうしてです？　あなたは王都を守る魔術の破壊を未然に防いだ英雄じゃないですか」

デサルグはさらりといい、俺はきょとんとした。

「どうしてそういう話になってるんだ？」

「どうしても何も、そうでしょうが。得体のしれない魔術師が企てた陰謀を事前に知らせただけでなく、その攻撃を体を張って守ったと。何しろ俺はその死体を運びましたからね」

「そんな立派な話じゃない」

「立派な話ですよ。魔術を敬遠する俺たちのような筋肉馬鹿でも感心せざるをえない。しかもそれがあなただときている」

「俺だったら何なんだ」

「この人のコレでしょうが」

俺はエールでむせそうになったが、デサルグは気にした様子もなく話を続けた。

「それがどうして謹慎なんかに？」

「……回路魔術師にはいろいろあるんだよ」

「なんですか、回路魔術の創始者の孫だかひ孫だか、そういう話のため？」

「騎士団もゴシップ好きだな」

「昨日今日のゴシップはなかなかすごくてね。しかし、てっきりあなたは観覧席にいると思ったのにみえないから、いったいどうしたのかと思いましたが」

「観覧席で試合をみるなんて……考えてもみなかったよ」

俺は正直なところを口にしたのだが、デサルグは嘆きとも唸《うな》りともつかない声をあげた。

「アーベルさん、こいつは貴族の偉いさんなんだから、ちょっとは考えてやってもいいと思うんですが」

「——ああ、うん、そうかもな」

「たぶんそういうところがあなたのいいところなんでしょうが」

クレーレは俺の肩に頭をあずけて眠っているらしい。俺は居心地が悪くなり、話題を変えた。

「決勝、すごかったな」

「俺はね、わざと負けたりなんかしていませんよ。いくらこの人相手でも、そんなことはしない」

「でもきわどいところだったんだろう?」

「だからこそ、この人が勝ったのがすごいわけですけどね」

練習では五分五分でしたからね、とデサルグはつけ加えるが、古い友人同士の気安さでクレーレをながめる視線は誇らしげだった。

「貴族の偉いさんといってもいろいろですが、この人はきわめてまともなんで、俺は好きなんですよ」

「俺もそう思う。まともすぎておかしいくらいだ」

「だから、せいぜい優しくしてやってくださいよ」

「優しくって……」

「俺は行きますんで、その人どうにかしてください。明日はここにいるの全員、休みなんで」

「……って、おい」

「大丈夫、起きてますって。さっきから」

デサルグはそういってぬっと立ち上がった。頭ひとつ分高い巨体を他の騎士連中に向けると「おい、おまえら、そろそろ引き上げるぞ」と怒鳴る。「ええー」「もう？」と抗議の声があがるところを高所から睨みつけ「うだうだぬかすな！」と一喝した。

ぞろぞろと席を立ちはじめた彼らをうしろから追いたてるが、つと俺をふりむくと、あろうことか片目をつぶってウインクする。

すると俺にもたれていたクレーレがいきなり体を起こし、デサルグに片手をあげて「またな」といった。

俺は思わずぼやいた。

「……目が覚めていたんなら、ちゃんと座れよ」

「うとうとしていたんだ。……みていたんだな」

「何を？」

「御前試合」

「……ああ。優勝おめでとう」

クレーレは破顔した。ときたま前触れなくあらわれる、子供のような、顔全体に広がる笑いだった。意外にしっかりした様子で立ち上がると、他の騎士がどやどやと店を出ていくのを横目に俺の腕をつかみ「行くぞ」と店の奥へいざなう。

「行くってどこに」

「上に部屋をとってる」

「俺は謹慎中なんだが」

「それだが、いったい――」

クレーレが不満げに眉をひそめたので、俺はあわててさえぎった。

「名目の話で、実質的には休暇だ。噂も立ってるし、単に塔の中をうろうろしてほしくないだけだろう。俺にしてみたら、じいさんたちが有名なせいでワリをくってる気分だ」

我ながらいいわけめいたことを口走ったと思ったが、なぜ師団を弁護しているのかは自分でもわからなかった。

クレーレは俺の背中を押して先に宿の階段を上らせながら「噂じゃなくて事実だろう」という。

「はん？　先祖がすごいことをやってのけたからといって、それが何になるんだ？」

「たいていの人間は、先祖が何をなしとげたかで自分の価値が決まると思っている」

「おかしな理屈だな」

「アーベルの方がおかしいんだ」

「そんなことはない」

「俺のことだって、貴族のくせにまともすぎておかしいといってたくせに」

「――おまえまさか、ずっと起きていたのか？」

廊下の突きあたりで扉の内側へ押しやられながらふりむくと、クレーレはいたずらをみとがめられたようなにやにや笑いをうかべた。

「たしかに酔ってるが、意識はあった」

うしろ手に扉を閉めると俺の肩をひきよせて、ローブに手をかける。

「おい、酔っぱらいは役に立たないぜ」

「試してみようじゃないか」

音を立てて足もとにローブが落ちる。

俺はクレーレの首に手をまわして目を閉じ、革と樹木の匂いに酒精がまじったキスを味わった。

第16章

会議論とはすなわち、懐疑論である。

どこかの誰かから聞いた駄洒落《だじゃれ》を思いうかべながら俺は居並ぶ師団の幹部たちをながめた。ここで何をいわれようともすべてを疑ってかかるべし——だが今はとにかく、指示されるままに円卓テーブルの下座、正面にストークスをおがむ硬い椅子に腰を下ろす。ここは王宮でも騎士団でもない。上層部専用の会議室であっても、椅子はやはり座り心地が悪い。

とはいえエミネイターの直属になってから、師団の塔のさまざまな会議で俺の目にみえる風景が変わったのは否めなかった。ルベーグやテイラーの横にいると何かと発言せざるをえないし、周囲の扱いも以前とちがう。それに退屈な全体会議はエミネイターの工作によりすっぽかせるようになった。持つべきものはよい上司だ。

しかし今日突然呼び出されたのは本来自分と無縁な幹部連の会議だから、俺は一刻も早くこの場を去りたくて、おっかなびっくり椅子に座っている。呼ばれた理由はわかっている。議題が例の事件、それに俺自身だからだ。

正直な話、師団での雇用に関して何かしらの結果が出るのであれば、エミネイターを通して知らせればいいのにと俺は思っていた。呼び出されるとは不穏である。いったい何を宣告されるのか。まさしく会議は懐疑の場所だ。

ストークスが俺を正面から見据えた。

「ご苦労。よく来てくれた。こちらの議論がある程度まとまったので、この場できみの意見も聞きたいということになった」

「はあ」

俺の意見？　意見を求められるとは思わなかった。俺は魚みたいに開けていた口をいそいで閉じる。

「最初に伝えることがある。きみの功績についてだが」

「功績？」

「そうだ。未然に危機を防ぐ情報をもたらしただけでなく、肝要なときに実際の被害を防いだ件だ」

俺は面食らった。

「……功績になるんですか？　始末書を書いて謹慎していたつもりだったんですが」

ストークスは困ったような笑みをうかべる。周囲に座る他の幹部は、エミネイターも含め、何もいわない。

「始末書は規則なので仕方がないが、繊細な事柄が絡んでいたのでね。謹慎が名目なのは知っていたと思うが」

「情報を持ってきたのは俺の知人ですし、自分は彼に頼まれて成り行きで動かざるを得なかっただけで、むしろ王都に危険を呼びこんだかもしれないと考えているくらいなのですが」

「その件についてはこちらの対応が悪かった」

ストークスはそう断ると、俺の英雄的行為についての美しい物語を説明しはじめ、俺はさらに面食らわざるをえなかった。その物語は数日前俺がデサルグから聞いた噂――俺が防備の魔術の破壊を未然に防いだ英雄だという馬鹿げたやつ――の上に、レムニスケートとの友情や王家への忠誠を飾り立てた筋になっていて、当事者の俺にはおよそ非現実的に響いた。

「つまりきみの行為は公式にこのように記録される。どうだね？」

「はあ……どうといわれても」

いったい何と答えればいいのか。嘘八百ではないにせよ、ほとんどが美辞麗句で盛られていて俺の身の丈にはあまる。エヴァリストなら皮肉に口をゆがめて笑うのではないか。いや、口をゆがめるどころじゃない。アーベル、英雄だって？　そいつはいったい誰だよ。そういって爆笑しかねない。

エヴァリスト。

俺ははたと思いあたる。

――こんな工作をしそうなのはまさしくあの男じゃないか。

「アーベル、喜びたまえ。魔力が枯渇するほどの負傷もしたのだから、凄《すご》みの利いた逸話くらいなければわりに合わないだろう」

円卓からエミネイターがつと手を挙げて発言した。ストークスがうなずき、円卓の上に並べた紙きれの一枚を取り上げた。

「その通りだ。この功績を考慮してきみは師補へ昇進する。これが辞令だ」

「は？」

「本来のきみの能力からすればいずれ昇進していたはずだ。時期が多少早まったにすぎない。加えて」といいながら、今度は円卓の中央から金色の大きな封蠟《ふうろう》で閉じられた書状を取り、俺の前にかざした。

「きみは明日の夜、王宮で開かれる舞踏会に招待された。王太子殿下じきじきの招待だ。謹んで出席するように」

「はい？」

「未来の妃殿下が隣国へ帰国される送別の宴《うたげ》だ。王宮にふさわしい服装はエミネイター師が手配する。明日、きみは回路魔術師団を代表してその場に出るのだ。粗相のないようにな」

　俺は口をぱくぱくさせながらストークスから渡された辞令と書状を眺めた。まったくのヒラからいきなり師補へなるなどおかしいのではないか。師補はエミネイターより下だが、テイラーやルベーグより位が上になってしまう。師補の辞令はただの連絡文書にすぎなかったが、王家の書状は封蠟にくっきり押された紋章といい、透かしの入った紙といい、どこからみても上質のものだった。

　どうみても本物だから、逆に疑いたくなってしまう。いったいこの事態の裏には何があるのか。懐疑させるにもほどがある。

「そんなに恐れなくていい」

　俺の疑念をみてとったか、ストークスはさらに言葉を重ねた。

「我々もきみの家系の性格くらい承知している。何しろ三代にわたるのだからな。この辞令も王家からの招待も、きみを師団に隷属させるものではない。ただ——きみの伯父は妻の障害を口実に若いうちから城下の屋敷にひきこもったが、きみには城下で回路魔術を研究するだけでなく、塔にいてほしいと思っているのだ。それが今回師補へ任命した理由で、我々の気持ちだと汲《く》んでほしい」

「はあ……ありがとうございます」

俺はもごもごと礼をいうしかなかった。こんな決定が全員一致で行われたとは信じがたいが、辞令も書状もあるわけだから、さらに否定するのもおかしい。

「伝達事項は以上だ。さらにひとつ、きみの意見が聞きたいことがある」

「なんでしょう」

「――きみは、大陸の回路魔術が新しい局面を迎えていると思うかね？　そうだとすれば、我々の知識と思考はどうやってこれに追いつき、磨いていけばよいと思うかね？」


結局のところ、今回の騒動の終息には複数の権力が裏で動いているに違いなかった。いちばんの大物はアルティン殿下だろうが、レムニスケートや師団の塔、ひょっとするとエヴァリストを通じて、隣国の権力者も一枚噛んでいるのかもしれない。

面倒ごとを避けてきたつもりなのに、こうなってしまうと何をどこまで喜べばいいのか、恐れるべきなのか、いまの俺にはよくわからなかった。

面倒ごとのない人生などありえないのだから、今回の事態をうまく手玉にとってこの先もできるだけ快適にやっていくのがいちばんいいはずだ。しかしこのたぐいの快適さは、うまくとめられないボタンのせいですぐいらだちに変わる程度のものでもあって、さらなる面倒を呼びこんでくる。

つまり俺はいま、塔の一室で礼装のボタンや紐と格闘している。

面倒ごとの種類もいろいろあるが、この礼装のような面倒に俺はずっと縁がなかった。たとえばボタンだ。これによく似たものは王宮の儀式でクレーレが着る騎士服にもついている。どうしてクレーレはこんな不合理なものにうんざりせずにいられるのか。ちょっとした回路でこの使いにくいボタンを改良できないだろうか。たとえば――

「アーベル、着たか？　入るぞ」

俺は我にかえり、やっと最後のボタンをとめ、飾り紐をボタンとボタンのあいだにかけた。ローブを持ち上げたところで、細身のドレスを着たエミネイターが無遠慮に扉を開けて入ってくる。俺をみるなり、服装に似つかわしくない口笛を吹いた。

「おや、いいじゃないか。ちゃんとした服を着れば見栄えするだろうと思っていた」

からかわれているのだろうと俺は無言を通した。ふだんの俺が回路魔術師のローブの下に着ているのは平凡な安物である。エミネイターのような着道楽にどう思われてもしかたない。

「ローブは前を全部とめるなよ。マントのように羽織るんだ。師補の徽章は襟につけたな？　ああ、昇進については、王宮に招待されてるのにヒラのままじゃ塔の体裁が悪いって理由もあるが、文句をいうなよ。おいまて、これは仕事着じゃない！　余計なものを入れるな」

いろいろとうるさく注文をつけられ、さらにエミネイターが連れてきた床屋に髪を整えられ、俺はなんとか王宮の舞踏会に出せる格好になったらしい。ほうりこまれた控えの間には隣の大広間から楽音が響いている。俺は名前を呼ばれてから入場することになっている。

周囲は何もかも見慣れないものだらけだ。回路魔術を隠した意匠がそこかしこにみえるのは救いだが、何より俺が俺自身を見慣れない。暗色の衣装は仕立ても肌触りも上質で、ところどころに光る銀糸で刺繍《ししゅう》がある。髪をいじられた後で鏡をみたが、まるで俺ではないようだった。

大陸で上流どころの宴会に呼ばれたときもこんなにめかしこんだことはない。正直いって――

「胡散くさすぎる」

聞きなれた声の方向を向くとエヴァリストが立ち、案の定、爆笑していた。

「アーベル……それ」

「笑うな」

「いや、似合ってるよ！　どこの御曹司？　いや御曹司っていうにはあやしすぎる……どこの国のご落胤《らくいん》？　誰が選んだのか知らないけど、いい趣味だね！」

「本人にいってみろ。エミネイター師だ」

「へえ、そうなの。さすがだ。アーベル、今日はきっとモテるよ。きみ、英雄枠の招待だし」

「なんだよそれ……っていうかあんた、いらんことといろいろ手を回しただろ？」

そりゃもちろん、とエヴァリストは鼻を鳴らした。

「多少手は回したけど、僕にしてみれば埋め合わせだよ。かつての相棒に迷惑をかけたからさ」

嘘をつけ、と俺は思う。

「あんたのことだから、俺をネタにした美談で客を引いて、今後の商売の足掛かりにしようっていうんだろう」

「まあ、それもある。でも僕がゴリ押したわけじゃないんだ。そもそも歴史っていうのはこんなふうにできるのさ。面白いだろう？」

「――あのな」

呆《あき》れて反論しようとした俺に、エヴァリストは顔を近づけて声を低めた。

「歴史をつくるのは王侯貴族や戦士だけじゃないんだ。僕のような商売人や、きみのような技術屋だって、十分その任に耐える」

ささやいたと思ったらエヴァリストはすっと背を伸ばし、俺から離れた。

「僕は行かないと」

隣国の使節団なのだろう、エヴァリスト以外にもぞろぞろと広間へ出ていく人々がいる。俺も名を呼ばれたら、大広間で王陛下とアルティン王太子と未来の妃殿下に拝謁しなければならない。ちなみに最高位への礼の方法はエミネイターに叱られつつ練習したのでぬかりはない――ないはずだ。

じりじりしながら壁の意匠を眺めているとふいに名前を呼ばれた。今度こそ呼び出しがきたかとふりむいた肩に、そっと手をかけられる。ふわりとなじみ深い香りが立った。

「クレーレ」

「――アーベル」

きらびやかな近衛騎士の礼装をまとったクレーレは俺をしげしげとみつめていた。きっとこの服のせい、または髪のせいだろう。

「どうした？　そんなに変か？」

「……いや、変じゃない。変どころじゃない」

「――それはすごくマズイってことか？」

「いや違う！　そうじゃなくて……行こう」

クレーレが俺の呼び出し役だったのか。俺は騎士のうしろを歩きながら、大広間に向けて設置された回路魔術をつたう魔力の網を感じる。さっきとうってかわって安心しているのは目の前にクレーレの背中があるせいだ。何しろ彼はプロの貴族だ。いや、このいい方もヘンだが。

「回路魔術師――アーベル師補」

しかしいざ大広間の入口に立ち、ずらりと直線でならぶ人々を眺めたとたん、俺の冷静はどこかへいってしまった。幸い今回の俺の頭は自分に都合よく働いた。つまり、仮に俺が王宮基準でどんな不作法をしでかしたとしても、詳細はなにひとつ覚えていないということだ。

いったいそれから何があったか。だいたいはこういう話だ。俺は緊張でこちこちになったまま、とにかく前に歩き、順に王陛下、王太子、姫殿下に膝をついて拝謁した。顔をあげろといわれ、まずアルティン殿下に大げさに褒められた。次に陛下から回路魔術の功績をたたえるやけに長い言葉を賜わった。で、そのあとさらにとんでもないことが起きた。

――あろうことか、何十年も前に祖父のゼルテンが断った勲章を、俺が受け取ることになったのだった。

第17章

「アーベル、怒るなよ」

「怒ってませんよ」

俺はエミネイターに背を向けたまま馬の背中を撫でた。初夏のような気温だが、走ると気持ちいいだろう。

「それなら拗《す》ねているだろう」

「拗ねてもいませんよ、子供じゃあるまいし。あらかじめ教えてくれてもよかったのにとは、思っていますが」

腹帯を締めなおし、荷物の中身をたしかめ、巻いた毛布を吊る。旅装用のマントを着るのは久しぶりで、懐かしさと慣れなさが混じっておかしな感じがした。鐙《あぶみ》の長さをざっと調整する。

エミネイターは俺の背後でまだ何かいっている。

「だから拝謁の礼を特訓しただろうが。あれで悟れよ」

「そんなの無理ですよ。もとより儀礼なんて知らないんですから、叙勲用の礼があるなんて知るわけないでしょうが」

「でもよかったじゃないか。これで師団に恩を売ったことにもなるから、今後はもっと自由に動けるぞ。城下の屋敷にも自由に帰れるし」

「だから怒ってませんって」

「アーベル」

すでに馬上の人となっているクレーレが頭の上から声を投げた。

「その人につきあってやるな。きりがない」

「失礼だな。従弟殿は」

「そんなに心配しなくても、休暇が終われば帰ってきますよ」

「当たり前だ」

俺はふたりのやりとりを横目に鐙に足をかけて鞍《くら》にのぼる。俺の馬は濃淡のある栗毛《くりげ》でクレーレはいつもの愛馬だ。やはりこの国の馬は優美で性格がいい。片手で手綱を軽く握り、空いている手をエミネイターに挙げる。

「アーベル勲爵士。当主によろしく伝えてくれ」

エミネイターは俺の新しい称号とともにどきりとすることをいうが、俺は曖昧にうなずくにとどめた。最近ようやく理解したが、彼女は俺に対して過保護な傾向がある。いまも気をもんでいるのだろう。自分がこんなふうに気にかけられているのは、こそばゆい。

空は透きとおった青色で、うすく筋雲が走り、ゆるく風が吹くが水の匂いはしなかった。幸先のよい天気で、これが目的地まで続けばいい。

俺たちはレムニスケートの領地に向かっていた。

叙勲という不意打ちのせいもあり、王宮の舞踏会の感想は、少なくとも俺にとってはさんざんなものだった。隅で暇をつぶしながら貴族を観察していればいいくらいに思っていた当初の目算が外れたからだ。

俺のあとに拝謁したのはクレーレだった。彼にはアルティン殿下から御前試合の勝者を記念した勲章が与えられ、俺はそのあいだじゅう、クレーレの横に並んで周囲の見世物になっていた。儀式的なやりとりがやっと終わると本格的な舞踏の音楽がはじまり、踊れない俺はなんとか失礼のないように姫殿下やご婦人方を断ったが、壁に沿って隠れていようとすると今度は知らない騎士や貴族など男連中が話しかけてくるので、じっとしていることもできない。

ひとりでいると手持無沙汰にみえるのだろう。しかし俺がうかつなことを口走っても大丈夫な相手ときたら、ここにはクレーレとエヴァリスト、それにエミネイターしかいない。そして三人ともそれぞれの事情で忙しいときている。クレーレは優雅に踊っているし、ちらりとみえたエヴァリストは誰かをつかまえて話しこんでおり、エミネイターはなぜか女性を周りに集めている。

近づいてくる商売っ気丸出しのギルドの商人たちはいいとしても、あからさまに誘ってくる者もいた。周囲の反応はわかりやすくて、ほとんど面白いくらいだ。頭では知っていたつもりだったが、権力や称号はこんなに人の態度を変えるのだ。自分自身を材料にしてこれを目の当たりにさせられると、皮肉な笑いがこみあげてくる。

もともと身分がある人々は俺ごときがここにいても何とも思わないだろうが、下級貴族出の近衛騎士やギルドの上層部のような層には重要な話なのだろう。これまで眼中になかった魔術師が自分たちの中に入ってくる、ということが。

そんなわけで酒もうっかり飲めないまま、年上の貴族の露骨な誘いを断っていると、ふいに相手が黙った。気配を感じて首を曲げる。威圧するようにクレーレが見下ろしている。

「レムニスケート当主が、勲爵士に用があるとのことで」

「――ああ。それは仕方ないね」貴族は手を差し出して、握手を求めた。「また会えるといいね」

俺はひきつった笑顔で手を出したが、すかさずクレーレが俺の腕をとったので、貴族の手はそのまま空を切った。

「申し訳ない、閣下がお待ちなので」

クレーレは早口で貴族に弁解しながら俺の肩を押す。俺はありがたくそのまま進み、クレーレは俺の腕をとったまま黙って当主の元へ進む。剣呑《けんのん》な気配だった。

「おい、そんなにカリカリするな」

みかねて俺がいうと「そんなことはない」とむすっとつぶやいた。人をかきわけてやっと当主の前にたどりついたとき、俺はほっとした。――あとで思うと、王族をのぞけば第一の権力者であるレムニスケート当主の前に出てほっとするのもおかしな話だったが。

その当主は俺をみとめると眉をあげ、開口いちばんこう告げた。

「アーベル。ずっと王都を出ていないらしいじゃないか。休暇をもらえるという話をきいた。レムニスケートの所領へ滞在しなさい」

それはすでに要請ではなく、命令に等しかった。

だから俺とクレーレは馬を走らせている。レムニスケート領の本邸までは王都から馬車で三日程度、単騎で飛ばせば二日もかからない。本邸まで急ぐ必要はないらしく、クレーレは、遠回りになるが湖をまわる道をいくという。

道のりは平穏だった。眼下に麦畑を眺め、牛を追う農民を追い越して走り、小さな集落をいくつか抜ける。丘陵地帯に入ったころ行商人の隊列に行きあい、同じ場所で野営を張った。二日目は行商人たちを追い抜いて進み、途中で街道を外れて広葉樹の森に入った。ゆるやかな上りで、道沿いの下生えは刈られ、よく手入れされている。新緑を透かす光がまぶしく、鳥の声が聞こえる。一度だけ木々の隙間にまぼろしのように一瞬鹿の鼻づらがうかび、消えた。

俺は首にかけた磁石と太陽をみて暗算する。すでに俺たちはレムニスケート領の外れにいるようだった。

「この先が湖だ。小屋がある。今晩はそこに泊まる」とクレーレがいう。

以前クレーレと遠乗りに行ったときと同じように、移動の必然に迫られない優雅な旅だった。木立のあいだを行きながら、俺は王都にいるときよりずっと呼吸が楽になったように感じていた。

すこし先で待っていたクレーレが俺をじっとみるので「なんだ?」とたずねると、ふっと口もとをほころばせて、首をふる。

「いえよ」

「いや――楽しんでいるならよかったと、思っただけだ」

俺の顔はみっともなくゆるんでいたらしい。

「ああ、楽しいよ。ここは静かだし、美しくて、おとぎ話の森のようだ。いつも……こんなふうだと、すごいな」

「そう思うか？」とクレーレが聞く。

「そうだな。旅や移動というのはふつう、不快で不便でうんざりするものだ」

「それでも旅をしていたんだろう。その方がいいか？」

「汚れて腹をすかせて虫に刺されて嫌な気分になるのが？　まさか」俺は笑った。

「でもおまえと馬を並べられるなら、嬉しいな」

クレーレは急に顔をそらすと馬を前に進めた。

「もう少しだ」

風景がひらけたのは突然だった。

俺は思わず手綱をひく。栗毛がいななくのをなだめて、そして――息をとめて眼下の風景をみた。

眼下は青、青い平面がひろがっていた。宝石のような深みをたたえた青色が緑の森にまるくふちどられている。俺は湖から少し上に位置するゆるい斜面の空き地に出ていた。正面には薄雲がかかる水色の空があり、湖の濃い青と対照をなしている。太陽は俺のななめうしろにある。

俺は無意識のうちに馬の背から下りていた。湖に一歩近づき、青色を凝視する。しばらくすると宝石のような表面がかすかにゆがみ、絹を巻くようなさざなみがたった。水際に映る森の緑色もゆらぎ、くずれたパターンの文様となる。

どのくらいそうやって湖をみつめていたのか。辛抱強い馬がぶるっとふるえて俺は我にかえった。はっとして顔をあげ、クレーレがすぐうしろに立っているのに気づいた。にやりと笑って、俺の手から手綱をとる。

「気に入ったらしい」という。

「ああ。とても……」俺は言葉をさがして口ごもり、あきらめた。

「この世のものとは思えない青だ」

「水源のひとつだ。こっちだ」

クレーレは道に沿って馬の手綱をひいたが、俺はまだこの場所を離れがたく、湖面と空を交互に眺めていた。クレーレが声をたてて笑い、俺をうながす。

「アーベル、湖はまたあとで眺められる」

「どこまで行くんだ」

「鹿狩りの小屋がある。いまは禁猟期だが」

到着したのは俺が想像していたような掘っ立て小屋ではなく、まともな基礎を置いた石造りの家だった。厩《うまや》もあり、湖から引いた新鮮な水が桶《おけ》に流れてくる。俺は栗毛に飼葉をやって背をこすると靴の泥を落として家の中に入った。そろそろ夕暮れだった。奥で旅装を解いたクレーレがひざまずいて暖炉に火を入れている。石積みの壁は複雑な紋様の壁掛けで覆われ、床には敷物があった。

小屋と呼んでいたが、ここはレムニスケートの別宅のひとつだと俺は気づいた。手入れされ、物資が運ばれた跡がある。使用人をつれて滞在するだけのゆとりがある贅沢《ぜいたく》な空間だった。

「ずいぶん豪華な小屋だな」

俺はマントの埃をおざなりにはらって壁の釘《くぎ》にかける。クレーレは薪《まき》をなめる炎を満足げにみやった。

「両親も兄も、たまにここに来る。子供のころは年に二度、ここに集まる習慣だった。いまでは弟たちがくるのは鹿狩りの時期だけだが」という。

階段を上がるクレーレについていくと、勾配天井に切られた窓から階下に夕陽《ゆうひ》がさした。登りきったところをクレーレにうながされるままふりむく。がらりと音がして、鎧戸が開け放たれた。俺はふたたび息をのむ。

背後からの夕陽をうけて、紫がかった青に色を変えた湖が窓の向こうに広がっている。空と湖の境目は淡く、手前の方は徐々に黒みがかり、光を受けた波の皺《しわ》がよる。

クレーレが俺の肩に腕をまわし、耳もとにささやく。

「あとでまた眺められるといったろう」

「……ああ、そうだな」

俺はため息のような音をもらしてしまい、クレーレは低い声で少し笑った。

「どうした?」俺が聞くと、肩を抱く腕の力が強くなる。

「俺は子供のころからみているから、湖をたいしたものだと思ったことがない。反応が新鮮だ」

「さすが、レムニスケートだな」

「関係ないだろう。父や母はともかく、どんな子供にとっても湖はただの遊び場だ」

「そうかもな」

俺はまだ湖をみつめていた。表面に吹く風でさざなみがたつと、織物が生まれるように光の模様が変わっていく。

湖で遊ぶなど、俺にはまったく経験がなかった。父の幌馬車でひらけた湖畔に野営したことなら何度かあるかもしれない。狼《おおかみ》の遠吠《とおぼ》えが響くような夜もあり、まんじりともできなかった。ましてや、遊ぶなど。

それにひきかえ、この湖で遊ぶことのできた——遊んでいた子供が、大人になって、俺といまここにいるのは、ずいぶんおかしなめぐりあわせだと感じた。

かすかなさびしさが胸をつらぬく。俺はそんな子供時代を持てなかったし、こんな美しい場所で育った子供のことなど、どれだけともに過ごそうとも、本当には理解できないにちがいない。

彼らの生は、こんなに俺が美しいと思う場所をほとんど気にとめずにいられるほどの豊かさに満ちている。レムニスケート当主の、ゆるぎなく断固として立つ雰囲気が思い起こされた。クレーレのなかにもあるこの確固とした自信を、俺が共有することはけっしてないだろう。

俺にできるのは——ただ、彼を愛していることだけだ。

いつのまにか背後からがっしりと抱きしめられていた。

「大陸にもこういう湖はあったか？」とクレーレが聞く。

「湖はいくつもみた」

背中から腰にかけて、クレーレの体温を感じながら、俺はつぶやく。

「だがこんなに青い湖は、はじめてだ。大陸でみたことのある……恐ろしい青は、湖じゃなかった」

「なんだ？」

「――淵だった。裂け目の底の」

「淵？」

「大地にひらく裂け目だ。墜《お》ちてしまいそうな――深い裂け目で……底が青かった。凍るような青だった」

「また……行きたいか？」

腕がほどかれ、俺たちは向きをかえてみつめあい、どちらからともなくキスをした。最初はついばむように、だんだん深くなり、抱きあいながら唇をかさねる。温かい手が俺の髪をまさぐり、うなじから背中を撫でおろす。

「アーベル……」

吐息の合間にクレーレは顎をとらえ、正面から射ぬくように俺の眸をみた。

「おまえがどこかへ行きたくなったら、かならず俺に知らせてくれ」

俺の首筋に顎をうずめ、骨に響かせるようにしてささやく。

「ひとりで行かないと誓ってくれ」

クレーレの頭を両腕に抱えこみ、俺は薄闇にしずんでいく湖をみつめている。声を出そうとして、喉がつまった。星がひとつ湖の上の空にまたたき、もうひとつ、とふえていく。

「わかった」

舌足らずな言葉がやっと口からもれた。

「誓う」

エピローグ

「集団の意志を選ばれた評議員の協議で決定する場合と、全員の参加で決定する場合の違いは……」

庭園の奥で自説を語る兄の声が聞こえる。

クレーレは生垣の向こうをすかしみて、東屋《あずまや》のベンチで早口で熱弁をふるう兄と、用意された飲み物にほとんど口もつけずにうなずいているアーベルを発見した。

湖の小屋で翌日もゆっくりすごしたので、本邸についたのは夜も遅かった。一夜あけて今日は、当主がレムニスケート領に戻ったときに恒例の、格式ばらない集まりが開かれている。よい天気だからと庭園が開放され、手前の方では両親と招待された近隣の者たちが軽食をかたわらにおいて歓談していた。

一方学究肌の兄は、王都では毎日審判の塔にこもって仕事三昧、休暇で自領の本邸に戻っても本に埋もれているのが常で、しかも見知らぬ人間を警戒しがちだ。今日のような集まりでも一応顔をみせはするものの、たいてい奥の方にいる。そんな彼がめずらしくアーベルには熱心に話している。

兄と自分は性格も技能も似ていないのに意外な共通点があるのか、とクレーレは思う。アーベルは持ち前の平静さと好奇心で兄の話に聞き入っているようだし、兄は自分の話にうんざりしたそぶりをみせない聞き手がいて嬉しそうだ。

「大陸にどんな統治組織があるかは、私も書物で読んではいるが、実際に向こうの人間と話せる自信がないのが問題でね……」

「そうでしょうか？　他の言語で書かれた書物を理解する方がはるかに難しいでしょう」

「話せる者はつねにそういうが、私ときたら、隣国の人間と会話するのだって緊張するんだ。ほとんど言語は変わらないのに」

東屋に足を向けながら、クレーレはふと二人の会話に聞き耳を立てていた。

「近くの備えがひととおり終わったこの国では、今後ますます、遠くの諸国とどう関係を構築するかが焦点になる。外交は大がかりな使節団からはじまるものではない。民間の貿易、学生の派遣、いろいろなレベルの交流がある。師団の塔でもそういう話が出ているだろう？　やっと、自分たちの知識の遅れを取りもどすことを考えているようじゃないか。私もアルティン殿下に意見を求められているが、いまの段階ならきみのような人があいだに立つのが適任だと思うよ。土地に通じていて、複数の言葉もわかる。つてもある。どうだね？」

「仮にそうだとしても、能力だけで選別できるわけではないでしょう。たとえば、王家への忠誠心は？」

「必要なのは観察して記憶し、判断する知性だ。忠誠心なんて犬でも持てる。私の弟をみたまえ」

顔を出したタイミングが悪かった。アーベルが苦笑をうかべてクレーレと兄を交互にみるが、兄はちらっとクレーレに顔を向けただけだ。それどころかすぐさまアーベルに「ほら、犬がきた」という。

クレーレも苦笑せざるをえなかった。

「兄さん。……これでも自分ではかなり人間になれたと思っているのですが」

兄はクレーレの言葉を聞いているのかいないのか、「こんなのでも番犬くらいには使えるから、せいぜい利用しなさい」などとアーベルに畳みかけている。ずいぶん気に入られたものだ。

やっとアーベルを奪い返したが、幸い兄に閉口した様子はなかった。「愉快な方だ」という言葉にクレーレは安堵する。

「そう思ってもらえたならありがたい。ひとりよがりに話をされて、困っていたらどうしようかと思った」

「そうか？　おまえによく似ているとは感じたが、ひとりよがりだなんて思わなかった」

兄に似ているといわれることはめったにない。意外な言葉にクレーレは聞き返す。

「どこが似ている？」

「生まれつき責任を負っているところが」

「……そんなふうに考えたことはないが」

アーベルは笑った。

「無自覚だから義務を完遂できるのか？　──いや、いいんだ」

庭園は花の盛りだった。雨の季節はまだ先で、空気はさわやかだ。アーベルは生垣から紅い花をむしり、蜜を吸う。しばし物思いにふけっている様子だったが、クレーレの視線にこたえるかのように顔をあげた。

「なあ、クレーレ。さっき兄上が話していたが……たとえば俺が、この国から他所《よそ》へ──大陸へ派遣されることになったら、どうする？」

「もちろんついていく」

間髪入れない答えに、アーベルは呆れた顔でこちらをみる。

「おまえ、考えてものをいってるか？」

「考えるようなことじゃない」

生垣にさえぎられ、誰も視界に入らないのをたしかめて、クレーレはアーベルの肩に腕をまわす。

今日のアーベルは魔術師のローブを着ていない。鎧《よろい》のような装備なしに彼がここにいるのだと思うと、クレーレの中に温かいものがわきあがる。

「やっとつかまえたから、もう、離さない」

ささやくとアーベルの顔にさっと朱がさし、焦ったように横を向いた。

「おまえ、ときどき……」

聞きとれないくらいの小声でつぶやく彼にクレーレは顔をよせる。

「なんだ？」

「――なんでもないから、離せ」

「だから、離さないっていったろう」

「――おまえな」

アーベルの指から紅い花びらが落ち、地面に散った。

＊

――規則正しく、何かを叩く音が聞こえる。

しずくが跳ねている。

雨だ。

雨の音を聞いている。

目をあけると同時に体は完全に目覚めていた。

クレーレは手を伸ばしてカーテンをめくった。外は薄暗い。上掛けから、かすかに甘い、花のような、香辛料のような、慣れない匂いをかぎわけた。軒先から窓枠へ垂れるしずくが穏やかなリズムをつくっていた。雨季なのだ。

雨のなかの旅は面倒が多いが、この寝床は心地よかった。隣で眠る温かい体がもたれかかる、その重みも心地よかった。クレーレは腕を伸ばしてぬくもりをひきよせる。

アーベルが眠っている。

顔をクレーレの胸のあたりに向け、背中を丸めて毛布にくるまっていた。安らかで規則正しい寝息がたつ。裸の肩に腕をまわして足を絡ませても起きる気配はないが、クレーレが背を抱きこむとこちらの首に手をまわし、肩口に頭をのせようとする。そのままことんと眠る様子はまるで子供のようだ。

クレーレは幸福な気分に満たされながらアーベルを抱きしめていた。ふたりで朝を迎えられることに心の底からの満足を感じていた。

春に婚約したアルティン殿下の結婚が、秋のはじめに無事執り行われたあと、王宮と師団の思惑が一致したのである。クレーレとアーベルはふたりで使節として大陸に派遣されることになり、いま、クレーレはこの見知らぬ土地にいる。

もちろん王宮も師団も、それぞれの使命をふたりに与えていた。異国の政体のお偉方を訪問するところからはじまるこの職務では、今後何が起きるのかまったく予測がつかない。しかしクレーレにとっては、国にいるときとくらべものにならないほどアーベルと共に過ごすときがあるのが喜びだった。

一昨日到着し、逗留《とうりゅう》している宿屋はエヴァリストの手配によるものだが、あの癪《しゃく》にさわる男に手を借りていることも気にならないくらいだ。

眠ったままのアーベルのうなじに指をはわせ、耳のうしろを愛撫し、肌にくちづける。絡ませた足のあいだで、朝の生理的な反応が抑えがたい。アーベルの首筋からそのまま唇をおろして、胸のとがりを舐める。アーベルはぴくりと動いて、薄く目をあけた。

「……おい、クレーレ…」

「おはよう」

体をずらし、そのまま唇を重ねながら、アーベルの硬くなった中心と己の中心を触れあわせ、腰をゆすった。かさねた唇のはしから唾液があふれ首筋までつたっていく。唇を離して顎の唾液を舐めとり、耳たぶをしゃぶる。アーベルの唇から喘ぎがもれ、さらにクレーレを興奮させる。

「馬鹿、朝から――」

「まだ夜明けだ」

言葉とは裏腹に腕のなかの体は従順だ。クレーレは密着させた腰をさらにゆすり快感を高めていく。

交換する吐息が荒く激しくなり、ほぼ同時にのぼりつめる。脈打つ胸と胸を触れあわせ、たがいを守るように絡みあったまま、鼓動がおちつくまでそのままじっとしていた。

どのくらい時間がたったのか、ふたたび夢うつつになっていると、突然ドンドンとドアが叩かれた。

「きみたち――そろそろ時間だ。遊んでるなよ」

エヴァリストの声だ。隣のぬくもりがむくりと起き上がり「うるさい、黙れ」と叫ぶ。アーベルはこの相手にまったく遠慮がない。そのことに多少嫉妬めいた気持ちもあるが、クレーレはもう揺らがなかった。

身支度の仕上げにクレーレは剣を吊る。アーベルは暗色のローブを身につけ、椅子に腰かけてブーツの紐を締めた。窓をあけると夜明けの雨はやんだらしい。やけにだだっ広く、見慣れない形の葉をもつ木々が点在する、見知らぬ風景が広がっていた。不安とも喜びともつかない気分がクレーレをざわめかせる。

腕にかけられた手に、ふりむいてアーベルの眸をみた。静かで、波立たない湖のようだった。

「行こうか」

短く告げてアーベルは扉へ向かい、クレーレはその背についていく。

夜の手綱

書き下ろし

1
鴉《からす》のすみか

王城に薄紫の夕暮れがおとずれる。

エミネイターは師団の塔へ石畳の道を急いでいた。大股で歩をすすめるとブーツの踵《かかと》がカツカツと音を立て、暗色のローブの裾がひるがえる。肩にひっかけたローブの下は軽快な男装だ。するどい印象の美貌もあいまって、大股で背筋をのばして歩く様子は女性にはみえない。

塔が石畳の先にみえたあたりで警備の騎士に出くわした。ふたり並んでいるうちの年かさの方が先にエミネイターに気づき、ハッとした表情で敬礼をする。

「エミネイター師」

「やあ。おつとめごくろうさま」

もうひとりのまだ若い騎士はエミネイターの鋭い美貌へ緊張したまなざしを向けながら、同輩にならって敬礼をした。

「お疲れさまでございます！」

「そんなにかしこまるな」

エミネイターは微笑《ほほえ》みを返して道を行く。背後で「いつみてもいい男ですね」と話す声が聞こえた。

「いや、エミネイター師は女性だ」

「あれ、そうでしたっけ？」

男装があまりに板につきすぎて、エミネイターを女性だと知らない者は王城にけっこういる。今の片割れのように、エミネイターにかなり近しいクレーレの部下――いや元部下ですらこの始末だ。エミネイターの方はそれぞれの顔を覚えているというのに。年かさの騎士はついこの前、王宮でひらかれた舞踏会の警備についていた。近衛《このえ》騎士になった従兄弟《いとこ》はかなり前に王城警備の任を解かれたが、かつての部下はいまだに彼を慕っている。

それにしてもほんの一年前、クレーレ・レムニスケートが城下の警備隊にいたころ、回路魔術師に敬礼する騎士などひとりもいなかった。同じ魔術師でも、純白や薄灰のローブを着た精霊魔術師は遠目にみただけでも恭しく扱われていたというのに、ずいぶんな違いがあったものだ。クレーレが部下の態度をあらためさせたのだが、その影響はいつのまにか王城における師団の塔の地位にまでおよんだ。変化は始まったばかりで、今も続いている。

これらすべての発端が昨年の夏、クレーレとアーベルが出会ったことにあると思うにつけ、エミネイターの頬には自然に笑みがうかぶのだった。

師団の塔に一歩入ると、階段をあわただしく駆け下りる足音や早口でまくし立てる声で中はざわついていた。夕刻はいつものことだ。あけっぱなしの窓のすぐ外で鴉が鳴きかわしている。鴉は王城のいたるところに棲《す》みついているが、エミネイターにはときおり、廊下を行きかう暗色のローブが鴉の羽のようにみえる。

階段を上り、部下が待ついつもの部屋に足を踏み入れる。奥に固まっていた暗色のローブがさっとわかれて、ふたつの顔がエミネイターを注視した。エミネイターは唇の端をあげる。

私の鴉たち。

「にやにやして、いったいどうしたんです？」

エミネイターが塔でもっとも信頼をおく三人の部下のひとり、テイラーが丸い目をきらめかせた。

「またよからぬことを企《たくら》んでませんよね？」

「私がいつよからぬことを企んだって？」

「この時間にあらわれると心配にもなりますよ。どこ行ってたんです？　分所はもう閉めましたよ」

テイラーは先般、王宮に新設された分所の責任者に任命され、昼間はほとんど塔にいない。きっとエミネイターよりすこし前に戻ったのだろう。

「王宮じゃない、王立学院だ。光栄にも宿題をもらってな」

「はぁ？」

テイラーはあからさまな非難の声をあげ、ルベーグが無言で銀髪を揺らした。

「アーベルもいないのに。いつ戻るんだっけ？」

エミネイターは馬上のアーベルを思い出す。王宮の舞踏会でレムニスケートの領地へ来るよういわれ、昨日の朝クレーレと共に出発したのだ。黒髪の魔術師は当主じきじきの招待に怖《おそ》れをなしていたが、愛する者を母親や兄弟に紹介できる機会をクレーレが逃すはずがない。

「七日もすれば帰るだろう。心配するな、すぐ必要なわけじゃない。三羽鴉が揃《そろ》ってからでも」

「三羽鴉？」テイラーが口をとがらせてわざとらしく窓をみる。

「どこの三羽です？」

「自分のローブもみえないのか？　今は二羽しかいないが」

「大鴉のあなたは数に入らないってことですね」

「王立学院の要請は何ですか？」

ルベーグが冷静な口調で話題を戻した。エミネイターが思うに、この男は脱線という言葉を知らないのである。

「精霊魔術を回路魔術で代替する実験について、説明しなくてはならなくなった。ほら、冬にアーベルが試作品をテストしていなかったか？　念話を回路魔術で再現するものだ。あれはどうなった？」

銀髪の魔術師は長い睫毛《まつげ》を瞬《またた》く。

「今さらですね。とっくの昔にアーベルが結果をまとめたはず――」

「そうなのか？」エミネイターは腕を組んだ。「私はみていないが」

ルベーグは意外そうに眉をあげる。

「たしかアーベルは手があいたときに再挑戦するといったから……出さずにそのままかも。だったら記録がそのあたりに……」

「で、どこにある」

エミネイターは部下の机を見渡す。アーベルの机は乱雑につみあげた書類に覆われている。

「テイラー、わかるか？」

「あいにく僕は自分の領域で手いっぱいだ」

答えながら椅子にふんぞり返ったテイラーの机は、アーベルに負けず劣らずのありさまである。ルベーグの机を囲む空間だけがきちんと整理整頓され、別世界の空気を醸し出している。おまけにふたりとも、アーベルの領域に手をつけたくないのがみえみえだ。テイラーは悪びれた様子もなく笑っている。

「やっぱり三羽揃わないと無理ですね。ま、アーベルが帰ってきたら記録を出してもらいますよ」

「おい、ちょっと待て」エミネイターは腕を組みなおした。

「記録だけか？　腕輪はどうなった？　テストはおまえたちでやったんだろう？」

「やりましたよ？　アーベルとルベーグ、アーベルと僕と」

なぜか途中で言葉を切り、テイラーはニヤニヤする。

「アーベルと愛《いと》しの騎士殿も」

「クレーレ？　あいつに頼んだのか？　初耳だぞ」

「ルベーグが提案したんですよ。ほら、クレーレ殿が昇進してアーベルがぴりぴりしてたから」

今回眉をあげたのはエミネイターの方だった。

「ほう？　ルベーグ、きみが他人の色恋に気を回せる人間だとは……」

ルベーグは人形のように整った顔をしかめることで返事にかえ、それをみたテイラーが笑いをこらえながらいった。

「騎士殿は記録に協力者として登場します。アーベルが嫌がったので名前は載ってません」

「なんだそれは」

エミネイターは満面の笑みをうかべた。

「おもしろすぎるぞ。なぜもっと早く私に教えない。アーベルもつれないな、なぜ話してくれない」

「その反応を予想したからでしょ」

「それで腕輪は？」

「とっくに分解ずみです。図面と回路見本を保管しています。残念ながら個人の魔力量で決定的な違いが出てしまって、汎用には程遠い。それに回路の変質と魔力の逆流問題には解決の糸口がありません。つまり精霊魔術師の領域に僕らはまだまだ手が出ないってことですね」

エミネイターはうなずいた。魔力は生きとし生ける者すべてに存在する力だが、生まれ持った才能の差は大きい。その頂点は精霊魔術師で、彼らは念話や遠視、治癒といった心に作用する精霊魔術を操る。一方で回路魔術師の仕事はふつうの人間がもつ標準的な魔力を回路に集め、増幅し、制御する道具を作ることだ。

アーベルの曾祖父が最初の原理を見出してから約百年、回路魔術は人々の生活を飛躍的に便利にしたが、限界や欠点もあった。たとえば人が常時身に着け、持ち歩くような道具は回路の変質や暴走を招きやすく、うかつに応用できない。精霊魔術に代わる道具の考案も、テイラーが話したようにまだ途上だ。

「これまで通りか」

「そ、これまで通り。アーベルはがっかりしてましたが」

「あいつは精霊魔術師に妙な憧れを持っているからな」

何気なくもらすと、ルベーグの眉がぴくっとした。

「たいしたものでもないのに」

ぼそぼそとつぶやく人間離れした顔立ちを眺めて、エミネイターは思わず微笑む。精霊魔術師に比肩する魔力量と中性的な美貌が魔結合したルベーグには、いくら有能であっても塔の幹部たちですら距離感をはかりかねているところがあった。それがアーベルと仕事をするようになって、以前よりずっと人間臭くなった気がする。

「ルベーグはルベーグで精霊魔術師を妙に敬遠するからな。多少は使えるくせに」

上司のからかいにルベーグは目尻をかすかに染めた。

「それほど便利なものでもありませんよ」

「しかしアーベルのやつ、シャノンの獣に嫌われたときは凹んでいたぞ」

エミネイターはアーベルとルベーグが魔力で生きる精霊動物を捕獲したときのことを思い出しながらいった。あの事件は去年の秋ごろ、クレーレがまだ王城警備隊にいたときだ。従兄弟がアーベルに入れあげていると知って、エミネイターがこっそり面白がっていたときである。

「ルベーグには懐いていたのに」

「アーベルは動物に嫌われるのすごく堪《こた》えるみたいですよねえ」テイラーがのんきな声をだす。

「僕が思うに、あれは意識しすぎて敬遠されてるだけなんですが、例の人が嫌味なことをいうから」

「エヴァリストか。あれは嫌味というより歪《ゆが》んだ――」

愛情の裏返しといいかけたものの、エミネイターはふと続く言葉を飲みこんだ。エヴァリストは精霊魔術と回路魔術両方の使い手で、怜悧《れいり》な美貌とよく回る口を持ちあわせた油断ならない男だが、アーベルは大陸で何年も相棒だったという。エミネイターのみるところ、エヴァリストも彼なりのやり方でアーベルを可愛《かわい》がっていたにちがいないし、当時は何かと補いあう関係だったのだろう。

――しかし今や、アーベルの手は従兄弟がしっかり捕まえているのだ。

「ま、アーベルも彼のような両刀使いとは別れて正解だ。クレーレはいらんちょっかいをかける精霊魔術師はもれなく追い払うだろうしな。レムニスケート一族は彼らの魔力に鈍い」

テイラーが呆《あき》れた顔つきをした。

「まさか、そんな大それたこと考えるのがいるんですか？　どいつです？」

「精霊魔術師には自信過剰な輩が多いんだ。御前試合のときにコソ泥を捕まえただろう？　学院に行く途中で、その尋問にあたったのがわざわざ私を呼び止めて、アーベルについて聞かせてくれと」

「失敬な。コソ泥を捕まえたのは僕とルベーグですよ」

テイラーはまじめに憤慨している。たしかにその通りだ。

「アーベルは自覚がないくせに師団の塔ではそこそこ目立つ顔だからな。王宮の舞踏会のときは引く手あまたで、クレーレがいちいち追い払っていた」

「自覚ないから厄介なんですよ」テイラーがふんと鼻を鳴らした。

「ま、師団の塔で自覚をもてないのはあなたとルベーグのせいでしょうけどね」

「まさか」今度はルベーグが不満そうな顔をする。

「問題はアーベル本人にある。図太いのか危なっかしいのかわからないだろう」

「ルベーグは浮世離れしすぎて迫って来るのもいないしな」

「その問題はまた別だ」ルベーグは他人事のようないいかたをして、それから真顔になった。「アーベルには結び目のようなところがある」

たしかに結び目とはいいえて妙である。エミネイターは微笑みながらうなずく。

「結び目と循環は回路の本質だ。だからあいつは師団の塔に必要なのさ」

テイラーが椅子に座ったままのびをした。

「アーベル、今ごろはもうレムニスケートの領地？　何してるんだろうな」

「何してるか？　そりゃ、わが従兄弟殿に手綱をつけられているにきまってる」

「勝手にどこかへ行ってしまわないように？」

問い返したルベーグはあいかわらず真顔である。

「しかたない。回路魔術の創始者からつづく血筋だ」

エミネイターの答えを聞いて、テイラーが吹き出した。

「アーベルのやつ、今何をしているにせよ、ぜったいくしゃみを連発してる」

2　湖畔にて

窓の外で、湖がゆっくりと闇に沈む。

「は、は、は、はーっくしょいっ」

突然のくしゃみに襲われた俺の背中をクレーレがさすった。

「大丈夫か？」

「なんだか急に――」俺は手と口をぬぐって、いそいで答えた。

「気にするな。きっとどこかに俺の噂《うわさ》をしてる連中がいるのさ」

「このあたりの夜は夏でも冷える」

「寒くはないぞ？」

「そうか？」

クレーレの手が背中から首にまわって、俺の頭を撫《な》でた。なんだか照れくさくて、俺はそっと体を離す。

ついさっき、俺はクレーレに約束した――誓ったのだ。おまえを置いて、ひとりでは行かないと。

クレーレのまなざしが俺を追い、目尻と口もとがふっとゆるむ。夕闇が迫って、ここもひどく暗いのに、不思議なほどクレーレの表情がわかった。

彼の眸《ひとみ》に覗《のぞ》く何かに胸の奥を撃ちぬかれた気がして、俺ははっとする。この目つきだ。クレーレのこの目。

今ならわかる。最初にこの男に会った日から、俺はくりかえし、この真剣な眸をみてきた。

ああもう、やっぱりなんだか、照れくさい。

ふいに橙色《だいだいいろ》の光があたりを照らした。クレーレがランプを灯《とも》したのだ。

「腹が減ったな」と俺はいった。

「今朝行商人から買ったもので足りるといいが」

「貯蔵室に何かあるはずだ。暖炉の様子をみて、何か探してこよう」

俺の気分を知ってか知らずか、クレーレは穏やかにこたえて階段の方へ歩いていく。俺はランプを下げてあとに続いた。階段の横手にある部屋の扉はひらいたままで、ランプをかざすと大きな寝台が並んでいた。きちんと整えてある。

この建物はレムニスケート家の狩り小屋だとクレーレはいったが、床には敷物が敷いてあるし、家具も蜜蠟《みつろう》で磨かれているのだ。やはり別邸とか山荘と呼ぶべきだろう。

久しぶりの馬旅で、それに昨夜は野宿だったから、レムニスケートの本邸に着く前に寝台で休めるのはありがたかった。鍛えるのが仕事の一部のクレーレとちがって、俺は大陸で旅三昧だったころに比べ、ずいぶん体がなまってしまっている。クレーレがそこまでおもんぱかってここへ連れてきたのだとしたらますます照れくさいし、エヴァリストに知られたらきっと鼻で笑われる。

ランプを持って階下に戻ると暖炉の火が心地よく燃えていた。日が高いときは初夏のような気候だったが、日が暮れかけた今はかなり涼しい。俺は鞍袋《くらぶくろ》から食料を取り出し、テーブルに並べた。燻《くん》製肉、チーズ、堅いパン。湯を沸かす道具を探して目についた扉をあけたら、井戸と水甕《みずがめ》、小さな厨房《ちゅうぼう》があった。

なぜか林檎《りんご》の甘い匂いがする。ふりむくと階段裏の床からクレーレの上半身が突き出している。籠を抱えているところをみると、地下に貯蔵庫があるらしい。

「豆と酢漬けがあった」

「林檎も？」

「ああ。よくわかったな」

「いい匂いだ」

籠から勝手にひとつ取って、シャツの袖で磨いてかぶりつく。きっと去年の林檎だろう。まだ十分みずみずしかった。

「うまい。半分どうだ？」

礼儀もへったくれもなくて悪いな、と思ったが口には出さない。それにクレーレも負けていない。片手で籠を抱え直したと思ったら、俺の鼻先から林檎が消えた。

「ああ」

クレーレの唇から白い歯がこぼれ、シャキシャキと林檎を咀嚼《そしゃく》する。俺はわざと呆れた顔をしてみせた。クレーレは林檎を齧《かじ》りながら厨房の焜炉《こんろ》にも火を入れた。俺はナイフでチーズとパンを切り、燻製肉を薄く削《そ》ぐ。クレーレが林檎の芯を暖炉に放りこんだ。膝《ひざ》をついて火の様子を見ている。

香ばしい茶、焼いたチーズ、炙《あぶ》ったパンに燻製肉。食事の内容は野営と変わらない。昨夜焚火《たきび》を囲みながら飲んでしまったせいでワインの革袋は空だった。聞こえるのは煙突を抜ける風の音と炎が薪《まき》を舐《な》める音だけ。

林檎の芯がぱちりとはじけた。俺たちはいつのまにかテーブルから離れ、靴をそのあたりに脱ぎちらかして、暖炉で足を温めていた。クレーレは敷物の上にあぐらをかき、俺はその隣で足をのばす。クレーレの膝に右のかかとをのせると、長い指が靴下の上からくるぶしをそっとなぞった。

「明日はいつ発《た》つ？」

「いつでも。本邸には夜までに行くと伝えてある。母がアーベルに会うのを楽しみにしている。叙勲の件も手紙で知らせた」

「クレーレの母上に？　それは……緊張するな」

クスッと笑った気配があった。

「アーベルの母君は？」

「子供のころに病気で死んだ。あまり覚えていないんだ」

「そうか……」

「おやじが死ぬまでふたりで旅暮らしだった。物心ついたときには回路を玩具《おもちゃ》にしていたよ。ひいじいさんのナッシュもじいさんのゼルテンも一カ所に落ちつくことがなかった。伯母《おば》の体が不自由でなければ伯父《おじ》もそうだったかもしれない」

俺は足を引っこめようとしたが、クレーレは俺の足首を離さなかった。おかげでいつのまにか右足をクレーレにがっちり抱えられている。しかたないと尻をずらすと、あっというまに腰を引き寄せられていた。

　腹に太い腕がまわり、首のうしろにクレーレの息を感じながら、俺はぼそぼそ喋《しゃべ》る。

「そのせいかな、伯父は俺が三日で学院をやめても、大陸に行くといっても反対しなかった」

「三日？」

「五日だったか？　とにかく七日もたなかった」

「……理由を聞いてもいいか」

「座っていられなかったとしか……」

　俺は苦笑する。じっと座って話を聞いているのが苦手なのは今も変わっていない。たとえば会議とか、会議とか、会議とかだ。

　王立学院の授業が何時間もひたすら回路と向きあうようなものだったら、俺は我慢できたかもしれない。いや――それも無理だったか？　俺は学院の雰囲気や、教師たちの、上から押しつけるような口調にどうしても耐えられなかったのだ。

「それでよかったんだ」俺の首に唇をくっつけてクレーレがいった。

「なぜ？」俺は聞き返した。

「おまえと出会えなかったかもしれない」

「そうか？」

　クレーレの唇が俺の耳をかすめ、舌が裏側をくすぐった。背筋に震えが走って、下半身がたちまち呼応する。俺は体をよじってクレーレの腕をほどいた。硬い床に座ったまま正面から向きあって、クレーレの唇を唇でつかまえる。

クレーレの唇はさらりと乾いている。そっと押しつけあい、おたがいに優しくついばむ。それだけで俺の体の——いや、心の奥の深いところから熱いなにかがあふれてきて、零《こぼ》れそうになってしまう。

暖炉で木の皮がパチッとはぜた。夢からさめたように俺もクレーレもびくっとした。俺たちは顔をみあわせ、どちらからともなく立ち上がった。

クレーレは俺のあとから階段を上ってくる。俺たちは寝台の上でももがくように服を脱ぎ、裸でもう一度唇をあわせる。さっきのキスはおとなしかったのに、こうなるとクレーレは容赦しない。噛《か》みつくように激しく口づけられ、俺も舌をさしだして絡めあう。

おたがいの興奮が擦《こす》れて腹が濡《ぬ》れ、クレーレの手のひらが俺の体をまさぐった。とろりとした感覚が足のあいだを流れて、俺はちょっと笑いそうになってしまう。まったくこの男、いつ潤滑油なんか持ってきたんだ？

濡れた指が俺の中をゆっくりひらく。クレーレの長い指が快楽の場所をかすめて、頭に白い星が飛んだ。それでもクレーレの愛撫《あいぶ》はおわらず、耳の裏、首筋、胸の尖《とが》りと舌でしつこく舐められて、俺自身もゆるゆるとしごかれる。

クレーレは俺を焦《じ》らすのが好きだ。俺も焦らされて屈服するのにすっかり慣れてしまった。

「……ああ、もう——いつまで……あ……」

たまらずに声をあげると、騎士の腕力であっというまに裏返され、うつ伏せにされて、腰を持ち上げられる。指で広げられたところに太い楔が押し当てられ、ひと呼吸そのままで——それからゆっくり、俺の中に入ってくる。

「アーベル……」

クレーレが俺の名を呼び、ため息に似た、長く熱い吐息をついた。中に打ちこまれた楔は太くて熱く、俺をこれ以上ないくらいいっぱいに満たしている。だがクレーレが腰を前に打ちつけたとたん、つかの間の平穏はあえなく消え去った。

「あっ……あっ、クレーレ、はっ、あぁっ」

さっきは指だけで許してもらえた快楽の場所を何度も突きあげられ、俺は枕に顔をおしつける。クレーレが唸《うな》るような声をあげ、俺の中で達するのを感じながら、俺も遠くまで連れていかれる。

余韻でぼんやりしている俺の肩にクレーレは腕をまわし、上掛けをひっぱりあげる。親鳥が雛《ひな》を守るみたいだな、と俺は夢心地で考えた。こうやって夜を越えるのも悪くない。いや、とてもいい。

心地よい疲労が全身を満たし、俺は眠りの海に溶けていく。


目が覚めるとあたりは朝の光に照らされていた。俺は犬のように丸くなって上掛けにくるまっている。開け放した窓の前にクレーレが裸で立っている。

起き上がるとこの窓からも湖がみえた。クレーレがふりむいて俺をみつめる。空気はひんやりして、かすかに水の匂いがした。俺はあくびをして、上掛けをすこしもちあげる。

「寒くないか？　来いよ」

クレーレはいそいそと上掛けにもぐりこんできた。なぜか大きな犬を連想した。

「出発は急がなくていいんだよな？」

「ああ。本邸には母や……兄弟も待っているから……こんなこともしていられない……」

くぐもった声でささやかれ、腋《わき》の下をくすぐられる。朝の空気のせいだろうか、クレーレの手は珍しく冷たかった。でも俺の腰にあたるものは硬く熱を持っている。おたがいさまだ、俺も同じだ。朝になってもこうやって寝台でじゃれあうなんて、王都に帰ってもなかなかできるものじゃない。だから今くらい——

「どうした？」

クレーレが怪訝《けげん》な声を出す。俺は無意識にニヤニヤしていたらしい。

「おまえが犬みたいだからさ。俺は動物にあまり懐かれないのに」

「それなら俺はおまえの唯一の犬になる」

俺は思わず吹き出した。「馬鹿をいうな」

3　星見の窓

レムニスケート家の領地から王都に戻るといつもの仕事が待っていた。つまり、朝から晩まで師団の塔でルベーグやテイラー、エミネイターとやかましく議論しながら仕事をし、苦手な会議にもときどき出て、休日は城下の屋敷に戻るという毎日だ。屋敷に戻れる日が以前より増えたのは、ストークスやエミネイターなど塔の幹部がそれとなく配慮してくれたせいか。

　クレーレと訪れたレムニスケート家の本邸で我ながらいちばん驚いたのは、審判の塔に所属するクレーレの兄と、大陸の話題で盛り上がったことだった。回路魔術はいうにおよばず、政体や風習や気候や、とにかく何でもだ。そのとき持ち出された、大陸に使節を派遣する話は単なる思いつきや冗談ではなかったらしい。王都へ戻ってまもなく、師団の塔の長であるストークスからも打診が来て、俺は一も二もなくハイといった。

　とはいえ出発は当分先だ。秋にアルティン殿下の婚姻の儀を執り行うことになって、それまで王宮は大陸に使節を出すどころではないし、大掛かりな王宮行事となると近衛《このえ》騎士のクレーレも、俺たち回路魔術師も忙しくなる。

　俺が大陸から王都へ戻ったとき、回路魔術師は王城の影のような存在だった。王城を護《まも》る回路は俺たち以外にはみえないところにあるから、点検整備のためにあちこちうろついていても、何をしているかさっぱりわからず、得体が知れないと思われていたのだ。

それが最近は準備のためと称してアルティン殿下じきじきに師団の塔へお声がかかることも増えた。そんなことが続くと自然に塔や回路魔術師を取り巻く視線が変わってくる。師団の塔は王城で存在感を増し、とくに騎士団との関係を強めた。

王宮の精霊魔術師たちがこれをどう考えているのか、俺には正直わからなかった。妙に顔の広いエミネイターも精霊魔術師には情報源がいないというし、俺の知りあいを考えても、施療師《せりょうし》のエイダは王宮づとめではない。思いつくのはせいぜい、騎士団から精霊魔術師に転向したシャノンくらいだ。

白いローブの精霊魔術師が城下の屋敷にやってきたのはそんなときだった。それは雨の季節が近づいた初夏の夕方で、俺は師団の塔から屋敷に帰ってひと息ついていた。

「やあ、アーベル」とそいつはいった。俺と昔からの知りあいのような口調だった。

「はあ……どうも？」

はっきりいって驚いたのだ。俺はキイキイ鳴る門扉に油を差していたところだった。きっと間が抜けた顔をしていたにちがいない。相手の白いローブはかすかなきらめきを放っていた。精霊魔術師が例外なくまとっている魔力の光輝だ。

「俺はサイモンだ。顔をあわせるのは初めてだが、噂はかねがね聞いてる。回路魔術創始者の子孫だろう？」

「それで何か？」

俺は門扉ごしにたずねた。

「突然訪ねて悪かったが、実はきみが大陸への使節に選ばれると聞いた。ぜひ一度、話をしたいと思っていたんだ」

俺は途惑った。その任務は当分先のことだし、精霊魔術師が首をつっこんでくる理由がわからない。するとサイモンは俺の心を読んだように愛想のいい笑顔を浮かべた。

「すこし前から王城で話をする機会を持ちたかったんだ。王宮の分所にいる者や上司に紹介を頼んでも、きみはいつも忙しいみたいでね、つかまらなかった。それでここへ来たというわけだ」

王宮の分所にいるのはテイラーだろうし、上司はエミネイターにちがいないが、精霊魔術師が俺と話したがっているなんて聞いたこともない。精霊魔術師の年齢はわかりにくいが、サイモンとかいう男の外見は俺とあまり変わらなかった。

初対面できめつけて申し訳ないが、俺は無意識にエヴァリストと比較していた。ひとことでいえばこの男はあいつほど凄《すご》くない。

俺はちらっと空をみあげた。なかば暮れかけて、周囲の家には明かりもついている。

「いったいどんな話だ？」

「大陸に派遣される人員が回路魔術師だけでいいと思うのか、きみの本音を聞かせてほしいんだよ。大陸の精霊魔術師はこの国とちがう。知らないかもしれないが、悪意を持って他人を操作しようとする者もいる」

悪意といいきれるかはともかくとして、他人を操ることに長《た》けた男なら、残念ながらひとり知っている。俺は性格の悪い金髪を思い浮かべたが、口には出さなかった。

「それで？」

「その場合にそなえて、精霊魔術師も派遣すべきではないかと――そういった相談だ」

「そんな話は俺じゃなくて、もっと上とやったほうがいいんじゃないか？」

「しかし大陸へ行くのはきみだろう？　せっかく会えたんだ。立ち話じゃなくて、もっとゆっくり話せないか？」

俺は相手をするのが面倒になってきた。こいつの目的は何だろう。やれやれ、前も似たようなことがなかったか。

「あいにくだが今日はこのあと来客がある」

俺は口から出まかせをいった。いや、完全に出まかせともいいきれない。だが近衛騎士の非番は俺の休日にあまり重ならないし、仮にここへ来るとしてもかなり遅い時間になるはずだ。

ところがそのとき、馬蹄《ばてい》が道を蹴る音が響いた。俺は一瞬、ほんの一瞬だけ期待した。

「アーベルさん、どうしました？」

夕闇のなかあらわれたのは顔見知りの警備隊員だった。クレーレが小隊長だったころも城下の警備隊にいた兵士だ。馬に乗っているところをみると出世したのだろう。俺はなかばほっとし、なかばがっかりしながら答えた。

「何でもないよ。これから飯だ」

警備隊員はサイモンの白いローブを怪訝な目で眺めた。

「そちらの精霊魔術師殿は？」

「お帰りになるところだ。ああ、サイモン殿を大通りまで送ってくれないか。このあたりの路地は暗いからな」

俺は門扉から屋敷の方へ一歩さがり、馬上の警備隊員に片目をつぶった。こいつをどこかへ連れて行ってくれというメッセージをこめて。

どこまで通じたのかはわからない。警備隊員は大真面目な声でいった。

「アーベルさん、やめてくださいよ」

「何が？」

「俺にウインクしたって、隊長に知られたらまずいじゃないですか」

「何いってんだ。クレーレはもう隊長じゃないだろう。だいたいこのくらい何だっていうんだ」

「このくらい？　まったく……」

警備隊員は犬みたいに唸った。「わかっていないんだから……」

つぶやきながら馬を下りると、心なしか渋い表情で立っている精霊魔術師にきちんと礼をする。

「お送りしましょう」

俺はまた一歩屋敷の方へ下がり、精霊魔術師に目礼を送ったが、向こうはこっちをみなかった。やれやれ、角を立てずに追っ払うのに成功したか。タイミングよく警備隊が来てくれたのはありがたかったが――俺が何をわかっていないって？

白いローブが薄闇に消えてから俺は門扉の鍵をたしかめ、玄関をくぐった。

冬に改装した屋敷はみちがえるほどこぎれいになっている。自分が使いやすい間取りに変えたおかげでとても居心地よくなった。屋敷の二階を研究室にしたから、最近は納屋を改造した工房もあまり使っていない。去年の夏はこの屋敷に足を踏み入れることもできなかったと思うと苦笑いが出てしまう。

早めの夕食は師団の塔ですませていたから、俺は酒瓶とグラスを取り出し、ちょっと考えてから階段を上った。

この屋敷には廊下を歩くだけで明かりがつく仕組みがある。伯父が設計した回路魔術が張り巡らしてあり、その密度は王宮さながらなのだ。

俺は二階の隅にある狭い急な階段を上った。片手で手すりを持って、酒瓶を小脇にはさみ、グラスを落とさないように天辺《てっぺん》までいくと、そこはこじんまりした正方形の部屋だ。広さにそぐわない高い天井は丸屋根になっている。手前の壁には寝台、反対側の壁には伯父が遺《のこ》した観測器具、のこるふたつの壁は書物で埋められている。

昼間は丸屋根に切られた細長い窓から光が差しこむのだが、今はすでに夜の色だ。壁のレバーで窓や丸屋根の一部を開閉し、気象や天体を観測できるし、寝台に横になると空がみえる。

俺は寝台に座るとワインを注ぎ、ちびちびと飲みはじめた。ここは伯父に引き取られてから大陸に行くまで、俺が寝起きしていた部屋だった。屋敷を改装したとき、階下は間取りもあらかた変えてしまったが、この部屋だけは以前のまま、破損した回路や窓を交換するだけに留《とど》めた。

この部屋の蔵書は俺がこの家に来たころ、もう伯父が必要としなかったものだ。当時の俺は好き勝手に読み漁《あさ》っていて、いまも背表紙をみるだけでそのときの気分を思い出す。

何度もくりかえし読んだ本の背文字を追いながら、俺はぼんやり考えていた。さっきの男はどうしてはるばるここまでやって来たんだろう。自分も使節になりたいと思っているとか？　大陸の精霊魔術師に対抗するために？　この国にはついこの前まで、大陸でいちばんたちの悪い精霊魔術師――もちろんエヴァリストのことだ――が滞在していたというのに。

だいたいそんな話を俺にするのはお門ちがいだ。まったく何を考えてここまで来たんだか。

俺は首を振り、ワインのおかわりを注いだ。酔いが回りはじめると、どうでもいいことは頭からすべりおちていく。俺は大陸に行く時期や旅のルートについて考えはじめ、秋のなかばなら悪い季節ではないし、北から南へ回るとしたら――とあれこれ思いめぐらした。もしクレーレが同行するのならきっと良い旅になる。テイラーやルベーグにみやげ話を持って帰ることも――

――帰る？

ふいにエミネイターが俺に聞いた言葉を思い出した。クラインに嵌《は》められて例の回路のことがバレて、彼女に叱られたときだ。

（大陸に帰りたくなったか？）

あのとき彼女はそう聞いたのだ。俺は答えられなかった。

いまはちがう。俺はクレーレと約束した。

俺はワインを飲み干して、もう一杯飲むか迷った。この部屋は昔のままの匂いがする。古い紙と革の匂いだ。じっとしていると思い出がよみがえってくる。二階で黙々と本を読んでいた伯父の姿や、厨房で御用聞きと喋っていた伯母の声も。

　俺はいつのまにか、落ちついて彼らのことを思い出せるようになっていた。伯父の死に間に合わなかったことも、行方不明になった伯母をこの屋敷でみつけたときの悪夢のような記憶も、いろいろな後悔も、いまならまるごと引き受けられる。

　大陸から戻って来たときはそうはいかなかった。あのころは毎日、夜が来るたびに、その大きな腹の底に呑《の》みこまれてしまうような気がしていた。

　夜はいつもひとりでやってくるのだった。手綱をとり馬を駆る、夜の背中には闇色の巨大なマントが広がって、とぼとぼと荒野をいく俺はたちまち追いつかれてしまう。夜は俺が窒息する寸前まで覆いかぶさり、その底にぽかりとひらいた深淵《しんえん》のきわへ連れて行くのだ。何を願っても、祈っても、どうにもならない深淵のきわまで。

　次の夜が来る前に、この夜を生きのびなければならない。今夜だけ――それを何度も繰り返していたとき、俺はクレーレに出会った。俺の誕生日。食べきれないほどのピザ……。

　寝台に横になり、天窓から夜を眺めているうち、いつのまにか眠りこんでいたらしい。みしりと床がきしむ音を聞いて目が覚めた。

「アーベル」

「クレーレ。来たのか」

　騎士の長身がみおろしている。俺はいそいで起き上がったが、クレーレは不満げな表情だった。

「門扉も玄関も開いていたぞ。不用心じゃないか。起きているならともかく、寝るときは――」

「いや？　鍵は閉めたぞ」

クレーレは怪訝な顔つきになった。「押したら開いたが」

そういえば話していなかったかもしれない。俺はワインの瓶を探し、残りを全部グラスに注いだ。

「おまえが触ると開くようにしてある。飲むか？」

「どういうことだ」

クレーレはグラスを受け取ったが、相変わらず怪訝な顔をしている。

「屋敷の錠だ。伯父が発明した回路を改良した。おまえの魔力と手のひらに反応して開く」

「何だって？」

あっけにとられた声だったので、俺は笑ってしまった。

「例の事件の後始末で謹慎してるとき、暇だったから錠を変えたんだ。話すのを忘れていたが――座らないのか？」

寝台を叩《たた》くと、クレーレは妙にほっとした顔になって俺の隣に腰をおろした。

「……押しかけて来た精霊魔術師を追い払っていたと聞いたから、いそいで来たんだが」

「ああ、なんか来たな」

俺は件《くだん》の精霊魔術師について、ほとんど忘れかけていた。

「警備隊がご注進したのか？　もう部下じゃないのにおまえの人望の厚さはどうかして……おい、クレーレ、まさか勤務中じゃないよな？」

クレーレはわざとらしくグラスをあげ、ワインを一気に干した。

「いや。終わったばかりだ」

「そんなにあわてて来なくてもいい」

「来てもいいだろう」

「それはそうだが」

ほんとうはとても嬉《うれ》しかったのだ。いまここにクレーレがいることが。しかも口に出さなくてもクレーレにはわかっている、そんな気がした。

「腹減ってるか？」

俺はたずねたが、今日は屋敷にろくな食べ物がなかった。

「いや」

「だったら星でもみるか」

クレーレはひっそりと笑った。

「それもいい」

「ほんとうは星をみるならもっと暗い夜のほうがいい。回路魔術のおかげで王都は昔より明るくなった。大陸に行ったら驚くかもしれないな」

「そんなに違うものか」

「この国には砂漠がないだろう。だだっ広いだけで、草もほとんど生えない荒野も……まるで睨まれているような気分になる」

「何に？」

「星にさ」

俺はだらだらと喋りすぎたにちがいない。肩が重いと思ったら、クレーレは俺にもたれて居眠りしていた。この男にしては珍しい。このまま寝台に横たえてやるべきか。でも……。

いまの俺はクレーレの重みを受けとめていたい気分だった。俺は眠る男の首に腕を回す。夜がゆっくりとふけていく。

あとがき

子供のころ住んでいた家の庭には木がたくさん植えてありました。真夏になると百日紅の花が地面に影を落とし、泰山木や白木蓮の涼しい木陰を近所の猫がうろついていました。アカシアの木はありませんでしたが、もしかしたら記憶の底にこんな風景があったから、アーベルとクレーレは真夏の木陰で出会ったのかもしれません。

『今夜だけ生きのびたい』は２０１７年の2月なかばに突然思い立って書きはじめた小説です。小説投稿サイト、ムーンライトノベルズに投稿されるＢＬ小説を読んでいたのがきっかけのひとつで、3月に同サイトに投稿をはじめ、４月末にエピローグまで書きあげました。

子供の頃から十代にかけて小説を書こうとしたことは何度かあるものの、その後はずっと興味を持ってこなかった私にとって、初めてまともに書くことができた物語です。ただもともと翻訳小説が好きだったので、書きはじめた時は自然と擬似翻訳調の文体になり、小説投稿サイトでは敬遠されるにちがいないと思っていました。

その反面、読まれないのなら気楽だとも考え、思いつきをつみあげるようにお話を作りました。あとさきを考えずにやっていたせいで、途中で架空の世界の物語にピザやサンドイッチを登場させていいのかなどと迷ったりもしましたが、このお話はいわば、私の頭の中にだけ存在する架空の言語で書かれたファンタジーの日本語翻訳みたいなものです。だからあちらの世界には日本語の「ピザ」「サンドイッチ」に対応するものがあるのだ、ということにしました。

登場人物のネーミングには個人的に馴染み深い歴史上の数学者の名前や用語を拝借しまして、だから最初のうちは「アーベル」「テイラー」「ルベーグ」と書きながらひとりでニヤニヤしたりと、要するに好き勝手にやれる箱庭を満喫していたのです。

一章進めるたびに次のシーンがほとんど自動的に浮かび上がってくるのがとても面白くて、物語ができあがることに自分でも驚いていました。そしてエピローグを投稿したあと、自分が思っていたよりもたくさんの方に読まれていたことがわかり、驚きました。読んでくださった方と物語の終わりを共有できることがとてつもなく新鮮で、また純粋に嬉しかった。

味を占めた私はそれから6年以上経っても投稿サイトで小説を書き続けています。当時から読んでくださったみなさま、私の作った物語を楽しんでくれてどうもありがとう。そして、この本ではじめてアーベルとクレーレのお話を読んでくださった方にも、楽しんでいただけることを願ってやみません。

小説を書きはじめてからは個人的に発見することや驚くことがたくさんありましたが、出版のお話をいただいたのは一番予想していなかったことで、ことさら嬉しい驚きでした。書籍化にあたって、私ひとりでは気がつかないところまで手を入れられる機会となり、とてもありがたく思っています。担当していただいたルチル編集部のI様をはじめ、関係者のみなさま、またアーベルとクレーレを美しいイラストに描いてくださった星名あんじ先生に心よりお礼を申し上げます。

おにぎり1000米

初出

今夜だけ生きのびたい

小説投稿サイト「ムーンライトノベルズ」にて発表の内容を加筆修正

※「ムーンライトノベルズ」は株式会社ナイトランタンの登録商標です。

夜の手綱　書き下ろし

今夜だけ生きのびたい

二〇二三年八月三十一日　第一刷発行

著者　おにぎり1000《せん》米《べい》

発行人　石原正康

発行元　株式会社　幻冬舎コミックス
〒一五一－〇〇五一　東京都渋谷区千駄ヶ谷四－九－七
電話　〇三（五四一一）六四三一［編集］

発売元　株式会社　幻冬舎
〒一五一－〇〇五一　東京都渋谷区千駄ヶ谷四－九－七
電話　〇三（五四一一）六二二二［営業］
振替　〇〇一二〇－八－七六七六四三

印刷・製本所　中央精版印刷株式会社

検印廃止

ISBN978-4-344-85281-5　C0093　Printed in Japan